얼어붙은 여자

아니 에르노

La femme gelée

얼어붙은 여자

Annie Ernaux

les mots
레모

한국의 독자들에게

오늘 『얼어붙은 여자』를 다시 읽는다. 결혼하고, 두 아이의 엄마가 되고, 교수가 된 내 젊은 시절의 기억들이 생생하게 떠오른다. 슈퍼마켓에서 장 보고, 고등학교에서 강의하고, 아이들 목욕시키고, 저녁을 준비하는 그 시간은 어린 시절의 약속과 청춘의 욕망과는 거리가 먼, 타인들과 가족의 시간이 되었다.

이 책을 다시 읽는 것은 그 당시 내가, 이미 존재했던 책들과 마찬가지로 여성의 상황에 대한 일반적이고 이론적인 고발이 아닌 책, 나 자신이 어린 여자아이에서 어른 여자가 되어가는 과정을 재구성하는 책, 즉 경험한 것들의 현실성과 구체적인 디테일, 일상생활의 진실에 입각한 소녀의 자서전을 써야 할 필요성을 느끼고 있었음을 깨닫는 것이다.

이 책을 다시 읽는 것은 또한 당시 내가 처해 있던 난 감한 상황에서, 커플 내에 존재하는 불평등에 대한 부당함의 감정을 누군가와 함께, 그게 누가 되었든 간에, 아니 누군가라기보다 내 파트너와 함께 거론하는 그 자체가 불가능했음을 헤아려보는 일이기도 하다.

오늘날에는 남학생들만큼이나 여학생들도 대학에 다니고, 여성 대부분이 남성과 마찬가지로 직업을 가지고 있다. 피임은 여성들에게 어머니가 되는 순간을 선택할 자유를 부여했다. 하지만 어디에서나, 식사, 빨래, 청소 같은 실제 생활을 책임지고 항상 걱정하는 쪽은 여전히 여성이다. 여성들은 '모든 것을 절충하는 법'을 습득해서, 자신들의 두뇌 속 다양한 소프트웨어 사이에서 온종일 재주를 부린다. 이런 상황을 설명해주는 생물학적 이유는 하나도 없다. 단지, 소년과 소녀가 함께 살기 시작하는 순간부터, 전통이란 것이 깨어나서 자신의 모델을 강요한다. 말하자면 한 성에 대해 다른 성의 지배와 불평등을 실현하는 것이다. 그런 연유로 커플이 되기 전에 일 분담, 아이 돌보기, 상호 자유의 문제에 합의해둘 필요가 있다. 커플이 된 후에는 대체로 너무 늦다. 왜냐하면, 함께 살아가는 이 모험에서, 우리는 평등하게 출발

하지 않고, 서로의 사랑 속에서도 사회가 전통적으로 남성에게 부여한 특권들은 사라지지 않기 때문이다. 그 특권들을 문제 삼고 후대에 넘겨주지 않는 일이야말로 우리, 소녀들, 여성들의 임무다.

아니 에르노

필리프에게

상처받기 쉽고 가녀린 여자, 보드라운 손을 가진 요정 같은 여자, 소리 없이 질서와 아름다움을 만들어내는 집 안의 자상한 숨결, 묵묵히 순종하는 여자, 아무리 돌이 켜봐도 어린 시절 내 주변에서 이런 여자들을 찾아볼 수는 없다. 이런 이상적인 여자보다 조금 덜 우아하고, 더 행주질 걸레질을 많이 하는 여자, 얼굴이 훤히 비칠 정도로 싱크대를 반짝반짝 닦아놓고, 남은 찬거리로 음식을 만들고, 모든 집안일을 다 해놓고 학교가 파하기 15분 전에 학교 앞에 가 있는 살림꾼 여자들도 찾아보기 힘들다. 이런 여자들은 죽을 때까지 대단히 체계적으로 행동한다. 내가 아는 여자들은, 모두 다 목소리 톤이 높고, 몸 관리를 잘 하지 않아서 지나치게 둔중하거나 평퍼짐하고, 손가락은 꺼칠꺼칠하며, 얼굴에는 화장기 하나 없이, 볼과 입술에 있는 큰 반점들이 그대로 드러나는 여자들이다. 그네들은 잘하는 요리라고 해봤자 소스를 곁들인 토끼고기 요리나 끈적거리는 쌀 케이크가 고작이고, 먼지가 매일 쌓인다고는 생각하지 못하며, 들판에서, 공장에서, 아침부터 저녁까지 문을 여는 구멍가게에서, 일한다. 그들 중에는 설탕을 친 비스킷과 커피 향을 돋우기 위한 액체가 든 스포이트 병을 들고 우리가 일요일 오후마다 방문했던 늙은 여자들도 있다. 피부가 거무죽죽하게 상해버린 이 여인네들의 치마에서는 찬장에 넣어두고 잊어버린 버터 냄새가 났다. 이 여인네들은, 옛날 이야기책에 나오는 자상한 할머니나 눈처럼 흰 쪽머리를 하고 손주들에게 요정 이야기를 들려주며 심장을 쫄깃하게 만들던, 할머니들과는 완전히 거리가 멀었다. 이모할머니나 고모할머니, 그리고 내 친할머니는 편한 사람들이 아니어서, 앞치마를 맨 할머니 치마폭으로 우리가 뛰어드는 것을 좋아하지 않았다. 결국 품에 뛰어드는 습관은 없어지고, 할머니는 도착하고 떠날 때 가벼운 뽀뽀만 해주었으며, 언제나 "그새 많이 컸네" "학교에서 잘 배우고 있능겨?" 하는 말을 던진 후에는 더는 나와 별다른 대화를 나누지 않았다. 그들은 내 부모님과 비싼 생활비며, 월세에 비해 좁은 실평수며,

이웃들에 대해 사투리를 섞어 이야기하다가 가끔 웃으며 나를 바라보곤 했다. 카롤린 이모는 여름철 일요일마다 만나곤 했던 분이다. 덜거덕거리는 자전거를 타고 소나기가 조금만 내려도 진흙탕이 되어버리는 길을 가로질러, 들판의 풀과 비슷한 높이인 농가 두세 채를 지나, 아주 먼 곳에 위치한 그녀 집에 가곤 했다. 집에 계시리라는 확신 없이 문의 빗장을 열면, 역시나 카롤린 이모가 집에 있는 적은 한 번도 없어서, 어디에 계신지 옆집에 물어보러 가야 했다. 그러면 양파 다발을 묶고 있거나 새끼를 낳는 암소를 도와주고 있는 그녀를 발견하곤 했다. 그녀는 집에 돌아와서는 화덕의 불을 지피고, 땔감을 패고, 우리에게 저녁거리가 될 만한 간식과 달걀 반숙, 빵과 버터, 안젤리카를 넣어 만든 술을 준비했다. 우리는 감탄하며 그녀를 바라보았다. "이모, 맨날 뭐가 그렇게 바쁘셔, 지겹지도 않아?" 그러면 그녀는 "어쩌겠냐, 언제나 할 일이 태산인데"라고 대답하며 웃어넘기곤 했다. 무섭잖아, 가끔은, 이리 혼자 사는데… 그렇게 말하면 그녀는 놀라서 눈을 치켜떴다. "이 나이에 나한테 누가 뭘 어쩔 거시여." 나는 듣는 둥 마는 둥 내 키를 훌쩍 넘는 쐐기풀로 둘러싸인, 창 하나 없는 시골집 벽을 따라 늪 쪽으로 가서는, 이모가 내다 버린 깨진 접시 파편들과, 물과 벌레로 가득 찬 녹슨 통조림 깡통들을 뒤적거리곤 했다. 카롤린 이모는 날씨가 좋을 때면 자전거를 타고 떠나는 우리를 배웅하며 1킬로미터 가까이 우리를 따라 걷곤 했다. 그럴 때면 그녀의 모습이 유채꽃들 사이로 점점 아주 작아졌다. 나는, 한여름 삼복더위에도 블라우스와 치마를 차려입고 있는 여든네 살의 이 여인에게는 동정심도 보호도 필요 없다는 것을 알고 있었다. 엘리즈 이모 역시 동정심도 보호도 필요 없는 여자였다. 비곗살이 출렁거리지만 활달한 그녀의, 좀 지저분한, 집 침대 밑에서 놀다가 나올라치면 치마에 양털 레이스를 단 것처럼 먼지가 한가득 들러붙어 있곤 했다. 과즙 시럽에 넣고 끓인 배의 쭈글쭈글한 껍질을 차마 건드리지 못하고 제대로 닦이지 않은 숟가락만 애꿎게 뒤척이고 있노라면, 숙모는 내가 왜 그러는지도 모른 채 뚫어지게 나를 보다가 "대체 먹지를 않는구나, 그거 먹어도 똥구멍이 막히지는 않아!"라며 크게 웃곤 했다. 게테 동네의 철길과 목재 공장 사이에 있는 허름한 집에 살던 내 할머니도 마찬가지였다. 우리가 도착할 때면 할머니는 바느질을 하고 있거나 토끼에게 줄 풀을 뜯거나, 자잘한 빨래를 하고 계셨고, 그때마다 어머니는 "그 나이에 왜 쉬지도 못해" 하며 짜증을 냈지만, 몇 년 전까지도 노르망디에 상륙한 미군들에게 사과며 사과주를 팔러 풀밭을 기어올라 철길로 올라가기도 했던 할머니는, 그런 비난에 오히려 역정을 내셨다. 할머니는 잔소리를 하며, 하얀 거품을 내며 끓고 있는 커피 냄비를 가져와, 설탕이 들러붙어 있는 찻잔 바닥에 물을 조금 부었다. 그러면 다들 물을 뒤적여 찻잔 바닥을 헹궜다. 사람들이 이웃들 이야기, 집수리해주지 않으려는 집주인 이야기를 하자, 마당도 없고, 먹을 것도 거의 없는 이 작은 집에서, 뭔가 찾아낼 만한 새로운 것이 없어 나는 좀 지겨워진다. 할머니는 게걸스레 찻잔 바닥을 핥아댄다. 나는 툭 불거진 할머니의 광대뼈를 바라본다. 그녀의 피부색은 양말을 꿰맬 때 쓰는 동그란 회양목 색깔과 같은 누런빛이다. 할머니는 아무도 없다고 생각되면 정원 구석에서 긴 검정 치마 속 두 다리를 벌리고 서서 소변을 보기도 한다. 할머니는 이 동네에서는 처음으로 초등학교 졸업장을 땄기 때문에 교사가 될 수도 있었지만 증조할머니께서, 네가 장녀다, 집에서 다섯 명의 동생을 보살필 사람이 필요하다, 면서 당신 생전에는 절대 안 된다고 하셨단다. 수도 없이 들은 이야기, 행복하지 못한 운명에 대한 설명. 할머니는 나처럼 아무 걱정 없이 나돌아다니고, 학교에도 갔지만 불행이 갑자기 그녀를 덮친 것이다. 그녀의 뒷덜미를 잡아챈 다섯 명의 동생들, 그것으로 끝. 내가 이해할 수 없는 건, 출산 보조금도 못 받는데 할머니도 아이를 여섯이나 낳았다는 것이다. 내 주변 사람들 모두가 말하는 것처럼 어린 새끼들, 자식들이 진정한 가난이자 절대적 재앙이란 사실을 일찍 알아차리기 위해 미리 준비할 필요는 없다. 그건 가난한 사람들의 전문 분야로, 무책임하고 부주의하며 생각이 모자란 짓이다. 내 주변의 식구 많은 집은, 줄줄이 있는 코흘리개 아이들, 먹을 것을 쑤셔 넣어 불룩해진 무거운 가방을 허리춤에 걸치고 유아차를 미느라 힘들어하는 여인네들, 월말마다 늘 반복되는 불평, 그런 것들이다. 할머니는 아이가 들어서게 내버려뒀지만 그렇다고 그녀에게 돌을 던질 수는 없다. 예전에는 아이 여섯, 열, 그게 정상이었으니까. 지금은 변했다. 내 삼촌, 고모, 이모 들은 본인들이 하도 대식구 사이에서 부대끼며 먹고 자라서인지, 주위의 사촌들은 모두 외동이다. 나 역시 외동딸이고 늦둥이다. 오래 기다려 태어난 아이들이나, 아이를 원치 않거나 더 이상 아이를 낳으려 하지 않았던 부모들이 생각을 바꾸어 태어난 아이들을 늦둥이라 부른다. 첫딸이자 막내딸인 건 확실하다. 나는 정말 운이 좋았다고 굳게 믿었다.

솔랑주 이모는 예외다. 어머니는 소란스러운 애들을 데리고 사는 불쌍한 솔랑주라고 말한다. 그녀 역시 게테 동네에 살아서 우리는 일요일이면 자주 그녀를 찾아가곤 했다. 마당에서 어떤 제약도 없이 맘껏 놀 수 있었기 때문이다. 여름이면, 일곱 명의 사촌들, 그리고 그들의 친구들과 함께 공장 옆에 놓여 있던 나무판자로 만든 시소에서 고래고래 소리 지르며 놀았고, 겨울이면, 침대들로 꽉 찬 단 하나뿐인 큰 방에서 술래잡기 놀이를 하곤 했다. 나는 열기와 흥분에 흠뻑 빠져, 그곳에서 살았으면 싶었다. 그러나 부엌을 뱅뱅 돌며 틱 장애로 입이 비틀어진 중늙은이 솔랑주 이모를 나는 무서워했다. 울화통이 터지기 시작하면 이모는 몇 달씩 침대에 누워서 우리에게 지껄여댄다. 그녀가 시선을 고정하고, 창문을 여닫고, 의자 위치를 바꾸는 때면, 드디어 감정이 폭발한다. 그럴 때면 아이들을 데리고 나가버리겠다고, 자기는 언제나 불행했다고 악을 쓴다. 이모부는 식탁에 평온하게 앉아 한 손에 잔을 들고 아무런 대답도 하지 않거나 비웃었다. "어디로 갈지도 모르면서, 멍청한 것." 그녀는 "저수지에 빠져 죽을 거야"라며 울면서 마당으로 뛰쳐나간다. 그러면 아이들이 엄마를 붙들거나 이웃들이 말린다. 이모가 악을 쓰기 시작하면, 우리는 살짝 자리를 빠져나왔다. 뒤돌아보면, 입을 벌린 채 유리창에 얼굴을 대고 눈물을 흘리는, 얼굴이 납작해진 가장 어린 꼬마 여자아이가 내 눈에 들어오곤 했다.

다른 이모나 숙모, 고모 들이 행복했는지는 모르겠다. 하지만 다른 분들은 솔랑주 이모처럼 생기 없는 얼굴을 하고 있지 않았고, 따귀를 맞지도 않았다. 다른 이모나 숙모, 고모 들은 사납고, 입술과 뺨에 붉은 기운이 돌고, 늘 바쁘고, 볼 때마다 종종걸음으로 어딘가를 가는데, 가던 길을 간신히 멈춰 설 틈이 나면 장바구니를 옆에 바짝 끼고 몸을 굽혀 나를 무뚝뚝하게 껴안으며, 낭랑한 목소리로 "어찌 지내니?" 물어보곤 했다. 상냥함이 넘치지도 않았고, 입을 삐쭉 내밀지도 않았고, 아이들에게 말을 걸 때 보일 법한 다정한 눈빛도 느껴지지 않았다. 그녀들은 조금은 거칠고, 당돌하고, 화가 치밀면 욕지거리를 내뱉으며, 유아 영세 때나, 가족 모임 식사의 끝 무렵에 냅킨으로 눈물까지 훔쳐가며 박장대소하는 여자들이었다. 심지어 마들렌 이모는 웃느라 자신의 분홍빛 팬티의 주름진 안쪽이 보일 정도였다. 손에 뜨개질감을 들고 있거나 소스를 만들며 주변을 맴도는 숙모, 이모, 고모 들은 단 한 명도 기억나지 않는다. 내가 기억하는 그녀들은 찬장에서 돼지고기 훈연제품 모듬 접시나 크림이 묻은 피라미드 모양의 흰색 빵 봉지를 꺼내곤 했다. 먼지 청소나 정리 정돈에는 관심도 없으면서, 그래도 형식상으로나마 "집에 신경 쓰지 마세요"라면서 미안해했다. 종일 집에 있는 가정주부들은 없었고, 밖에서 일하는, 열두 살부터 남정네들처럼 일하는 데 익숙해져 있는 여자들, 게다가 직물 공장이나 청소 쪽 일을 하는 것이 아니라, 밧줄이나 저장식품 병 만드는 곳에서 일하는 여자들이었다. 사이렌 소리, 의무적으로 입어야 하는 작업복, 작업반장, 한 방에서 일하는 사람들 모두 함께 깔깔거린다는 그들의 이야기를 듣는 게 나는 정말 좋았고, 질문을 하기도 했다. 내가 보기에는 그녀들 역시, 벌은 덜 받지만 숙제를 해야 하는 학교에 다니는 것 같았다. 처음에, 굉장히 뛰어나 보여서 두렵기까지 했던 초등학교 선생님들을 존경하게 되기 전에, 오이피클이 채워지는 병을 지켜보는 일이 그리 훌륭한 일이 아니라는 것을 깨닫게 되기 전에, 나는 그녀들처럼 일하는 것이 멋지다고 생각했다.

내 할머니, 숙모, 이모, 고모 들처럼, 단편적인 이미지들로 이루어진 존재들보다 훨씬 더 뛰어난 여자가 있으니, 내 마음속에 울려 퍼지는 목소리의 주인, 나를 감싸주는 흰 피부의 여자, 바로 내 어머니다. 그녀 곁에 살다 보면 여자로 사는 것이 영광스럽다는 것, 심지어 여자들이 남자들보다 더 우월하다는 사실을 확신하지 않을 수 없다. 어머니는 힘이자 폭풍인 동시에, 아름다움이자 만물에 대한 호기심이고, 내게 미래를 열어 보여준 분이자 그 무엇도 그 누구도 두려워할 필요가 없다는 것을 확인시켜준 인물이다. 상점의 납품업자나 값을 제대로 쳐주지 않는 사람들, 길가의 막힌 도랑, 언제나 우리를 짓누르려는 힘깨나 있는 사람들, 그 모든 것에 대항해 싸우는 여장부다. 어머니는 온화하고 몽상적인 기질의, 조용한 말투의 남자를 뒤에 달고 다닌다. 그는 아주 하찮은 난처한 일에도 며칠씩 안색이 어두워지지만 웃긴 이야기들과 수수께끼, 깐콩깍지냐안깐콩깍지냐 같은 말장난들, 내가 닭장에 던져줄 벌레를 잡는 동안 정원을 손질하며 내게 들려줄 노래를 많이 알고 있다. 바로 내 아버지다. 아버지와 어머니를 따로 생각할 수는 없다. 어머니에게 나는 하얀 인형이고, 아버지에게는 귀염둥이고, 두 분 모두에게 늦둥이 외동딸이다. 나는 어머니 쪽을 닮은 게 틀림없다고 생각하는데, 어머니처럼 가슴이 나오고, 파마머리를 하고 스타킹을 신게 될 어린 여자아이였기 때문이다.

'아침에-아빠는-일하러-가고, 엄마는-집에-남고, 엄마는-집안일-하고, 엄마는-맛있는-식사를-준비하네.', 나는 의문을 품지도 않은 채 다른 아이들과 함께 이런 노래를 어름어름 따라 부른다. 그때까지 나는 우리 부모님이 평범하지 않다는 것이 부끄럽지 않다.

내 아버지는 아침에 출근하지 않고, 오후에도, 아니결코 집을 나가지 않는다. 아버지는 집에 있다. 아버지가 커피와 식사를 준비하고, 설거지하고, 요리하고, 채소 손질을 한다. 한쪽에는 남자들의 길이 있고, 다른 쪽에는 여자들과 아이들의 길이 있지만, 나의 어머니와 아버지는 같은 흐름 속에서 같이 산다. 그리고 이것이 나의 세계를 형성한다. 그들은 똑같이 알고, 똑같이 걱정하고, 매일 저녁 아버지는 금전등록기를 열어 그 안의 돈을 꺼내고, 어머니는 돈을 세는 아버지를 바라보고, 어머니 혹은 아버지가 "시원찮네"라고 하거나 어느 때는 "괜찮군"이라고 한다. 다음 날 두 분 중 한 명이 우체국에 돈을 넣으러 갈 것이다. 완전히 똑같은 일을 하는 것은 아니다. 그렇다, 언제나 어떤 규칙이 있지만, 우리 집의 규칙은 어머니가 빨래와 다림질을, 아버지가 정원 일을 하는 것만 관습에 따랐을 뿐, 나머지는 두 분 각자의 취향과 능력에 따라 정해진 것 같았다. 어머니는 식료품점을, 아버지는 카페를 맡았다. 식료품점은 정오가 되면 소란스럽다. 여자 손님들은 분초를 다투며, 기다리기 싫어해서, 서서 있는 세계다. 원하는 것도 다양해서, 맥주 한 병, 실핀 한 묶음, 미심쩍어하는 눈치가 보이면 써보라고, 써보면 이게 제일 좋다는 걸 알 거라고, 늘 안심시켜주어야 한다. 한바탕 수다와 연극을 치르고 나면, 어머니는 축 늘어지긴 해도 환한 얼굴로 가게를 나선다. 다른 편인 카페는, 작고 통통한 유리잔들, 앉아 있는 평온한 휴식, 시계가 필요 없는 시간, 몇 시간이고 자리를 잡은 남자들의 세계다. 서두를 필요 없고, 허풍스럽게 설명할 필요도, 대화도 필요 없이, 손님들이 자기들끼리 이야기를 나눈다. 잘됐지, 네 아버지는 별난 사람이야, 어머니가 한 말이다. 그리고 카페에 오는 사람들은 아버지가 다른 일을 할 시간 여유를 남겨준다. 접시와 냄비들이 만들어내는 음악에 라디오에서 나오는 노랫소리와 바나니아* 회사에서 제공하는 나네트-비타민에 대해 설명해주는 광고 소리가 뒤섞이면 나는 이윽고 잠이 깨 부엌으로 내려가고, 그러면 전날 저녁의 설거지를 하는 아버지를 보게 된다. 아버지가 내 아침 식사를 준비해준다. 학교도 데려다줄 것이다. 식사를 준비할 것이다. 오후가 되면 마당에서 목수 일을 하거나, 어깨에 삽을 메고 정원으로 가기도 한다. 내가 보기엔 차이가 없다. 한결같이 느릿느릿하고, 몽상가고, 감자 껍질을 깎으며 손가락 사이로 예쁜 리본을 만들고, 우리 눈을 지독하게 따갑게 만드는 석쇠 위에 훈제청어를 올려놓고 뒤적거리는, 쪽파를 심으며 휘파람 부는 법을 내게 가르쳐주는, 언제나 똑같은 아버지다. 온종일 매 순간 담담하면서도 확실한 존재. 주위의 공장노동자들이나 온종일 집을 나와 있는 외판원들과 비교하면, 아버지는 1년 내내

---

* 1914년부터 판매되기 시작한, 프랑스에서 가장 대중적인 초콜릿 파우더.

휴가 중인 사람처럼 보였고 그것이 나에겐 편리했다. 친구들끼리 다툼이 있었거나, 매주 목요일 운동장에서 하던 사방치기를 하기에는 너무 추운 날에는, 카페에서 아버지와 함께 도미노 게임을 하거나 보드게임을 하곤 했다. 봄이면, 아버지가 애정을 쏟아붓는 정원에 아버지를 따라간다. 아버지는 내게 '마음씨 좋은 양파'나 '게으른 황금색 꽃상추' 등 재미난 채소 이름을 가르쳐주기도 한다. 갈아엎은 땅 위로 아버지와 함께 줄을 잡아당긴다. 우리는 여러 종류의 햄과 검정 무로 요기를 하고, 그것들을 먹은 접시를 뒤집어 그 위에 익힌 사과를 올려 맛보기도 한다. 토요일이면, 아버지가 토끼를 잡아 아직 말랑말랑한 토끼 배를 눌러 오줌을 빼내고, 낡은 헝겊 찢어지는 소리를 내며 가죽을 벗기는 걸 지켜보기도 한다. 무릎이 깨져 피가 나면 걱정스레 달려와 약을 찾으러 가고, 수두, 홍역, 백일해를 앓을 때는 몇 시간이고 머리맡을 지키며 『마르크 의사 선생의 네 딸』이라는 책을 읽어주고, 글자 맞추기 놀이를 해주던 마음 약한 아빠. 아버지에게는 애 같은 면도 있어서, 어머니는 곧잘 "딸보다 더 어리석기는" 하고 말하곤 한다. 언제나 틈만 나면 나를 장터나 페르낭델*이 나오는 영화를 보여

---

* Fernandel(1903~1971). 프랑스의 가수이자 배우. 5세부터 무대에 섰고, 샹송 가수, 만담가를 거쳐 영화계에 진출해 인기를 오래 유지했다.

주러 데려가고, 죽마를 만들어주고, 꼰대, 골로 간다, 기똥차다 같은, 전쟁이 나기 전에 유행하던 은어를 알려줘 나를 기쁘게 해주던 아빠. 학교에 데려다주고 점심시간과 하굣길에 나를 기다리던, 바지 밑단을 쇠로 된 집게로 집어 폭을 좁게 한 채 한 손으로 자전거를 잡고, 북적거리는 엄마들 무리에서 동떨어져 나를 기다리던, 꼭 필요한 아빠. 내가 조금만 늦게 나와도 안절부절못하던 아빠. 내가 길거리를 혼자 나다닐 만큼 커도 아버지는 내가 돌아올 때까지 길목을 지킬 것이다. 늙은 나이에 딸을 가지게 된 것에 감탄해 마지않던, 벌써 늙어버린 아버지. 노랗게 바랜 추억의 빛 속에서, 태양을 피하려고 고개를 숙인 채 바구니를 옆에 끼고, 아버지가 마당을 가로질러 간다. 내가 네 살 때, 스웨터 소매가 팔 위로 말려 올라가지 않게 손으로 소맷자락을 붙들고 코트 입는 법을 가르쳐준 아버지에 대해서는 오직 자상함과 배려의 이미지만 남아 있다. 그의 말이 곧 법인 가장, 식구들에게 호통을 치고, 말대꾸는 생각조차 할 수 없는 가장, 전쟁 영웅이나 일터의 영웅, 그런 아버지는 나는 모른다. 나는 그저 내 아버지의 딸이었다.

오이디푸스 콤플렉스, 난 그런 건 모른다. 나는 어머니도 매우 사랑했다.

어머니, 그녀의 목에서 울려 나오던 그 깊은 목소리.

어머니 무릎을 베고 잠들던 축제의 밤들, 그 바람결, 덜컹거리던 문소리, 그녀 곁에서는 모든 물건이 늘 흔들리고, 심지어는 박살이 나기도 한다. 몹시 놀랍고 기막힌 어느 날엔가는, 재떨이가 창문 밖으로 날아가 인도에서 산산조각이 나버린다. 무슨 물건인지는 모르겠는데, 하여튼 뭔가를 깜빡 잊어버리는 실수를 한 배달원 앞에 떨어진 것이다. 어머니의 화는 뒤끝이 없어서, 한바탕 화풀이가 끝나면 어머니는 활기를 되찾고, 지긋지긋하다, 정말 지긋지긋하다고 소리를 지르고는, 평화가 찾아온다. 그러고는 혓바닥을 진홍빛으로 물들이는 양귀비꽃 색깔의 사탕이 든 병이나 커다란 비스킷 통을 가져와 뒤적거리면서, 엄마의 성격이 그런 걸 어쩌겠냐, 위로하며 하나씩 꺼내 먹곤 했다. 어머니가 악을 쓰는 건 건강을 위해서 재미로 그러는 것임을 나와 어머니 모두 알고 있고, 비록 작은 가게지만, 어머니 자신이 여주인이라는 사실을 절대로 지겨워하지 않는다는 것도 알고 있다. 마음이 누그러지면, 어머니는 어쨌든 한판 잘 놀았다고 말하곤 한다. 가게 일은 어머니 시간의 4분의 3을 차지한다. 납품업자들을 맞이하고, 송장을 확인하고, 세금을 계산하는 일도 그녀의 일이다. 손님이 적다고 투덜거리는 날에는 서류들을 앞에 놓고, 작은 목소리로 영수증을 하나씩 읽으면서, 손가락에 침을 묻혀가며 영수증을 넘긴다. 특히 그럴 때 방해하면 안 된다. 그런 날들은 예외적인 침묵의 날들이고, 다른 날들은 그녀 주변이 소음과 생기로 펄떡인다. 병들이 부딪치는 소리, 저울판이 덜그럭거리는 소리, 아픈 사람들과 죽은 사람들의 소식, 유일하게 조용한 시간이란 간단한 계산을 카망베르 치즈 포장 뒷면이나 설탕봉지 뒤에 휘갈겨 쓰는 순간뿐이다. 그러고는 또다시 처녀들 데이트, 취직, 갱년기에 대한 잡담이 이어진다. 세상 소식은 어머니를 통해서 내게 전달된다. 때깍거리는 재봉틀 소리, 조용하게 손을 놀리며 질서와 한가함을 만들어내는 어머니들의 침착한 소리로만 가득한 집안의 정적을 나는 한 번도 경험해보지 못했다. 나는 같은 반 여자 친구들과 함께 결핵 환자들을 돕는 크리스마스씰을 손에 잔뜩 들고 레퓌블리크 가나 클레망소 대로에 있는 집들의 문을 하나하나 두드려본 적이 있다. 한동안 아무 소리도 없다가 문이 반쯤 열리면, 겁먹은 듯 현관에 웅크리고 서 있는 주부들이 보였고, 그들 뒤로는 스튜 냄새가 풍겨왔다. 뭔가에 억압된, 그늘진 그 여자들은 방해받은 게 불만인 듯 재빨리 문을 닫아버리곤 했다. 내 어머니는, 찬거리를 사러 오후에만 가게에 들러 살아가는 이야기를 거리낌 없이 풀어놓는 여자들, 생쥐 모양의 초콜릿 두 개와 풍선껌 하나를 사려고 한 시간에 세 번씩 가게에 들락거리는 아이들, 계산대에 한쪽 손을 짚고 바닥에 놓은 장바구니를 들어 올리며 잔돈을 느릿느릿 챙기는 노인네들의 중심이었다. 어머니가 다른 역할을 할 수 있었으리라고는 상상할 수 없다.

'엄마는 꼼꼼하게 청소한다. 먼지떨이로 먼지를 떤다.' 청소라니, 거기에 먼지떨이라니! 우리 집에서 청소는 토요일마다 겪는 재앙이다. 테이블 위에 뒤집어놓은 카페 의자들, 락스 냄새. 머리는 산발을 하고, 발은 젖은 채, 어머니는 나더러 바닥을 밟지 말라고 고함을 친다. 부활절 무렵이면, 격렬하게 닦아낸 벽에서 희미하게 풍기는 석고 냄새, 한구석에 쌓아놓은 담요들, 불안정한 피라미드 모양으로 뒤섞인 채 한쪽에 밀어놓은 가구들, 어머니는 스타킹을 고정하는 핑크빛 고무밴드가 다 보일 정도로 네 발로 기며 철수세미로 쪽마루 바닥을 깨끗이 문지른다. 그렇게 청소한 후에는 며칠이 지나도록 의자가 허벅지에 달라붙곤 했다. 그 모든 요란법석은 물과 왁스의 과도한 사용으로 겁먹은 우리, 아버지와 나만큼 어머니까지도 녹초로 만든 것 같다. 다행히도 나는 매트리스를 둘둘 말아서 만든 터널 안을 기어 다니며 놀 수 있다. 더더욱 다행인 것은 그런 대청소가 1년에 한 번이라는 것이다. 그밖의 시간에는 딱히 뭐라고 하기 힘든 잡다한 집안일들과 시트 다림질을 하는데, 하루가 끝나갈 무렵 찾아온 여자 손님의 초인종 소리에 부엌 테이블 위에 쌓여 있던 시트 다리기와 나머지 일들이 중단되곤 했다. 오후 다섯 시면 어머니는 "5분밖에 없어, 내 침대 정리는 내가 할 거야!"라고 소리친다. 정돈 안 된 침대는, 가게가 한산한 날인 화요일에 하는 의무적인 빨래와 더불어 내가 알고 있는 어머니의 유일한 강박관념이다. 빨래, 집 밖에 있는 펌프에서부터 빨래통으로 물을 끌어들이고, 통 안에 세탁물들을 밤새도록 담가 애벌 세탁을 하는, 전날부터 준비하는 그 끔찍한 의례. 다음 날, 땀으로 더러워지고, 흉한 몰골로, 어머니는 신들린 여자처럼, 세탁장 수증기 속을 돌아다니고, 그러면 누구도 어머니를 보러 갈 수 없다. 열두 시경에야 어머니는 들척지근한 빨래 냄새를 풍기며, 뭔지 알 수 없는 개인적인 원한이 서린 듯한 얼굴로 말없이 다시 나타난다. 하여튼 어머니에게 먼지란 존재하지 않는 것, 아니 차라리 당연히 있는 것, 거추장스럽지 않은 것이었다. 나에게도 마찬가지다. 먼지란, 책을 꺼내 들면, 내 장식장 의자 위에 가루를 뿌리며 햇빛 속에서 춤추는 레이스 모양을 그려내는 너울 같은 것이거나, 꽃병 위나 노트 위에 쌓여 있어도 블라우스 소매로 쓱 훔쳐내면 되는 것이었다. 열두서너 살이 되어서야 놀랍게도 내 눈에 띄지 않던 먼지가 불결하고 흉한 것임을 알게 되었다. 여우 같은 친구 브리지트가 벽 바닥 한구석을 손가락으로 가리키며 "대체 안 한 지 얼마나 오래된 거야!"라고 한 것이다. 내가 둘러보며 "뭐?"라고 묻자 브리지트는 기둥 구석의 가장자리를 가리켰다. 보니 완전히 회색이긴 했는데, 아니, 저런 곳도 청소해야 하나, 나는 그런 곳은 문고리에 묻은 손때나 가스레인지 위의 노란 기름때처럼 더러운 게 당연하다고 생각했다. 그런 곳을 청소하는 것도 의무로 여겨지자 어머니가 자신의 의무들 가운데 하나를 소홀히 했다는 생각에 나는 약간 창피했다. 나중에는, 사람들이 절대 쳐다보지 않는, 가스불로 생긴 그을음이나 세면대 아래, 냉장고와 가스레인지 뒤 또한 광을 내야 한다는 사실에 깜짝 놀랐다. 〈실용적인 여성〉〈즐거운 저녁〉 같은 여성지에 가득 실린, 집안을 더 반짝거리고 더 하얗게 만들기 위한 살림의 비결은, 집안을 점점 더 올가미로 변화시키는 것들이었다. 더욱이 이런 비결이란 것들은, 눈 깜짝할 사이에 재빨리 집안일을 해치울 수 있다고 믿게 만든다. 나는 일을 빨리 해치우는 요령이 엄마에게도 있다는 걸 알았다. 수프와 고기를 같은 접시에 먹어서 설거지감을 줄이거나, 이 스웨터는 더러움을 잘 타지 않아, 갈아입을 필요가 없다, 고 태연하게 말하며 먼지와 해진 자국을 그대로 내버려두는 식의 요령 말이다.

어머니 말처럼 어머니는 끝나지도 않을 뜨개질로 시

간을 허비하지는 않았다. 하지만 겨울이 되면, 때때로 일요일에, 어머니는 무슨 한이라도 맺힌 듯, 두 코마다 세고 또 세면서, 안뜨기로 절대 20센티미터를 넘지 않을 목도리를 짜는 데 열중했다. 요리는 아버지 몫이지만, 목요일마다 먹는 프랑스식으로 요리한 러시아풍 앙트르메와 특별한 날 해 먹는 크레이프와 도넛은 예외다. 초봄, 사육제나 사순절 세 번째 목요일 같은 날이면, 아래층에서 위층까지 축제 음식 냄새가 진동한다. 오후 내내 크레이프가 프라이팬 위에서 춤을 추고, 어머니는 카페 단골손님들에게 크레이프를 대접한다. 내 손에는 설탕이 진주처럼 묻고, 배 속이 더부룩해져 그날은 저녁도 먹지 않는다. 또 바쁜 여자들을 위해서 봉지에 담아 파는 케이크도 만든다. "공책 치워라, 얼룩 지지 않게." 그리고 노오란 달걀의 바닷속으로 절벽이 무너져 내리듯 쏟아지는 밀가루 더미, 반죽에 손가락을 넣어도 된다는 허락. 어머니는 건포도의 절반을 남겨 내게 주고, 우리 둘은 크림이 많이 묻은 샐러드 그릇 바닥을 긁어낸다. 그리고 나면 2주일 동안 어머니는 달걀 하나 깨트리지 않고, 요리는 거들떠보지도 않을 것이다. 왁스를 칠하거나 벽을 닦거나, 케이크를 만들어 기쁘게 하거나 하는 일들은 어머니 마음 내킬 때만 하는 예외적인 일이었을 뿐이다.

게다가 어머니는 정리해야 할 영수증, 맞이해야 하는 부인네들, 풀어놓아야 하는 상품들이 있음에도 불구하고 새벽 다섯 시에 일어나 장미 나무 밑의 야생초를 뽑고, "이렇게 하면 피부가 좋아진단다"라고 말하면서 5월의 아침 이슬로 내 뺨을 문질러 나를 깨우는 여유도 있었다. 무엇보다도 어머니는 언제 어디서나 독서에 몰입한다. 그 점에서 나는 지역 소식을 알려는 분명한 목적을 가지고 저녁 식사 후에 신문을 훑는 아버지보다 어머니가 더 낫다고 생각한다. 나를 벗어나, 우리를 벗어나, 굳어진 낯선 그 얼굴이, 어머니가 빠져드는 그 침묵이, 꼼짝도 하지 않는 완벽한 부동자세에 빠져 무거워진 그 몸이, 나는 부럽다. 오후마다, 저녁마다, 일요일마다, 어머니는 신문이나 시립도서관에서 빌려온 책, 때로는 새로 산 책을 꺼내 든다. 그러면 아버지는 "내가 말하고 있잖아, 그 소설책들 지겹지도 않아!" 하고 고함을 치는데, 어머니는 "이 이야기 다 읽게 좀 내버려둬"라고 대꾸한다. 그때 나는, 나도 읽을 줄 알게 되기를 얼마나 바랐던지, 어머니를 열광시키는 그 그림도 없는 긴 이야기들을 이해할 수 있게 되기를 얼마나 바랐는지 모른다. 마침내 어머니의 책에 들어 있는 단어들이 어름어름 읽히는 답답함에서 벗어나는 날이 왔다. 그리고 기적이 일어나, 이제 더는 단어들을 읽는 게 아니라 내가 미국에 있게 되고, 내가 열여덟 살이 되고, 흑인 하인들도 부리게 되고, 내 이름이 스칼렛이 되고, 문장들은 내가 늦추고 싶은 결말을 향해 달려가기 시작한다. 그 책 제목은 『바람과 함께 사라지다』이다. 어머니는 손님들 앞에서 "저 애가 이제 겨우 아홉 살 반이라우" 하며 자랑을 늘어놓고, 나에게는 "참 재미있지, 그렇지?" 하고 묻는데, 그러면 나는 "네"라고 대답했다. 그게 전부다. 어머니는 결코 멋있게 자기 생각을 설명할 줄 몰랐다. 하지만 우리는 서로를 이해했다. 바로 그 순간부터 어머니와 나 사이에는 아버지가 "어쨌든, 그런 거짓말 같은 이야기에 시간을 허비하다니"라고 하면서 이해하지 못하거나 경멸하는 상상 속 존재들이 생겨났다. 어머니는 아버지가 질투한다고 맞받아쳤다. 나는 어머니에게 청소년 문고판 『제인 에어』『소소한 이야기』를 빌려다 주고, 어머니는 나에게 〈초가집에서 보내는 밤〉*을 넘겨준다. 나는 어머니가 나에게 금지한 『여자의 일생』이나 『신들은 목마르다』 같은 책을 장롱 속에서 몰래 꺼내온다. 어머니와 함께 둘이서 벨기에 광장에 있는 서점 진열창을 바라보기도 했고, 때론 어머니가 "한 권 사줄까?" 하고 물어보기도 했다. 제과점에서 머랭 쿠키나 누가틴을 앞에 두

---

* La Veillées des chaumières. 1877년 창간한 프랑스의 주간지로 창간부터 오늘날까지 연재소설의 전통을 이어가고 있다. 주 독자층은 여성이다.

었을 때와 마찬가지의 식욕, 하지만 그걸 사는 건 썩 이
성적이지 않다고 생각하는 것과 마찬가지의 느낌. "어
때, 이게 마음에 들려나?" 책을 추천하고 골라주는 사람
이 서점 주인이었다는 것이 과자와 유일하게 달랐다. 델
리*나 대프니 듀 모리에**의 로맨스 소설을 제외하면 어
머니는 아는 게 많지 않았다. 책에서는 건조하고 미세한
기분 좋은 먼지 냄새가 났다. "그 책 내 딸에게 주세요."
어머니는 책값을 치르기 전에 그렇게 말하곤 했다. 어머
니는 "네가 크면" 『분노의 포도』라는 멋진 책을 사주겠
다고 약속했는데, 어머니는 그 책이 어떤 내용인지 내게
얘기해주고 싶지 않았거나 몰랐을 것이다. 열다섯 살 무
렵에, 월경이나 사랑 같은, 나를 기다리고 있는 아름다
운 이야기를 갖게 되는 건 멋진 일이었다. 내가 어른이
되고 싶었던 여러 이유 가운데는 모든 책을 읽을 권리
를 갖는 것도 포함돼 있었다. 동네의 '보바리 부인' 같은
여자들이든, 허황한 몽상에 대해서는 담쌓고 사는 여자
들이든, 모든 여자는 낭만적 감수성을 갖고 있다는 것이
증명된 사실이다. 어째서 남자들은 모두 그것에 대해 역

---

* Delly. 1930-1980년대에 인기를 끌었던 대중소설 작가. 남매가 함께
Delly라는 필명으로 활동하며 80여 편 이상의 작품을 발표했다.

** Daphne du Maurier(1907-1989). 영국의 여성작가. '서스펜스의 여
왕' '최고의 이야기꾼'으로 불린다. 앨프레드 히치콕 감독의 영화 〈레베
카〉와 〈새〉 원작자로 알려져 있다.

정을 내는 것일까? 심지어 내 아버지, 시간이 흘러 내 남편조차 저녁에 아무것도 하지 않고 있는 나를 보면, 뭐하니, 쓸데없는 공상에 빠진 거야? 하면서 역정을 낸다. 채점해야 할 답안지들, 재워야 할 아이, 책 읽을 시간이라곤 잠자기 전에 겨우 5분 될까 말까 한데 어떻게 공상에 빠진단 말인가. 내가 '경제활동을 하는 여자'가 아니었다면, 게으름을 피우는 것처럼 보였으리라는 생각에 수치심을 느낀다. 하지만 어머니는 상점과 캘리포니아의 해변을 절대 혼동하지 않았고, 초인종 소리가 들리면 잽싸게 다림질거리 밑으로 밀어 넣은 연재소설이 이윤 계산에 걸림돌이 되지 않았다. 나는 얼마 지나지 않아, 내가 『꽃핀 인생』이나 20권짜리 『브리지트』 시리즈*에 등장하는 가정교육을 잘 받은 참한 처녀들의 행적을 좇게 되리라는 사실을 알고 있다. 그 시리즈는 하나같이 열여덟 살에 시작해서 스무 살에 결혼하는 것으로 끝나는 노예나 여왕의 이야기가 이어진다. 그리고 수많은 드

---

* 프랑스의 여성작가 베르트 베르나주(Berthe Bernage, 1886-1972)의 작품. 1925년부터 1972년까지 30여 권이 시리즈로 발간되었다. 첫 이야기는 18세 소녀 브리지트가 처음으로 무도회에 가는 이야기로, 잡지 〈초가집에서 보내는 밤〉에 실렸다. 독자들의 열화 같은 요청으로 이후 시리즈로 발간되었고, 올리비에 오트빌과의 결혼, 육아, 자식들, 노년의 이야기로 이어진다. 작가 사망 후 1998년까지 20편의 이야기가 『브리지트』 시리즈에 추가되었다. 베르나주는 『브리지트』 시리즈 외에 『엘리자베스』 시리즈, 『지불레(Giboulée)』 시리즈도 썼다.

레스와 애인을 가진 까닭에 변호해주기 힘든 나의 스칼 렛의 행적까지 좇아가리라는 사실도 알게 된다. 한편 굵은 활자로 〈고백〉이라 적혀 있는 심각한 체험담, 증언들, 불행한 결혼을 한 여자들, 유혹당하고 버림받은 처녀들, 여자들이 겪는 치명적이고 끔찍한 일들이 연속되는 이야기들은 열 살 무렵의 나를 무시무시할 정도로 매혹했다. 스무 살에 성공하지 않으면 끝장난 인생이라는 이상한 생각을 가지게 된 것은 아마 이런 여성 대상 책들을 읽었기 때문이리라. 그래서 몽테뉴 카페 테라스에서, 그리고 그 이후에도 내가 그토록 물러터지게 된 모양이다. 그렇지 않다, 나는 사람들이 우리를 바라보는 방식이 어떤 책에서보다 더 거칠다고 생각하며, 남자들이 모욕을 줄 때 사용하는 표현을 증오한다, "너 소설 쓰니, 넌 상상력이 너무 풍부해, 이 가엾은 아가씨야." 남자들이 약속을 지키지 못하거나 나쁜 짓거리를 숨길 때 쓰는 핑계, "아니, 정말이지, 넌 너무 상상력이 풍부해." 잡지와 책 앞에서 기쁨에 들뜬 얼굴을 보이지 않는 어머니, 통조림과 외상 손님들과 차가워진 포장 음식에서 멀리 떨어져서 자기 자신에게 몰입해 매주 책을 읽는 그 사소한 일탈에 빠지지 않는 어머니, 책을 읽는 것이 시간 낭비라고 생각하는 그런 어머니를 나는 절대 원할 수 없다. 어머니는 두 눈을 반짝이며 "상상력을 갖는 건 좋은 거야"라고 말하곤 했다. 어머니는 내가 내 방을 정리 정돈하고 작은 식탁보에 끝도 없이 수놓는 것을 보기보다는, 내가 책을 읽거나 혼자 놀면서 말하고, 작년에 사용한 노트에 글을 쓰는 모습을 보는 쪽을 더 좋아했다. 그리고 나는 어머니가 베풀어준, 세상으로 통하는 문과 같았던 독서를 기억하고 있다.

열여덟 살의 여주인공들과 나를 동일시하기에는 너무 어렸던 나는, 주인공들을 따라서 성이며 머나먼 전원이며, 열사(熱沙)의 나라로 빠져들기 위해 그들과 혈연관계를 만들어내거나 그들이 내 이웃이라고 상상한다. 그렇게 나는 나 자신인 동시에 내가 대단히 만족해하는 소설 속 등장인물이 될 수 있다. 책은 여행 그리고 놀이의 전주곡이다. 델리의 『쿠쿠노의 비밀』을 읽으면서 의자들과 창문에 이불과 침대 커버를 펼쳐놓고, 말랑한 바닥 깔개 위에 베개들을 밀어놓아 '관능적인' 쿠션으로 만들면, 부모님의 침실은 중국풍의 은밀한 규방이 된다. 바다에 풍랑이 일고, 나의 대잠수함 공격선이 침몰하고, 침대 위에서 균형을 잡고 있던 의자가 위태롭게 기울고, 나는 꼬마 방랑객 페드로가 된다. 그때 어머니가 들어와, 엉망이 된 침대를 쳐다보고, 일요일마다 어머니가 입는 드레스 자락이 내 발목에 휘감긴다. 어머니는 "노는구나? 계속 재밌게 놀아" 하면서 웃는다.

읽기, 놀기, 꿈꾸기, 게다가 일요일마다, 때로는 목요일에 도시 근처의 거리와 풍경을 발견하러 구경을 나간다. 사람들을 보는 것도 잊지 않는다. 마치 우리 집에 드나드는 사람들을 보는 일로는 충분하지 않기라도 한 것처럼, 어머니에게는 모든 종류의 불행한 사람들, 패배자들, 늙은이들, 불치병 환자들, 기계에 한쪽 발이 끼여버린 사람들, 술 마시고 자전거 타다가 미끄러진 사람들이 필요하다. 어린 시절에는 보호받아야 한다느니, 집안에 있어야 한다느니, 떠다니는 세균을 조심해야 한다느니, 예민한 영혼에 신경을 써야 한다느니 하는 말들을 어머니는 무시했다. 어머니는 어디든 나를 데리고 간다. 이제 더는 감각이 없는 다리를 담요로 감싸고 있는 알리스 아줌마네도 데리고 간다. 치료사는 좋아질 거라고 했다지만 나는 알리스 아줌마가 오줌 마려운 건 느끼는지 궁금하다. 메를 아저씨네 단칸방에는 흙이 묻은 시트가 덮인 침대와 맛없어 보이는 음식이 담긴 접시 주변에 고양이들이 있었다. 유린당한 사실을 숨기고 은밀하게 출산한 동네의 산모들. 나는 낯선 집에 가는 것이 좋았다. 거기에는 언제나 신기한 볼거리들이 있었다. 타원형의 나무액자에 색깔을 칠해 괴상하게 보이는 루르드 성모상 그림이나 뻐꾸기시계, 장터에서 상품으로 받은 인형들, 커피 패키지 안에 들어 있는 동물 인형 수집품 같은 물건들이 있었다. 또 냄새도 가득했다. "집마다 고유한 냄새가 있다"란 표현을, 받아쓰기하면서 배울 필요도 없었다. 다른 여자애들은, 뭐, 뭐라고, 냄새가 난다고, 하면서 경악했지만 내 생각에 그 애들은 아무것도 몰랐다. 한곳에 오래 있지 못하는 나였지만, 지나칠 정도로 오래 있던 적도 있었다. 어두워지는데도 그들이 왜 전기를 켜지 않는지 궁금했다. 얼굴만 알아볼 수 있었다. 밖으로 나오자 어머니는 내 손을 잡으며, "흑인 엉덩이처럼 깜깜하구나"라고 말했고 나는 웃었다. 가로등도 없는 길에서는 발끝조차 보이지 않았다. 작은 예배당이나 성에서나 볼 수 있는 큰 계단이 있는 양로원도 좋았다. 제일 좋았던 곳은, 멀리, 도시의 끝에, 길도 없고 철로도 없어서, 아무것도 지나가지 않는 다리 가까이에 있는 외딴 주거용 트레일러였으리라. 어머니가 어떤 노파에게 손을 내밀고, 오랫동안, 어머니와 노파는 카드놀이를 한다. 돌아오는 길에 모든 게 설명된다. 그런 걸 점이라고 한다. 얼마나 멋진 꿈인가.

아버지는 나돌아다니는 걸 좋아하지 않아서, 우리와 함께 외출하는 경우는 매우 드물다. 아버지는 쓸데없이 걷는 것을 끔찍하게 싫어해서 주위의 아무것도 쳐다보지 않고 마지못해 따라온다. 그래서 어머니와 나는 서로의 팔을 위아래로 교차해서 '팔짱을 끼고' 집을 나선다.

나는 그저 보고, 바람을 쐬고, 일곱 살 나이에 머릿속에 스쳐 지나가는 대로 사물들에 대해 말하는데, 대체로 별거 아닌 일이다. 황수선화 꽃이 피어 있는 숲속으로. 거리로. 이름 없는 거리, 학교가 없는데도 학교라는 이름이 붙은 수수께끼 같은 거리, 지옥이라는 이름의 거리, 놀기를 멈추고 우리 얼굴을 뚫어지게 바라보는 아이들로 가득 찬 주거단지의 거리, 레이스 커튼 뒤로 보이지 않는 존재들이 사는 별장이 늘어선 거리. 언제나 이상하고 새로운 것이 없나 두리번거린다. 허물어져 천장이 없는 방들만 남은 건물 잔해, 벽에 써진 구호들, 부잣집의 동그란 창문들. 크리스마스 장식을 한 쇼윈도가 늘어선 거리들, 허기진 상태로 추운 날 크리스마스 말구유 장식과 전나무 트리 앞을 돌아다니다 마침내 나선형의 섬세한 둥근 돔 모양을 한 슈크림 초콜릿 과자로 허기를 달랜다. 예외적인 특별한 날들도 있었는데, 루앙 여행은 엄청난 발견이었다. 아침에는 프랭탕 백화점과 모노프리 슈퍼마켓이라는 향기로운 궁전에 들어갔고, 오후에는 안은 어둡고 밖은 초록빛이 나는 성당에 들어갔다. 대성당 근처 서점 앞에 멈춰 선다. 그곳에서는 악마나 영혼의 힘을 빌려 테이블을 돌리는 기술에 관한 책을 판다. 처음으로 내 몸이 내 것이 아닌 것 같은 느낌을 받으며 끈적끈적한 도로를 걷는다. 어머니가 "고개 들어봐" 해서 보니 이무기돌 하나가 목을 길게 빼고 있다. 우리는 잔 다르크 탑 계단에도 가고, 보부아진 박물관 지하실에도 간다. 우리가 실망스러운 미라들을 관람하는 유일한 여성 관람객이다. 명상에 빠져야 하는 지하 납골당에 죽 늘어서 있는, 이름도 들어본 적 없는 사람들의 묘석 앞에서 경건한 마음을 가져야 해서 어안이 벙벙하기도 하고, 웃고 싶은 마음마저 든다. 레스토랑에서는 먹어본 적 없는 요리를 선택해야 한다. 내가 처음 맛보게 된 가리비 요리, 초조한 기다림, 그 요리가 맛이 없으면 남겨야만 하는데 어쩌지, 그리고 숟가락과 혓바닥으로 탐험하는 흔들리는 섬*, 다 먹고 난 후의 두려움, 이 모든 음식값을 지불하기에 충분한 돈이 있을까? 하지만 어머니는 조용히 지폐를 꺼내고, 걱정 마라, 오늘은 부자란다, 라고 말한다. 내가 도시에서 있었던 모험담을 아버지에게 이야기해주면 아버지는 아무 말 없이 고개를 끄덕인다. 무엇이 어머니를 전시회며 중세의 시가지로, 느긋하게, 밖으로 나가게 하는 걸까? 왜 어머니는 가난하고 불구인 사람들을 방문하는 자원 봉사 노릇을 할까? 여자로서 남편과 아이들 사이에 조용히 머무르기만

---

* 일 플로탕트(ile flottante)를 말함. '섬(ile)'과 '떠다니는(flottant)'을 합성해서 만든 표현으로, 부드러운 커스터드 크림 위에 머랭을 올린 디저트다.

하면 안 되는 걸까? 내게 던지는 질문이라도 되는 듯, 나
는 어머니가 완벽했다고 결론내렸다. 세상이란 거기에
뛰어들고 즐기기 위해서 만들어졌다는 것을, 그 무엇도
우리를 막지 못한다는 사실을 나는 어머니를 통해서 알
게 되었다.

　그랜드빌 로드, 켄버 애비뉴, 내 영어는 더듬더듬이지
만 나는 하이게이트, 골더즈 그린 등 런던 근교를 몇 마
일씩이나 걸어 다니고 밀크 바에서 혼자 보브릴*을 마신
다. 스무 살의 나는, 낯섦에 매혹된 산책자다. 비아 툴리
오**와 보르게세 공원의 정원에도 가는데, 어느새 뿌리
쳐야 할 무례한 불청객들, 꿈을 부숴버리고 길을 막아서
는 사람들이 들러붙는다. "이봐 아가씨, 마드무아젤, 아,
마드무아젤이군, 아아, 프렌치, 프란체스카." 하지만 모
든 길은 여전히 자유롭게 열려 있다. 시험들을 치르고
난 후의 길들처럼, 부조리라는 감미로운 감정을 느끼며
무표정하게 다닌 길들. 그리고 시 외곽의 정돈된 정원들
도 있었다. 나는 우리 둘의 첫 번째 싸움을 떨쳐버리려
걷는다. 이제는 무언가를 발견하기 위해 떠나는 것이 아

---

* 소고기 추출액과 물을 섞은 음료, 영국 국민 음식의 하나.
** 로마의 지명.

니라 도망치기 위해서다. 몇 시간에 불과한 우스꽝스러운 도피이자, 결국 나의 거처로 되돌아가고 말, 떠나는 시늉에 불과하다. 세월이 흐른 후에는 불쑥 어디론가 떠날 가능성마저 사라진다. 어린애를 데리고 가다니, 얼마나 수치스러운 일인가, 훨씬 후에는 떠난대도 아무 소용없어, 라며 도피하려는 생각마저 박탈당한 채, 나는 냄비를 붙들고 운다. 길든 망아지.

아니, 내 소녀 시절이 언제나 성공 가도만은 아니었다. 원피스를 찢어먹고, 거짓말을 해서 어머니에게 따귀를 맞았고, 어머니가 죽었으면 하고 바랐고, 화가 나서 숨이 막히기도 했고, 공상마저 시들해질 때면 권태에 사로잡혔고, 언니나 여동생이 있으면 좋겠다고 생각했고, 잘 지켜봐야 하는 변덕스럽고 음흉한 카페 손님이 많지 않은 밤이면 이따금 슬픔에 잠기기도 했다. 죽음에 대한 온갖 두려움. 하지만 소녀에서 성인 여성이 되기까지 되돌아보면, 내 어린 시절에는 적어도 어떤 그늘이, 말하자면 여자아이는 순하고 약하며 남자아이보다 열등하고, 남자와 여자 사이에는 역할의 차이가 있다는 식의 생각이 드리워지지 않았음을 알고 있다. 오랫동안 나는, 아버지가 요리하고 〈담장 위의 닭〉이란 노래를 불러주며, 어머니는 나를 레스토랑에 데려가고 돈 관리를 하는 그런 세계 이외의 또 다른 세계의 질서를 경험하지 못했다. 남성성이나 여성성이란 단어도 나중에, 그것도 오로지 그런 단어가 있다는 것만 알게 되었을 뿐이다. 아랫도리에 뭐가 있고 없고는 큰 차이라고 사람들이 설명해줬지만 나는 그것이 무슨 의미인지 지금도 잘 모른다. 웃기는 소리다, 허튼소리가 아니라 정말 진지하게 하는 말이다. 비록 내가 남녀의 차이를 존중하지 않는 정말 색다른 방식으로 키워져서 더 고생을 하기는 했지만.

고백하건대, 나는 내가 여자애라는 사실에 만족하는 편이었다. 물론 그건 어머니 때문이다. 그리고 내 주위 환경 때문이기도 하다. 카페에서는 남자들의 세계가 펼쳐진다. 다섯 중 넷은 너무 많이 마시고, 욕을 하고, 공사판의 더럽고 힘든 일로 지쳐 있다. 몸짓을 많이 하는 사람들, 고함치는 사람들, 술이 들어가지 않으면 말 한마디 제대로 못 하는 사람들, 모두를 죽여버리겠다는 사람들, 술이 잔뜩 들어가면 상사를 욕하는 사람들, 그들의 대화는 가벼운 광기일 뿐이다. 나쁜 남자들은 자기 아내에게 주먹질을 하고, 착한 남자들은 아내에게 봉급을 가져다준다. 그러면 아내들은 그에 대한 감사의 표시로 그들이 일요일이면 술집이나 축구장에 가서 총각 행세를 하게 해준다. 내 생각에는 여자 쪽이 훨씬 진지하다. 그건 상점에서도 확인할 수 있다. 여자들은 먹거리,

바느질 실, 개학 때 필요한 연필과 20센티미터 자에 관심을 두고, 엉뚱한 짓은 하지 않는다. 게 한 상자를 사는 데도 고민한다. 여자들은 가게 선반을 유심히 살핀다. 더 필요한 건 없으세요? 어머니가 부드럽게 말을 잇는다. 지갑을 쥐고 있는 여자들에게, 버터 비스킷 큰 것 한 상자를 팔아 이익을 남겨야 하니. 책임자. 적어도 집안을 꾸려가는 건 여자들이다. 돈을 헤프게 쓰면 안 된다는, 너무나도 많은 의미가 담긴 이 문장을 백번도 넘게 들었다. 최소한 일요일에는 때 빼고 광내서 아이들을 가게에 보내고, 술 마시는 데 월급을 탕진하지 않고 사소한 일로 직장을 바꾸지 못하게 남편들을 관리하는 것. 여자들의 거의 모든 불행은 남자들 탓이라는 사실을 나는 어렴풋하게 알게 된다. 깨닫는 데 오래 걸리지 않는다, 나의 롤 모델은 내 어머니이고 어머니는 푼돈에 휘둘리는 사람은 아니다.

소녀가 된다는 것은 일단 나 자신이 되는 것이었다. 나는 항상 나이에 비해 키가 너무 컸고, 얼굴은 창백한데 힘은 셌으며, 배가 살짝 나와서 열두 살까지 허리란 게 없었다. 멜빵을 하지 않거나 벨트로 꽉 조이지 않으면 치마가 흘러내릴 거라며 양장점 주인은 "멜빵을 하는 게 편할 겁니다"라고 한다. 나는 편한 옷, 게다가 오래 입을 수 있는 옷만 입는다. 애교, 아양, 장난기 어린 미소, 동정심을 불러일으키려는 눈물, 그런 건 하나도 모른다. 어머니는 '징징대는 여자애들'을 엄하게 대하고, 울기라도 하면 "눈물을 뺐으니 오늘 밤에는 오줌을 덜 싸겠구나"라고 하면서 우는 건 연극이라고 말한다.

남에게 미칠 영향을 생각하지 않고 최고의 기쁨과 행복을 찾는 소녀. 목요일과 일요일마다 멀미가 날 때까지 침대 시트 속에 파묻혀 있거나, 벌거벗고 거울 앞을 지나가며 자신의 모습을 비춰보거나, 점심시간에 학교에서 돌아와 식사를 기다리지 않고 빵에 따뜻한 마멀레이드를 발라 먹으며 책을 읽거나, 쑥부쟁이가 피어 있는 화단과 빈 대형 상자가 있는 안뜰에서 그 사이로 끊임없이 자전거를 타거나. 나의 자전거, 경이로운 꿈의 도구. 자전거 안장 위에서, 공기의 존재가 되어, 움직이는 땅과 움직이지 않는 하늘 사이에서 부드러운 진동으로 흔들리면서, 페달을 밟는 내 다리의 리듬에 따라 나는 이국적인 공상의 이야기를 풀어낸다. 여름이면 사촌들이나 동네 여자애들과 어울려 논다. 흥분 속에서 기쁨의 탄성을 지르며 시작해 그네의 가로목에 걸터앉아 간식을 먹느라 중단되고, 서로 화를 내거나 싸움으로 끝나버리던 놀이, 고해성사 때 창살 뒤의 목소리가 자세히 물어보지 않길 바라지만 조심스럽게 털어놓아야 하는 상스러운 대화에 빠져버리는 놀이. 준비하면서 에너지를 다 써버리는 세례식, 결혼식 놀이, 우리 도대체 뭐 하려고 했었지? 이 말이 나오면 흥미를 잃고 새로운 모험을 찾아 거리로 뛰쳐나갈 시간이 된다. 가장 신나는 일은 복숭아나 배를 서리하거나, 사내아이들과 맞닥뜨리면 멀찌감치 떨어져서 뚱뚱보, 사팔뜨기, 바보천치라고 즐겁게 놀려대는 것이었다. 그러다 그들이 조금만 따라와도 "엄마, 쟤들이 우리를 귀찮게 해!" 소리를 지른다. 그러면 "먼저 시작하지 말았어야지" 하고 어머니가 대답한다. 매일 줄타기를 했다. 오른쪽 다리에 밧줄을 감고 왼발을 오른쪽 발 위에 올리면 원피스가 온통 치켜올라가고, 온몸이 긴장한다. 가로목 제일 높은 곳 고리에 매달렸다가 급히 내려오면 발목부터 엉덩이까지 곳곳에서 밧줄이 불화살처럼 느껴진다. 손바닥에 침을 탁탁 뱉고 다시 올라갔다가 다시 아래로 내려온다. 조용하고, 정적인 놀이는 절대 하지 않았다. 여럿이 어울릴 때면, 나는 형제 없이 자란 외동아이가 외롭게 혼잣말을 했던 것을 만회하려는 듯 억제하지 못하고 목청 높여 말한다. 나나 내 놀이 친구들에게서는 여자애들의 타고난 조심성, 얌전한 몸가짐, 짐짓 놀란 듯한 내숭은 흔적도 찾기 힘들다. 소꿉놀이를 하고 작은 꽃을 따는 귀여운 여자아이들을 우리는 눈꼴사나운 애들, 잘난체하는 애들이라고 부른다. 학교 학생들 틈에서 조용히 하는 얌전한 오락은 원기 왕성한 내 즐거움을 가라앉히지 못한다. 소리 지르고, 원피스가 어찌 되든 상관없이 아무도 찾아내지 못할 곳에 숨고, 넌 이런 건 못할걸, 큰소리치며 르페브르 할머니 집 초인종을 누르고, 내가 그랬다고 당당하게 떠들며, 거드름을 피우고, 복숭아를 서리하기도 한다. 이런 삶의 기쁨이 다른 언어로는 만행, 천박한 교육이라 불리는 걸 나는 몰랐다. 여자애들에게 훌륭한 교육이란 생선 장수 아줌마처럼 아우성치지 않고, 상스러운 말 대신 어머나, 저런, 같은 말을 쓰고, 거리를 싸돌아다니지 않는 것이다. 노동자들이 드나드는 카페주점과 농민 출신인 내 윗세대 여자들이 있는 환경에서는 세귀르 백작 부인이 쓴 동화 속 소녀처럼 자라지 못한다.

내가 지나온 여정을 정직하게 말하기는 쉽지 않다. 어머니는 내게 인형을 많이 선물해주었다. 그렇다, 어린 나에게 양보하는 마음으로, 약간의 측은지심과 함께, 싫은 기색 없이. 언제나 내가 졸라댔으니까. 하지만 유아차에 아기 인형을 눕혀 데리고 나가는 것은, 우스꽝스러운 짓이라며 금지했다. 우리 동네에서는 인형을 '배낭'이라고 불렀지만, 그 '배낭'은 집 밖으로 가지고 나갈 수 없었다. 어렴풋하게 떠오르는 기억으로는 항상 곱슬머리에, 움직이지 않는 눈, 크게 벌어지지 않아 내 군것질

거리를 밀어 넣을 수 없는 입술을 가진 인형들은, 계속해서 사라지고, 망가지고, 고집스럽게 새것으로 바뀐다. 예쁜 옷에 뜨개질한 장화를 신고, 울음소리까지 내는 인형을 친구들에게 보여주는 뿌듯함이라니! 감탄이 시들해지면 인형을 아기침대에 눕혀놓고 밧줄 타기를 한다. 나는 언제나 기적이 일어나리라고 믿었다. 이 인형만은 사랑할 거라고, 뜨개질해서 옷을 만들어줄 거라고, 안뜰에 내다 버리지 않을 거라고. 인형에게 붙여줄 이름을 찾으면서 느끼는 환희와 의심, 치밀한 인형 세례식 준비. 그러고 나면 특별히 인형에게 해줄 일이 없다. 애지중지한다는 것은 정확하게 무엇일까, 옷과 헝겊 모자를 만들어주는 것일까, 나는 능숙하지 않았고, 어머니에게 도와달라고 조르면 어머니는 퉁명스럽게 저리 가라고 했다. 알자스풍 유아차 안에 가만히 앉아 있는 인형의 차가운 얼굴은 나를 우울하게 한다. 꼼짝도 하지 않는 인형과 너무나 활기찬 나, 겨울이 지나고 처음으로 나의 맨 팔 위에 느껴지는 초봄의 포근한 공기, 사순절 셋째 주 목요일에 손가락 빨아가며 먹는 크레이프의 맛, 나는 인형을 바라본다. 인형과 함께할 수 있는 그 무엇도 상상할 수 없다. 인형 앞에 선 외로운 아이. 나는 인형에게 쌍방의 사랑을 기대하지만 그건 꿈이다. 인형의 딱딱한 몸, 지워지지 않는 붉은 립스틱을 바른 바보 같은 미소. 인형을 조금이라도 살아 움직이는 것처럼 만드는 유일한 방법은 인형을 학대하는 것, 변신시켜 결국 망가뜨리는 것이다. 시작은 언제나 머리부터다. 머리를 땋았다가, 컬을 만들었다가, 감긴다. 그리고 자른다. 끝이 정해진 과정. 머리가 다 빠져버린 불쌍한 아가씨, 그 보기 흉한 머리 때문에 나는 인형에게 무슨 짓을 해도 좋다고 생각한다. 치마가 뒤집힌 우스꽝스러운 자세로 떨어지는 걸 보려고 인형을 집어 던지고, 가슴을 고무줄로 묶고 한쪽 팔을 잡고 뱅뱅 돌린다. 순식간에 팔이 빠진다. 그러면 나는 최후의 불경을 저지를 수 있다. 이리저리 흔들 때마다 '엄마' 소리를 내는, 소금통을 닮은 장치를 인형의 배 속에서 적출해낸다. 갓난아기 모양의 인형은 다르다. 너무나 진짜 아기들을 닮아서 고문은 명백한 범죄행위가 된다. 하지만 그 인형들도 때로 원래 기능과는 다른 역할을 하기도 해서, 어느 여름날 오후 나절에, 내가 미셸이라고 불렀던 조그맣고 통통한 인형은, 나의 작은 파트너 역할을 기막히게 해냈다고 감히 말할 수 있다.

나는 가리지 않고 놀았다. 줄넘기도 좋아했고 사방치기도 좋아했다. 벽에 대고 공치기, 두 손바닥을 모으고 손에서 손으로 골무 돌리기, 내가 선택되지 않았을 때의 실망 또는 우정의 은밀한 증거인 양 내 손바닥 사이로 골무가 흘러내리는 감촉과 함께 내가 선택되었을 때의 감미로움. 자전거 핸들에 두 발을 올리고 자전거 타기. 피구. 도미노로 집 쌓기. 나무 타기. 때때로 일요일에는 게테 동네에서 사촌들과 거리 아이들과 어울리곤 하는데, 남자애들은 이해가 안 된다. 남자애들은 우리 여자애들을 무시하고 자기네들끼리 싸우고, 공장 안뜰의 톱밥 속에서 뒹굴고, 우리는 그들을 바라보기만 한다. 나는 그 애들에게 달려들어 간질이고 깨물어보지만, 그들은 정말로 우리와 놀아줄 생각이 없다. 어느 날인가 남자애들이 쓰는 욕지거리를 내뱉으며 그들을 도발했다. 기억의 영상 속에서 열네 살 키 큰 남자애 둘이 나를 돌아본다. 그중 한 아이가 다른 아이에게 **도대체 저게 커서 뭐가 될까**, 라고 한다. 경멸하는 어투. 위협. 나는 남자들의 대화를 엿들어본 적이 많아서 그것이 어떤 의미인지 짐작한다. 하지만 뭐라고 응수해야 할지 모른다. 남자애들처럼 싸우기 좋아하고 욕지거리를 하는 것과, 그들 말처럼 잡년이 되는 것 사이에 어떤 확실한 관계가 있는지 그때까지 몰랐다. 상처받았던 내 모습이 생각난다. 최악은, 그걸 이해하지 못했다는 것, 그에게 덤벼들어 때려주고 싶은 마음조차 없었다는 것이다.

　내가 뭐가 될 거냐고? 대단한 사람이 되겠지. 그렇게 되어야만 한다. 어머니도 그렇게 말한다. 그리고 그건 좋은 성적을 받는 것으로 시작한다. 토요일마다 어머니는 내가 산수와 받아쓰기에서 10점 만점을 받았는지 챙긴다. 하지만 피할 수 없는 바느질 과목에서 4점을 받거나 품행 점수에서 낙제를 겨우 면한 것에 대해서는 잔소리를 하지 않는다. 조금만 산수 과목 점수가 내려가도 어머니는 얼굴을 찌푸리고, 아버지는, 넌 구구단을 외우고 동사 변화 연습할 시간은 없는 거냐고, 딸에게 변명의 여지를 주지 않는다. 부모님은 내가 숙제를 할 때면, 물론 놀고 있을 때도 그렇지만, 식탁을 차리거나 접시를 닦으라는 말로 절대 방해하지 않는다. 부모님은 "넌 너만 생각하면 된다"라고 말한다. 이 얼마나 큰 선물인가! 자기를 희생하는 맏딸의 미덕이나, 식전주에 어울리는 안줏거리를 가져오는 심부름 잘하는 막내딸의 매력, 그런 종류의 일은 우리 집에서는 필요하지 않고, 심지어 못마땅해한다. 여자아이가 자신이 쓸모 있다고 여기는 기쁨, 사랑받기 위해서는 자기 방을 잘 정리하고 '얌전하게' 식탁을 치워주는 걸로 충분하다는 생각 같은 건 난 해본 적이 없다. 나 자신과 나의 미래에 대해서만 책임이 있을 뿐이다. 아주 가끔, 막연하게 두렵기는 했다. 학교에서 완벽하게 공부를 잘하기보다 채소 껍질을 벗기고, 모두에게 아양을 떠는 것이 훨씬 쉬우리라고 생각했다. 아주 가끔이긴 하지만. 9월의 무거운 잿빛 하늘, 저쪽 카페에서 들려오는 떠들썩한 사람들의 목소리, 쑥부쟁이들에 벌떼가 붕붕거리면 곧 개학이다. 미래. 일곱 살에서 열 살 무렵, 나는 무언가를 하기 위해 이 세상에 존재한다는 사실을 안다. 남자라는 이유로 우선권을 가지고 태어나 나의 미래를 막는 남자 형제가 나에게는 없다.

어머니의 태도 역시 의도한 것이었음을 이제는 안다. 어머니가 부르주아에 속하지 않았다고 해서 그 자식이 부르주아가 되지 말라는 법은 없기 때문이다. 어머니는 자신처럼 공장의 길로 들어서지 않는 딸, 누구에게나 빌어먹을! 이라고 말할 수 있고, 자유로운 삶을 사는 딸을 원했다. 어머니에게 교육은 빌어먹을 것이자 자유였다. 그래서 내 성공을 막을 수 있는 그 무엇도, 잔심부름과 기운 빠지는 집안일 돕기도 나에게 요구하지 않는다. 중요한 것은 바로 내가 여자아이라는 이유로 그 성공이 나에게 금지되지 않았다는 것이다. 내 부모님에게는 어떤 인물이 된다는 것에 성별이 문제되지 않았다.

그것은 면사포를 쓴다고 달라지는 것도 아니었다. 끈질기게, 한결같이, 일찍이 부모님은 결혼은 남자아이에게 일어나는 것과 마찬가지로, 학교를 다니거나, 직업을 가지는 것 같은 또 다른 모험에 지나지 않는다고 나를 설득한다. 산책할 때면 어머니는 나에게 따라서는 안 될 수많은 사례를 이야기해준다. 너무나 착하고 너무나 똑똑한데 약혼하는 바람에 대학입학 자격시험에 실패한 어린 누구누구, 지나치게 멋진 결혼을 상상하다 환상의 희생자가 되어버린 또 다른 누구누구. 어머니 말을 들어보면 이 도시는 자기 인생을 착각한 어리석은 여자들로 넘쳐나고, 나는 정말 조심해야겠다고 생각한다. 성공한 경우의 이야기는 동네에 그만큼 많이 퍼지지 않는다. 루앙에서 오는 기차에서 내릴 때 묵직한 책가방 무게에 짓눌린 듯한 모습의 뒤빅이라는 아가씨가 있는데, 의대에 다녔다. 마드무아젤 제이는 보충수업 영어 선생님인데 매일 우리 가게에서 우유를 사고 장을 좀 봐간다. 많지는 않지만, 누구누구 아무개나 그 여자애로 불리는 게 아닌, '마드무아젤'이라 불리는 여자들이 있다. "일단 네 인생을 잘 준비해야 한다"라는 어머니의 순박함, 어머니는 지식과 좋은 직업이 남자들의 힘을 포함한 모든 것으로부터 나를 보호해주리라 믿었다.

하지만 어머니의 인생 사용법에도 빠진 부분이 있었음을 말해야겠다. 제약 없이, 내가 스스로를 자랑스러워하며 자라기를 바랐을 텐데 꼭 그렇지만은 않다. 나는 다리나 배보다 더 따뜻하고 더 활기찬 그것, 어머니가 '서푼짜리 지지'라고 부르고, 내 머릿속에서는 '서글픈', '서러운', '더러운'으로 음운 변화하며 쓰이는 그것에 관해서만은 온전히 나 혼자다. 숨겨야 하는 불결한 것. "셔츠 바람으로 그만 좀 돌아다녀라, 사람들이 다 보겠다!" 심각한 얼굴로 빨리 씻어야 하는 것. 어둠 속에서 홀로, 불안과 나중에는 수치심을 느끼면서도 한편으로는 기분이 좋아질 때까지 계속해야 하는 필요 사이에서 허우적대는 것. 뭔가 알고 싶었는데, 안다는 것이라고 해봐야 어른들의 모든 이상한 말들을 숨어서 엿듣는 것이었다. 지금도 소녀 시절의 나의 몸, 그리고 몽상과 다른 아이들과의 대화를 생각하면 역겹다. 사춘기 이후 나는 그 시기를 기억에서 완전히 떨쳐버렸다. 열다섯 살 때, 나는 한 남자에게 완전한 순결, 마음, 영혼, 몸을 주고, 그러면 그는 신처럼, 빈집에 들어오듯 내 안으로 들어오리라는 생각에 끈질기게 사로잡힌다. 어린 시절의 놀이와 더듬대던 일들은 잊어버리고 그 남자와 함께 쾌락이 시작되리라고 끊임없이 생각한다. 사실 첫 번째 경험은 다섯 살이 되기 전, 꿈속에서였다. 가끔 멋진 의식이 있을 때면 부모님이 나를 데려가던 거대하고 어두운 성당에, 나 혼자 있다. 나는 예쁜 모습으로 조용히 찔끔찔끔 오줌을 누고 싶다. 왁스 칠을 한 대설교단 아래 쭈그리고 앉았는데 오줌이 나오지 않고 내 몸속에서 타버리기를 갈망한다. 그때 나를 빤히 바라보고 있는 신부님을 발견한다. 레이스가 달린 흰색과 검은색의 짧은 미사

복 차림이다. 오줌을 누고 싶은 욕구는 끔찍하게 강해진다. 밤이 된다. 나는 수치심을 떨쳐버리고 싶고, 내가 발견해낸 것들을 당당하게 말하고 싶다. 어른들에게 숨길 수 있었던 나의 비범함, 천사 같은 소녀라는 이상형에 대한 나의 완강한 저항, 설교단의 신부님이 아닌 고해실에서 고약한 입 냄새를 풍기는 또 다른 신부님의 심문에 대한 나의 완강한 저항에 감탄하고 싶다. 두 개의 하얀 덧문으로 닫힌 붉은빛의 작은 집, 피부가 벗겨진 것처럼 미끄럽고 연약해서 염려스러운 그 부위를 탐험하면서, 신비로운 욕망의 비밀을 본능적으로 찾는 것이 슬픈 일은 아니니까. 숨겨진 그림. 후에 프라도 미술관에서 반쯤 열려 있는 세 폭 그림을 보면서 느낀 당혹감. 붉은색과 흰색. 여왕은 바늘에 찔렸고 피가 흰 눈 위로 떨어졌다. 덧문을 연다. 때때로 소꿉장난 도구를 이용해 그곳을 조심스럽게 탐색해본다. 얼마 후 내가 그 소꿉장난 도구들을 바라보면 그 도구들도 기억하는 것 같다. 초등학교 1학년 시끄러운 교실에서, 샹탈은 침흘리개 주느비에브 앞을 맴돌며, "이렇게 해봐" 한다. 손가락을 관자놀이에 대고, 자기 치마를 걷어 올리고, 팬티를 한쪽으로 잡아당기면서 재빨리 자기의 은밀한 부위를 벌렸다가 치맛자락을 끌어 내리고는 "주느비에브, 너도 해봐" 한다. 조금 덜떨어진 주느비에브는 머리를 내저으

며 놀이를 거절한다. "그러면 안 돼, 피날 거야." 그녀 말
이 맞을 거다. 나 또한 그것이 몸 한가운데 드러난 베인
상처, 하지만 피도 안 나고 아프지도 않은 상처라고 생
각한다. 아홉 살까지의 기억 중, 별 깊이 없는 이런 이미
지 말고는 아무것도 생각나지 않는다. 여자 친구들과 여
자 사촌들끼리는 그것을 두고 '내 것'이라고 말하는데,
내 것은 절대 '네 것'과 비슷하지 않다. 자기 것을 보여주
는 여자애들과 남의 것을 쳐다보는 여자애들이 있었고,
만지도록 내버려두는 여자애들과 만지는 애들이 있었
다. 내가 어느 쪽이었는지는 확실히 모르겠지만 차라리
후자에 가까웠다. 대체로 이 모임에서 내가 가장 어렸고
딱히 새롭게 보여줄 만한 것이 없었기 때문이다. 브리
지트의 재미있지만 굼뜬 해부학 강의, 항상 꼬불꼬불하
게 출렁이는 머리에 이글거리는 눈빛, 뾰족한 턱, 브리
지트는 머지않아 진정한 붉은빛이 될, 벌써 조금 거무스
름해진 그곳을 보여주고 설명하는 것을 정말 좋아한다.
우리 사이에서 이것을 부르는 이름은 많지 않았고, 이런
것에 대해 진지하게 다룬 이름들이 사전에 있을 수 있다
는 건 생각조차 못했다. 그냥 통틀어 '그것'이라고 했다.
머지않아 어른들이 익었다고 말하는 '그것처럼' 될 것이
고, 나중에는 '그거 하기'를 할 수 있을 것이다. 이런 교
육적 놀이를 하다가 부모님에게 들킬까봐 얼마나 두려

웠던지. 어떡해, 우리를 감옥에 보낼 거야. 그러면서 우리는 용감하게 웃곤 했다. 우리 몸에 대한 호기심에 저항하기란 불가능했다. 남자아이들이 우리에게 하사한다고 말하는 '아무것도 아닌 그것'이 대체 여기 어디에 있단 말인지, 나는 그때까지 알 수가 없었다. 반대다, 그것은 모든 것이다. 경이로운 이야기가 자리하는 곳, 파편들로 내게 다가와서 다시 이어붙이기 쉽지 않다. 그런데 내가 정말 찾아내려고 하기는 했나? 상상의 나래도 펼쳐보았다. 어쨌든 그 모든 것이 단순하지 않았을 테다, 어른들이 그렇게 호들갑을 떨어댔을 리 없다. 손으로 입을 틀어막고, 공원에서 서로를 끌어안고 있는 남녀가 나누는 대화와 그들이 남몰래 하는 유희를 통해, 그리고 그들을 유심히 바라보면서 나는 진전을 이룬다. 내 몸의 깨어남은 이 엉성한 지식과 떼어놓을 수 없다. 후에 교양 있는 내 여자 친구들은 어떻게 모든 것을 단번에, 차분하게, 배웠는지 알려주었다. 엄마의 무릎 위에 앉아, 작은 꽃이며, 씨앗이며, 엄마가 그려주는 예쁜 그림을 본다. 모든 것이 조화롭고 기하학적이며 잘 맞물려 있는 그 그림이 각각에 대한 설명과 그것의 작동을 자세하게 가르쳐주었을 것이다. 나는 그 친구들을 부러워하지 않는다. 그 친구들에게도, 유일하게 중요한 것, 개별적 사용법에 대해서는 알려주지 않았을 테니까. 가장 이른 기억은, 네 살 때, 내 또래 이웃집 꼬마가 내 옆에 서서 벽에 오줌을 누던 것으로, 그걸 못 보게 사람들은 나를 떼어놓았다. 고통스러운 차이의 발견은 여덟 살 무렵의 내게 큰 즐거움이 된다. 게테 동네의 유명한 사티로스 동상에서 아무렇지도 않게 그것을 멀리서도 알아볼 수 있던 때, 혹은 뻔뻔스러운 여자 친구들이 남동생들에게 "팡푸아, 너 고추 좀 보여줘"라고 해서 그것을 더 가까이에서 볼 수 있을 때. 애걸하지 않았는데도 그들은 쉽게, 그 놀이에 싫증이 나지 않는 한, 원하는 만큼 들어주었다. 하지만 남자아이들의 거시기 앞에서는 늘 웃음이 나오는 반면 우리들의 그것을 보면 교리문답보다 더 진지해졌다. 물건, 거시기, 줄여서 '것', 부르기만 해도 이상했다. 도전한답시고 평범한 노래에 그 단어를 섞어서 부르는 것도 이상했다. "내가 말할 수 있나 내기 할까- 아니 못할걸-두고 봐." 그네에 앉아서 외친다. "그게 고추였다면 더 근사했을걸, 그런데 그게 없구나, 알라 알라 알라!" 호기심, 놀잇거리, 정말 우스꽝스럽다. 어머니는 그것을 창가에 놓인 초라한 화초 같다고 '하찮은 것'이라고 부른다. "밀롱 할아버지, 하찮은 그것 좀 감추세요, 어서요, 애들이 있어요." 오랫동안 그것은 내게 단지 차이로 존재할 뿐, 쓸모없는 물건이다. 남자들이 손가락으로 아이를 만들어낸다고 생각했으니까. 이야기의 첫 단계는 흉내 내기. 대체 얼마나 오래 지속되는 것일까, 1분, 아니면 한 시간. 그 하찮은 것이 무엇에 쓰이는지 알게 된, 이야기의 두 번째 단계에 도달했을 때조차 해결되지 않는 문제였다. 그리고 그 모든 신기한 의문들. 학교 가는 길에 있는 거대한 광고가 나의 호기심을 끈다. 한 여자가 드러누워 있고 한 남자가 그녀의 드레스가 움푹 파인 곳에 머리를 대고 있다. '〈비밀〉, 가족 주간지' 어머니는 가게에서 그런 광고가 부끄럽다고 말했다. 머리로도 그것을 하는 걸까? 그리고 어른들의 농담에 종종 등장하는 무릎 이야기, 테이블 아래에서 무릎을 맞대거나 어루만지는 것, 그 무릎의 매끈한 표면은 내게 어떤 영감도 주지 못했지만, 가능한 일이었으리라. 오랫동안 나는 모든 것이 표면에서 이루어진다고 생각했고, 작은 복도가 있는 덧문 안쪽으로 깊숙이 들어갈 수 있을 것이라고는 상상조차 못했다. 심지어 월경도 어느 날 내 피부에 철책처럼 그어지는 가늘고 붉은 줄무늬라고 생각했으니까. 브리지트의 강의는 명료하지 않았던 것 같다. 이야기의 다음 단계는 나를 겁먹게 했다. 내가 짐작했던 것일까? 아니면 사람들이 내게 속삭였던 것일까? 기억이 뒤죽박죽이다. 작고 붉은 집이 아니라 오줌을 누고 아기를 낳는 축축한 구멍. 흉내 내기는 끝났고, 경험은 쓸데없고 고통스러울 것이다. 한동안 나는 어쩔 줄 몰라 하며 내 그것의 중요한 부분이 그 어떤 따끔거림도 느끼지 못하는 지하 통로이거나 소리도 없고 보이지도 않는 빈 구멍이라고 생각했다. 이제는 그 차이가 분명해 지고, 타당해지며 당혹감을 안겨준다. 언제나처럼 놀라 움을 억누른다. 내가 기억하는 가장 오래전까지 거슬러 올라가도, 유년기에는, 아무것도 나를 역겹게 하지 않았 고, 그 어느 것도 절대 불안감이나 혐오감을 느끼게 하 지 않았다. 나는 이 새로움을 받아들여야 했고, 오로지 즐거움의 약속만을 생각하기 위해 내 몸 안에 알 수 없 는 부분을 가지고 있다는 걱정을 떨쳐내야 했다. '그것 을 하는 것'은 다른 무엇일 수 없다. 그것은 세상에서 가 장 중요한 것이며, 당연히, 무의식적으로, 그것과 필연 적으로 결부되는 끔찍한 결과, 아기의 탄생을 끌어내는 행위라는 결론을 얻는다. 첫 영성체를 받는 해, 초등학 교 5, 6학년 시절에 유행하던 노래 한 구절, "마르세유 에서 해보고 / 파리에서 결혼하고 / 툴롱에서 배부르고 / 마콩에서 조무래기를 낳는다네." 그래도 쾌락이 먼저 고, 언제나 그 뒷일은 내 상상 속에서 지워버렸다. 출산 은, 나를 사로잡는 유일한 두려움이었다. 나는 『바람과 함께 사라지다』에서 밧줄, 더운물, 울부짖으며 침대 봉 에 매달리기 같은 것으로 출산을 배웠다. 참을 수 없는 고통과 극심한 공포. 자전거 타이어에 쐐기가 박혔을 때

아버지가 집게로 뽑아내듯, 겸자로 아이를 빼내는 그런 난산에 대한 막연한 쑥덕거림. 나는 늘 이런 에피소드는 내 이야기에서 밀어내버리고, 가슴이 봉긋 솟아오르고, 체모가 자라고 월경이 시작되는, 내가 호기심으로 마음 졸이며 기다리던, 좀 더 즐거운 에피소드에 집중하고 싶다. 그 마지막 변신이 일어나기를 기다리며 얼마나 지루했는지 모른다. 언제가 될지 날짜도 시간도 모르고 전조도 없이 찾아오는 그 기적, 내 몸에 일어나야 하는 모든 사건과 마찬가지로 그냥 일어나는 순수한 사건, 나는 그 뒤의 일은 생각하지 않는다. 언젠가 나는 월경을 시작하며 소녀가 될 것이고, 붉은 영광 속에서 산책할 것이고, 새롭게 태어난 나와 함께 잠들 것이며, 인생은 완벽에 가까워질 것이다. 징벌과도 같은 출산을 제외하면, 내 모든 변신은 내게는 축제와도 같았다. 나는 매달 여자들의 얼굴을 찌푸리게 만드는 고통을 믿지 않았다. 어머니는 결코 불평하는 법이 없었고 나는 마침내 '그것'이 됐다는 행복과 복통을 연결하지 못했다. 나는 고통스럽지 않을 거라고 확신했고, '그것을 하는 것' 역시 좋아할 것이라고 믿었다. 뒤에 올 이야기는 단순하지 않다. 남자아이들에 대해서는 아는 게 별로 없었지만 재미있는 이야기가 펼쳐지리라 느꼈다. 풀이 나지 않는 마당의 어두운 땅 위에서 자전거가 덜거덕거린다. 나는 커다란 상자들 사이로 요리조리 페달을 밟으며, 인도와 아르헨티나를 내 머릿속으로 데려온다. 모든 것이 허용될 내일의 영광스러운 이 몸도 함께. 열 살 때는 여행과 사랑보다 더 멋진 건 세상에 없다고 생각했다.

몸의 라인과 감정의 라인은 혼동되지 않는다. 감정선은 더 점선에 가깝다. 정말 내가 사랑에 빠진 소녀였던가? 흥미의 대상이자 몽상에 꼭 필요했던 상대 남자아이들에게 이름과 얼굴이 있었나? 나는 내가 읽은 책에서 수많은 이름과 얼굴을 만들어냈다. 스칼렛에게 거부당한 찰스는, 손가락이 필요하고 손가락이면 충분했던 시기에 내 약혼자다. 〈쉬제트의 일주일〉이라는 소녀 잡지에서 나는 딱 좋은 나이인 열네 살의 영웅들을 찾아내고, 브르타뉴의 작은 성 깊은 곳에 있는 보물을 찾으러 그들을 따라나선다. 현실 '남친들'도 있었다. 내 여자친구들이 많은 '남친들'을 찾아준다. 쟤 남친으로 어때? 아니면 쟤는? 나는 양껏 도도하게 굴면서, 고르고 골라서, 누가 더 마음에 드는지 말하고, 기회가 생긴다면 저 남자애랑 뭐든 할 것이라고 내 목을 걸고 맹세한다. 얼마나 대단한 기회인가! '안녕'이라고만 한다. 이름조차도 함부로 부를 수 없었다. 그건 진짜 고백이 될 수도 있었으니. 잊어버린 이름들. 우선 내가 떠벌리고 싶지 않은 남자아이들도 있었다. 밀랍 같은 피부의 유순한 성가대 소년을 잡으려는 내 노력. 그 아이는 교회 오른편에서 의자 사용료를 거두는 노파를 따라다닌다. 복음서 낭독과 거양성체* 사이에 모습을 드러내곤 하는데, 두 눈을 내리깐 채, 조금 짧은 붉은 가운 위에 레이스로 된 예쁜 성가대복을 입고 있다. 나는 그 아이의 양말에 눈길이 간다. 그가 작고 섬세하고 축축한 손을 내밀면, 나는 그 손 위에 20프랑짜리 동전을 얹어준다. 그러면 그가 내게 10프랑을 거슬러줘야 하고, 나는 거스름을 받으려고 손을 내민다. 일요일이면 나는 그의 시선을, 무언가를 기대하지만, 정복은 언제나 실패한다. 하느님과 성모마리아는 나를 도와주지 않는다. 관심을 끌기 위해서는 그 자리에 있는 것만으로 충분하지 않다는 것, 귀엽게 굴어야 하고, 조금은 애교도 부려야 한다는 것, 남자아이들에게 접근하는 데 내가 너무나도 서툴렀다는 것, 그들은 정복하기를 원한다는 것, 등등을 나는 그때까지도 이해하지 못한다. 그 모든 전술을 나는 더 나중에 배우게 되리라. 떠벌릴 만한 남자아이들도 있다. 초등학교를 졸업한 꽤 키가 큰 남자아이가 우리 집을 방문해서,

---

* 미사 중에 사제가 빵과 포도주를 그리스도의 살과 피로 축성하고, 성변화(聖變化)한 빵과 포도주를 들어 올려 신자들이 쳐다보고 경배할 수 있도록 하는 행위.

느닷없이 내 뒤에서 한쪽 팔로 과격하게 나를 껴안아 꼼짝 못하게 하고 내 목에 입술을 갖다 대고는 도망친다. 내가 준 비스킷을 갉아먹는 토끼들을 쳐다보고 있던 나는 '그의 불타는 입맞춤'에 당황했지만, 기절하지는 않는다. 어쩌면 그런 사건에 준비가 돼 있지 않았던 모양이다. 하지만 어쨌든 이제 끝, 나는 키스를 받았다고 말할 수 있다. 몇 년 동안 마법 같은 이름을 가진 남자아이가 있었다. 자크. 검은 눈, 흰 치아, 눈부신 미소, 아니, 이건 그 시절의 노래 가사지만 어쨌든 비슷하고, 더욱이 흰색 반바지 속의 갈색 허벅지. 롤러스케이트를 타며 오후 내내 함께 놀았는데, 그 아이는 한 번도 넘어지지 않았다. 여름. 시내로 가는 길에서 작별 인사를 했다. 아버지와 함께 버스를 기다린다. 버스 정거장에서 자크가 사는 거리 입구가 보인다. 오랫동안 기다렸다. 아스팔트를 깐 도로, 낡고 녹슨 물건들이 있는 빈 공간, 바다에서 나는 소리 같은 소음을 내는 저 멀리에 있는 공장들, 이런 것들을 바라보았다. 그것이 나의 첫 작별의 풍경이라는 것을 그때는 몰랐다. 다음 해에 다시 오리라고 생각했다. "자크가 말했어*, 팔을 들어 올려, 자크가 말했어, 발을 내디뎌봐." 운동장에 있는 한 소녀를 통해서 자크

---

* 자크가 말했어(Jacques a dit) 놀이. 한 아이가 자크가 뭐라고 말했어, 라고 말하면 다른 아이들이 그 행동을 따라 하는 놀이다.

가 내게 말한다. 나는 어디에든 그의 이니셜을 적어 넣었다. 그러나 그 역시 시간이 흐르자 희미해졌다. 부모님이 나를 벨기에 광장의 군악대 콘서트에 데려갔다. 까끌까끌한 코트를 입은 사람들의 등과 연기가 자욱한 하늘. 사람들 머리 사이로 숨 막힐 정도로 멋진 군인의 목덜미가 눈에 띄었다. 나팔 같은 것을 불고 있었는데, 이따금 한쪽 팔을 아래로 내려놓은 옆모습이 살짝 보였다. 그를 생각하면 늘 반듯한 그의 헤어라인과 카키색 윗옷 칼라 사이의 그 피부가 떠오른다. 나는 구두코로 땅바닥을 끊임없이 긁어대지도 않고, 자갈의 모양을 뚫어지게 관찰하지도 않고, 사람들 발 사이에 아주 작은 집을 그려보지도 않는다. 그 모든 것들은 한 장소에서 꼼짝 못하게 되었을 때 하는 일들이다. 그제야, 그 목덜미를 바라보면서, 나는 남자와 여자 사이에 무슨 일이 일어나는지 이해하게 된다. 브리지트의 설명으로는 아무것도 느낄 수 없었음을 깨닫는다. 뭔가 빛나는 것. 화장실에서나 할 이야기가 아니다. 최초의 진정한 남자의 존재.

방학 때의 마당, 커다란 흰 뭉게구름과 빈 병으로 가득 찬 큰 상자들 근처에서 풍기는 창고 냄새와 함께, 나는 그네를 타며 혼자 말하고 있다. 한 손님이 카페로 들어오고, 흰 셔츠를 입은 어머니가 선반 주위에서 분주하게 움직인다. 작업장에서 규칙적으로 들려오는 금속성

의 쿵쿵거리는 소리, 제재소에서 들려오는 떠는 듯 끽끽
거리는 소리, 가까운 철길에서 기차가 덜커덩거리는 소
리. 열 살 무렵의 내 주변에서 남자들은 세상을 움직이
고 흔든다. 그들이 길을 놓고, 모터를 수리하는 동안 여
자들은 집안에서 작은 소음만을 낼 뿐이다. 바닥 구석
에 빗자루 부딪히는 소리, 재봉틀이 속삭이는 소리. 다
른 여자애들도 그랬겠지만, 나도 그걸 몰랐다. 도시가
내는 진동음은 나에게 의미가 없다. 도시는 나와, 내 부
모님에게 소중한 나란 존재가 사는 공동(空洞)일 뿐이다.
남자아이들의 세계는 나에게 위협이 되지 않는다. 간헐
적인 꿈, 행복의 약속에 불과하다. 그때까지는 그림자도
아니고, 환한 빛도 아니다.

완전하다고 생각한 시절. 착각. 살아가면서 성찰이
나, 점잖은 미소나, 종교나, 다른 롤 모델들을 발견하면
서 어쩌면 조금씩 무너져내린 시절. 어머니의 이미지보
다 더 빛바랜 이미지들이 있다. 학교의 여선생님들은 강
하고 활동적이면서, 전능한 권력을 가진 여자들이다. 그
녀들은 손으로 칠판에 어려운 문제들을 써내려가고, 팔
짱을 낀 채 "자리에 앉아요, 조용히 하세요"라고 말하고
는 똑바로 우리를 응시하며 기다린다. 그녀들은 뭐든 알
고 있다. 그녀들이 사용하는 단어와 신중한 태도가 너무

낯설어 그녀들을 좋아하지는 않지만, 그래도 나는 그녀들을 존경한다. 그 여자들이 남자들보다 더 유식하다는 사실에 나는 신경 쓰지 않는다. 학교에서 보는 남자들은 내 할머니처럼, 검은색 긴 치마 같은 옷을 입고 있다. 여교장 선생님은 학기마다 성적표를 주기 위해 부속 사제와 수석 사제를 교실에 데리고 온다. 조금 얼빠진 듯한 신부님의 축축한 미소는 우리의 게으름과 멍청함에 화를 터트리기 일보 직전인 성난 교장 선생님의 붉으락푸르락한 얼굴과 대비된다. 물론 교장 선생님이 중요하다. 나는 성적을 걱정할 필요가 없다. 뛰어난 학업 성적이 주는 대단히 자아도취적인 자신감. 자유, 당당함. 거기에서 나오는 힘. 선생님들은 날뛰는 내 행동을 눈감아주고, 그 상태는 오래 유지된다. 나는 놀고 수다를 떨 친구가 스무 명이나 되는, 엄청난 행복을 맛본 유일한 여자아이다. 물론 그 친구들 가운데 반은 자기 과시하는 애들이거나 조금만 맞아도 우는 울보이긴 했지만. 나머지 반은, 옷차림이 가장 꾀죄죄하고, 가장 무례하지만, 충분히 나를 행복하게 해주었다. 존경하는 선생님들은 상류 계층 아이들로만 만족할 수 없었기에, 돈을 잘 내는 농사꾼의 딸들도 받아야 했고, 성공의 포부를 가진 회사원과 노동자들의 딸들로 학생 수를 채워야만 했다. 겨울이면 어머니의 스타킹을 팬티에 꿰매 입고 학교에 왔던 엘리자베스, 학교가 끝나면 함께 시내 거리를 돌아다니며 너무나 즐거워했던 샹탈. 우리는 표지가 맘에 든다는 이유로 레이몽 라디게의 소설 『육체의 악마』를 샀다. 이마를 덮은 머리카락 사이로 기막히게 선생님을 바라보던 베르나데트, 그렇게 빤히 쳐다보지 말고 시선 아래로! 라고 해봤자 소용없다. 그게 내 친구들이다. 내 친구들은 구리로 된 멋진 십자가 메달을 자주 받지는 못했다. 토요일마다 한 주 동안 최고로 근면하고, 말 잘 듣고, 백 미터 떨어진 거리에 선생님이 나타나기만 해도 귀신같이 알아차리고, 천사 같은 자세를 취하는 순진한 척하는 아이들이 받을 수 있는 메달. 그 메달은 교장 선생님이 볼에 뽀뽀해주며 직접 수여한다. 메달을 받은 여자애들이 행복해하는 모습은 정말 볼 만하다. 월요일이 되면 그 아이들은 멋진 두 겹 리본에 메달을 달아서 블라우스에 핀으로 고정하고 학교에 온다. 어떨 때는 리본 매듭을 네 번이나 지어서 메달이 정말 꽃처럼 보인다. 몇몇 아이들은 거울처럼 반짝반짝 광을 내서 오기도 한다. 내 눈에는 끔찍하기 짝이 없지만. 교장 선생님은 고집스레 내게 메달을 주려 한다. "얘야, 넌 품행으로는 이걸 받을 자격이 없단다. 단정함으로도 못 받아. 알아둬라." 교장 선생님은 나를 엄한 눈으로 뚫어지게 쳐다본다. "전 과목에서 10점 만점을 받을 수는 있어. 하지만 그걸로 선한 주님을 기쁘게 해드리지는 못한단다. 옛날에 정말 재능이 뛰어난 소녀가 있었단다. 너희들 중 누구도 그 아이의 발끝에도 미치지 못할 거야. 그 아이는 시험이란 시험은 다 통과했어, 전부. 그런데 그 아이가 지금 뭐가 돼 있는지 아니?" 쥐 죽은 듯한 고요. 나는 여전히 메달을 받으려고 서 있다. "사람들이 휠체어에 탄 그녀를 밀어주고 있단다. 그 아이는 지금 두 살 정도 지능을 갖게 돼버렸어. 하느님이 내리신 병에 걸린 거란다." 한순간, 내가 반에서 꼴찌였으면 싶다. 물론 그런 생각은 다시 들지 않는다. 하느님은 산수도 문법도 좋아하지 않는 게 분명한데 어머니는 그것이 중요하다고 하고, 얌전함이나 암송문 공책에 그려야 하는 작은 그림들은 고양이 오줌처럼 별 볼 일 없는 것이라고 한다. 십자가 메달, 시시한 것. 게다가 내가 십자가 메달을 잃어버리자, 어머니는 찬장 서랍들을 뒤져보면서 신경질을 부리다가 비스킷 봉투 안에 처박혀 있는 메달을 찾아낸다. 예쁜 두 겹 리본은 없다. "엄마가 그거 해줄 시간이 없구나! 열심히 공부해, 그게 중요한 거야." 이런 상황에서 교장 선생님이 하는 말을 전부 믿기란 어렵다.

틀리지 않고 시를 암송하면서 철저히 나 자신이 되는 즐거움, 명사나 동사, 형용사의 성수 일치 연습이나 정확한 문제 풀이. 힘. 그 힘이야말로, 여선생님들이 내가 내숭쟁이라고 부르는 아이들, 예쁘장하게 옷을 입고, 웨이브가 진 머리에, 엄마가 손수 머리핀을 꽂아주고, 흰 옷깃을 관리해주는 인형 같은 아이들을 다른 아이들보다 더 마음에 들어 한다는 확실한 사실에 대항하는 지원군이 되어준다. 나는 땋은 머리를 정수리에 핀으로 고정하고 다녀서 머리카락이 눈을 찌르지 않았다. 머리카락이 눈을 찌르면 불편하다는 것이 내 어머니의 확고부동한 원칙이다. 나는 상냥한 소녀들, 귀여운 장난꾸러기들을 선천적으로 우아한 아이들이라고 생각했다. 촌극이나 깡충깡충 뛰는 무용 같은, 가족들을 초대하는 모든 종류의 학교 축제를 담당하는 여선생님이 어느 날 교실에 와서 선발해가는 아이들. "차이콥스키의 〈꽃의 왈츠〉에서 데이지 꽃 역을 할 여섯 명이 필요해요. 일어나보세요, 저기 저 학생, 아주 좋아요." 거의 매번 같은 애들이다. 처음에는 내가 뽑히기를 기대했다. 안 됐구나, 내년에는 되겠지. 한번은 뽑혔다가 2분도 안 돼서 교실로 되돌아왔다. 나는 키가 너무 크다. 항상, 어떤 반이 되든, 너무나 어설펐다. 호기심 가득한 시선들을 느끼며 내 팔다리를 움직여야 한다는 생각에 주눅 들기 일쑤다. 그렇게 나는 제외된다. 선택된 아이들은 몇 주씩 특별대우를 받는다. 수업이 한창일 때 연습을 해야 한다면서 그 아이들을 데리러 오고, 그 아이들은 "한 시에 생 루이 교실로"라는 수수께끼 같은 지시를 받는다. 그리고 마침내 그 아이들은 어느 날 저녁 화려한 불빛 아래 얼룩 하나 없는 발레용 치마를 입고, 살아 있는 인형이라는 그들의 정체를 드러낸다. 내가 인형이 아니라면, 그럼 나는 무엇일까?

상상 속의 내 모습이여, 어서 내게로 오라. 수업이 지루할 때면, 선생님이 "이 머리를 자르는 건 범죄행위야"라고 말한 로즐린의 긴 금발 머리와, 프랑수아즈의 포동포동한 볼과, 잔의 호리호리한 몸매를 갖다 붙여서 어디선가 읽었던 작은 타나그라 인형* 같은 나의 모습을 상상해낸다. 내 눈은 특별하지 않지만, 나는 실제 내 모습에서 눈만은 그대로 둔다. 벌써부터 나는 소리 죽여 나 자신에게 이상한 연재소설을 들려주면서, 실제의 나를 지워버리고 우아함과 연약함으로 가득 찬 다른 소녀로 대체한다. 한 시 반을 알리는 종이 울리기 전, 여중생들이 보리수나무 아래에서 이야기를 나누며 웃고 있다. 그들 중 한 명은 발목까지 올라오는 빨간색 신발을 신고 푸른색 셔츠 차림이다. 내가 그 모습을 닮게 될 것 같아서 나는 그 여학생을 좋아한다. 그 여학생처럼 팔베개를 하고 "대수학, 정말 지겨워!"라고 말할 것이다. 그 여

---

* 고대 그리스의 점토 인형. 우아하고 매력적인 자태의 여인상들이 많다.

학생의 동그란 얼굴과 가느다란 다리는 나와 거리가 멀지만, 대수를 배우는 시기가 되면 나도 그렇게 될 것이다. 나는 그녀를 보는 게 너무 좋다. 그녀 주위에 사람들이 모여들면 사람들의 셔츠에 묻혀버려서 그녀를 보는 게 쉽지 않다. 그러다가 내 눈앞에 다시 나타난다. 그녀는 내 존재를 알지 못한다. 원래 큰 아이들은 어린애를 대수롭지 않게 여기니까. 이목구비가 남자 같거나 키가 크고 건장한 남자아이들을 닮은 여자아이들, 귀여운 여자아이의 이미지와는 거리가 먼 여자아이들과 나를 동일시해본 적은 한 번도 없다. 1년 내내 옆자리 짝꿍이었던 롤랑드는 성경 이야기에 나오는 목동을 닮았다. 롤랑드의 창백한 입술이 내 볼 가까이에서 속삭일 때면 나는 뒤로 물러나고 싶고, 때로는 여자아이와 남자아이의 육체적 차이가 그렇게 크지 않아서 혼란스럽고 끔찍한 의심이 든다. 뚜렷이 구별되지 않는 그 많은 반 친구들이 왜 불편한 걸까, 내 머릿속에 이미 여자아이는 부드럽고 유연한 곡선이어야 한다는 고정관념이 있었기 때문이 아니라면, 무엇으로 설명할 수 있을까? 그 모든 얼굴에서 내 얼굴을 찾아내보려 하지만, 아니, 열 살 때의 나는 내가 되고 싶어 했던 완벽한 모습이 아니다.

여선생님들은 자기들이 받은 은총을 우리에게 베풀기 싫어하는 사람들 같았다. 종교적인 온화함을 풍기며,

급격하지는 않지만, 우리의 자신감과 의지를 야금야금 침식하기 위해서 그저 가르치고 혼자 살아나가기 위해 거기에 있는 사람들이었다. 그 충격과 불신을 나는 전부 기억한다. 나를 좋게 보지 않았던 여선생님, 실베스트르라는 이름의, 머리를 뒤로 모아서 긴 머리핀으로 고정하고 등으로 늘어뜨린 모습이 성녀 테레즈 드 리지외를 닮은 그 선생님은 늘 나를 나무라고 내 태도를 조롱했다. 그날은 기분이 좋아 보였다. "여러분, 나중에 뭘 하고 싶은지 말해보세요. 농부, 좋아요, 비서, 전부 아주 좋아요." 그러고는 왜 그렇게 되고 싶은지 묻고 대답하는 것을 도와주었다. 내 차례가 되자, 그녀는 내 말을 잘랐다. "너는 분명 네 엄마처럼 식료품점을 하겠지!" 교사가 되고 싶다고 말하려던 나는 아연실색했다. 그녀는 분명히 나보다 더 잘 알고 있었다. 할 수 없지. 그리고 조용히 활짝 웃고 있는 마리 폴이 말할 차례가 됐다. "마리 폴, 너는? - 저는 엄마가 될 거예요." 아이들 모두, 내숭 떠는 여자애들까지 아우성치며 웃어댔다. 서로를 쳐다보면 웃는 기쁨이 배가 되기 때문에 다들 서로를 쳐다보면서 책상을 두드려댔다. 끔찍했다. 실베스트르 선생님이 소리를 질렀다. "이 바보들, 조용히 해요!" 그러더니 엄한 눈빛으로 우리를 제압하면서 천천히 부드럽게 말하기 시작했다. "여러분이 잘 모르는 것 같은데 엄마는, 세상에서 가장 멋진 직업이에요!" 누구도 반발하지 않았다. 농부, 의사, 심지어 수녀도 있었지만, 식료품점 주인을 하겠다는 아이는 없었다. 그 일은 내게 이해할 수 없는 장면으로 남아 있다. 아마 내가 패배했다고 확신하게 된 최초의 경험이었기 때문인 것 같다. 성녀 실베스트르드 리지외 선생님은 성실하게, 단번에 두 개의 진실을 깨닫게 해주었다. 내가 식료품점 주인의 딸이고 앞으로도 그럴 것이라는 사실, 그리고 어린애를 애지중지하고 유아차를 미는 그 이상의 운명은 없으리라는 사실을.

"신경 쓰지 마라, 공부만 해." 어머니의 말이 모든 것을 정리해준다. 강압적이지만 안심이 되는 말. 하지만 내가 12년 동안 선생님에게서 듣고 또 들었던, 헌신과 희생을 자극하는 그 말들은 분명 내게 영향을 미쳤을 것이다. 몸은 불결한 것이고 재능은 죄악이다. 기도는 근엄하지 않지만, 성녀들의 이야기, 고초를 당하고 사자들에게 먹잇감으로 던져지고, 채찍질당한, 흰 어린 양이라는 뜻의 아녜스, 비슷한 시나리오의 블랑딘*, 심장 한가운데 칼이 박힌 마리아 고레티**, 그리고 잔 다르크, 잔

---

* Blandin de Lyon. 마르쿠스 아우렐리우스 황제 통치 기간 프랑스 리옹에서 사망한 기독교 순교자. 리옹의 수호성녀.

** Maria Goretti. 이탈리아의 성녀. 성폭행을 피하려다 여러 차례 가슴을 찔려 죽었으나 마지막에 성폭행범을 용서했다고 전해짐.

다르크 이야기에 나는 교실에서 울기까지 했다. 여러분, 그거 알아요? 베르나데트는 거의 문맹에 가까웠지만, 선하신 하느님은 더 많이 교육받은 사람을 찾으러 가실 수도 있었겠지만, 하느님이 선택하신 건, 가난하고 비천한 여자 양치기인 베르나데트였어요. 성모 출현을 목격한 파티마의 세 아이, 그리고 라살레트의 두 아이 등등. 나는 매혹당했다. 순수함, 순진무구함, 육신의 고행, 그중 최고는 성녀 제르맨처럼 연주창에 걸려 곪아 터진 부스럼으로 뒤덮여 순교하는 것. 여러분, 이 성녀들은 자신의 목숨을 희생했고, 하느님에게 그보다 더 좋은 것은 어느 것도 없을 거예요. 생쥐 모양의 캐러멜 사탕을 감미롭게 빨고, 밧줄을 타고, 줄 서서 수다를 떨고, 그 모든 것이 조금은 죄악이다. 반복되는 주제는 희생이다. 예를 들자면, 말하고 싶은데 말하는 것을 참는다거나, 디저트를 스스로 금한다거나, 엄마 대신 설거지를 한다거나, 뭔가 하고 싶지 않을 때마다 그것을 하는 것. 그렇게 희생 노트를 만들어 자신의 희생을 기록하기. 노트에 번호를 매겨가며 빼곡히 적는 아이들도 있다. 경쟁적인 자기부정. 아마 순수와 두려움이라는 체제에 그들을 복종하게 만들려는 남자아이들의 성물함에도 똑같은 기록이 들어 있으리라. 하지만 분명히 그들은 우리만큼 숨막히지는 않았을 것이다. 남자아이들은 서로 싸울 수도 있고, 지도자가 되라고 격려받기도 한다. 좋은 아버지들은 불알 두 쪽을 경멸하지 않는다. 나는 아주 어려서부터 여자들이 남자들보다 더 독실하다고 확신한다. 일요일 성당에는 여자들로 가득하다. 아버지가 마지못해 부활절 다음의 첫 주일에 고해성사하거나 부활절에 영성체를 받는 것은 오직 집안에 분란을 일으키지 않기 위해서다. 여자들이 더 독실해야 한다. 남자는 독실하지 않아도 된다, 그건 중요하지 않다. 왜냐하면 기도나 행동으로 세상을 구하는 건 여자아이들이니까. 다행스럽게도 나는 내 힘이 미치지 못함을, 영원히 그런 경지에 이르지 못하리라 느낀다. 노력을 하고 희생을 해도 예견된 행복은 채워지지 않는다. 나는 나의 파렴치한 행동, 예를 들면 좋은 점수를 받으며 느끼는 기쁨, 보지 말아야할 것을 보는 즐거움, 어머니에게서 사탕을 훔치는 즐거움 같은 것을 드러내지 않기 위해 조심한다. 하지만 내타고난 장난기, 나의 조심성 부족은 어떻게 해도 숨길수 없다. 공책에 얼룩을 묻혀놓고, 식탁에서 공부했다는 말을 어찌 감히 할 수 있겠는가. 바느질 천에 묻은 얼룩진 손가락 자국들. "청결은 영혼을 비춰주는 거울입니다, 여러분!" 내 본모습이 드러난다. 흠집, 골치 아픈 단어. 흠잡을 데 없는 무결점 마리아. 어떻게 난폭함과 욕망 같은, 내 안에 있는 모든 것을 은폐하는 데 성공할 수 있을까? 등 뒤에 있는 수호천사, 곳곳에 계시는 하느님, 양심, 눈꺼풀도 없이 천장 한구석에 떠돌아다니는 그 큰 눈, 도덕책의 첫 교훈, 이런 것들이 있는 이상 너무 어려 운 일이다. 얼음장 같은 학교 예배당에서 하는 교리문답 시간에, 킬킬거리는 아이들이 있는 마지막 열에 애써 끼 어보려 하지만 번번이 교장 선생님은 나를 부속 사제 바 로 앞에 데려다 앉힌다. 그리고 금요일마다 주는 고해성 사 증명서는 정말 끔찍한 제도다. 종이에 자기 이름을 쓰면 여선생님이 그것을 모아 주임신부에게 가져다준 다. 잠시 후, 한창 면적 계산 문제를 풀고 있을 때, 한 여 자아이가 들어와 선생님에게 종이를 건네주면 수업이 중단되고, 선생님이 큰 목소리로 그 이름을 읽는다. 그 러면 우리는 누가 충분히 양심적인지, 하느님에게 가까 워지기에 충분한지, 순수하고 결점이 없으려고 노력했 는지 알게 된다. 그러면 이름이 불린 아이는 영광스럽게 자리에서 일어나 나갔다가 20분 후에 다른 이름이 적힌 종이를 들고 되돌아온다. 그렇게 착한 아이들 이름이 차 례로 불린다. 자기 자리에 계속 앉아 있으면 곧 반 친구 들과 선생님의 주목을 받게 되고, 은밀한 수치심을 느낀 다. 내키지 않으면서도 나는 한 달에 한 번은 그 착한 아 이들 무리에 들어간다. 하지만 저항하고, 침묵한다. 결 국 나는 고해 후에 이어지는 그 지긋지긋하고 생기 없는 순간보다 숨겨진 잘못이 주는 죄의식을 택했다. 세실 성녀상과 로랑 성인상 사이에 무릎을 꿇고서, 내가 교만했으며, 말린 자두를 훔쳐 먹었고, 저속한 노래를 불렀다고 주임신부에게 고해하는 것은 끔찍하게 싫다. 그 두툼한 입술 위를 훑고 지나가는 혀, 악취를 풍기는 호기심, 나는 나 자신이 미웠다. 소녀들은 행복하기 위해서 투명해야만 하는 것이다. 할 수 없지. 나는, 나를 숨기는 편이 나를 위해서 더 낫다고 느낀다. 이런 태도가 나를 구해주리라고 믿었고, 그래서 나는 욕망과 짓궂음, 견고한 어두운 측면을 내 안 깊숙이 숨기며 나를 보호했다. 마찬가지 방어 반응이었겠지만, 나는 성모마리아가 나에게 출현할지 모른다는 어리석은 두려움에 가득 차 있었다. 성모가 출현하면 내가 성녀가 돼야만 할 텐데, 나는 전혀 그러고 싶은 생각이 없었다. 나는 여행을 하고 싶었다. 파파야를 먹고 젓가락으로 밥을 먹고, 내 '그것'을 사용해보고 싶었고, 의사나 교사가 되고 싶었다. 그들의 설교에서, 나는 몇몇 부분은 기억하고 나머지는 잊어버린다.

사람들은 늘 생각하는 것보다 덜 잊어버린다. 특히 열 살 나이에는, 식별하기 힘든, 심지어 불가능하기까지 한 수많은 관계가 있다. 예를 들면 사람들이 우리에게 주입하는, 우리 모두의 어머니인 성모마리아에 대한 존경심,

마찬가지로 우리의 어머니인 교회에 대한 존경심, 그리고 '여러분들의 사랑하는 엄마'에 대한 존경심 사이에 어떤 관계성이 있는지 식별하기 힘들다. 여러분, 어머니를 도와드려요, 여러분이 감사하는 마음을 절대 다 보여주지 못할 겁니다, 집안을 정리하고 정돈하는 분은 어머니예요, 여러분의 옷을 다려주는 분도 어머니고, 식사도 어머니가 준비해주십니다, 등등, 끝이 없다. 수녀들이 운영하는 학교에서 어머니에 관해 풀어놓는 도상학은 무거운 짐이다. "여러분이 어머니 마음을 아프게 하면, 어머니는 몰래 우셔요." 성모의 볼 위로 두 줄기 눈물의 강이 흘러내린다. "여러분 어머니가 안 계시면 여러분이 어떻게 되겠어요?" 선생님의 어조는 가히 위협적이다. 사막을 상상하며, 세상은 황무지가 되고, 홀로 남겨진 나는 무턱대고 앞으로 나아간다. 그 잔혹하리만치 달콤하면서도 비극적인 목소리들의 단조로운 노래를 떠올리면 여전히 느껴지는 나른한 공포, 무슨 수를 써서라도 고마움을 표시해야 한다. 자수를 놓은 냅킨이며, 라피아 야자수 섬유로 짠 바구니, 광택 나는 은회색 면사줄로 장식한 어머니날 축사가 적힌 카드 등, 부활절 방학이 끝나면 매일 오후 교실은 분주히 움직이는 소리로 가득하다. 우리는 어머니날 선물을 준비한다. 하지만 그런 시간은 나에겐 자유이고, 학교에서 웃는 시간이다.

한 손에 바늘을 들고 1분에 한 땀씩 뜨며, 재잘거리며 재미있는 시간을 보낸다. 갑자기 들려오는 목소리가 축제 분위기를 썰렁하게 만든다. "학생, 다 보여요, 아무것도 안 하고 있잖아요, 그러면 바구니를 다 만들 수 없을 거예요!" 나는 진실, 내가 열한 살 때 확신하던 진실을 말하고 싶다. 우리 어머니는 선물 같은 건 관심 없다고, 어머니날인 일요일에도 어머니는 오전 내내 가게 안을 이리저리 돌아다녀야 할 것이고, 기름에 절인 정어리 요리와 냅킨 사이에 있는 선물 상자를 보고 곤란해할 것이고, "정말 착하구나, 뽀뽀!" 그렇게 말하고선 "갖다 둬라, 더러워지지 않게!"라고 할 거라고. 그것으로 끝. 학교에서 배운 짧은 축사를 읊조리는 건 어림없는 일이다. 나와 어머니 두 사람 모두 그런 일을 우스꽝스럽다고 느끼리라. 하지만 선생님이 반 아이들 모두를 앞에 두고 "바구니를 끝내지 못하면 여러분이 여러분의 엄마를 사랑하지 않는 겁니다!"라고 단언한 마당에 어찌 그런 말을 다 털어놓을 수 있었겠는가. 우리 집에서 어머니날이란 병아리 눈물처럼 별 볼 일 없는 날이라고 해도, 나는 내가 괴물이라 생각하며 만들던 것에 고개를 숙인다.

이런 일이 있을 때면, 다른 아이들과 마찬가지로 내 어머니가 진짜 어머니가 아닐지 모른다는 막연한 불안감이 들었다. 어머니는 울보도 아니었고, 유모도 아니었고, 집안을 가꾸는 주부는 더더욱 아니었다. 선생님이 알려준 전형적인 어머니의 모습에서 우리 어머니의 특성과 일치하는 부분을 찾아내기는 어려웠다. 과묵한 헌신, 한결같은 미소, 가장 앞에서의 겸손, 내 어머니에게서 그런 특징을 발견하지 못하는 것이 아주 크게 당황스럽지는 않았지만, 놀랍긴 했고 의구심도 들었다. 내 어머니가 욕도 하고, 종종 저녁까지 침대를 정리하지 않기도 하고, 술을 너무 많이 마신 손님들을 밖으로 내쫓아버리기도 한다는 걸 선생님이 알았다면 어땠을까. 나는 또 선생님이 "여러분의 어~엄마"라고 속삭일 때면 너무나 짜증이 났다. 우리 집에서나 우리 동네에서는 '옴마'라고 불렀으니까. 엄청난 차이다. 그 '어~엄마'는 나의 엄마와는 다른 엄마들에게 적용되는 호칭이다. 내가 잘 아는 우리 집안의 엄마들이나 동네의 엄마들은 늘 거친 말을 쓰고, 아이들에게 돈이 많이 들어간다고 불평하고, 아이들을 통제하기 위해 아이들을 여기저기 쥐어박는다. 내가 아는 엄마들에게는 선생님이 그 '어~엄마'들의 전형적인 속성으로 부여한 '내면의 빛남'이 믿을 수 없을 만큼 결핍돼 있다. 선생님이 말한 그 '어~엄마'들은, 수업이 끝나고 옆에 자전거를 세워둔 채 아버지가 나를 기다리는 교문을 나설 때 보게 되는, 한껏 꾸며서 우아한, 그리고 절도 있게 움직이는 '어~엄마'들이다. 아니면 〈유행의 메아리〉라는 잡지에서 '안주인'이라고 부르는, 남편들이 서재에 있는 동안, 말쑥하게 꾸며놓은 실내에서 맛있는 요리를 뭉근하게 끓이는 그런 엄마들이다. 내게 있어 이상적인 어머니는 내 삶의 방식과는 다른 삶의 방식과 결부돼 있었다.

마리 잔은 친한 친구는 아니었는데, 이유는 모르겠지만 6월 어느 날 자기 집에서 레모네이드나 마시자며 나를 초대한다. 작은 정원이 딸린 빌라이다. 아마 우리가 그녀 집 거리에서 함께 경품응모권을 팔아야 했던 것 같다. 그림이 걸린 어두운 복도를 지나니 카탈로그 책자에 나오는 것 같은 반짝거리는 흰색의 부엌으로 이어졌다. 호리호리한 몸매에 분홍색 블라우스를 입은 여자가 싱크대와 식탁 사이를 미끄러지듯이 왔다 갔다 했다. 타르트였던 것 같다. 열린 창문으로 꽃들이 보였다. 체에 담아놓은 딸기 위로 흘러내리는 수돗물 소리만 들렸다. 고요함, 빛. 청결. 내 어머니와는 완전 딴판인 여자, 코미디를 한다는 느낌 없이 어머닐날 축사를 낭독해줄 수 있을 것 같은 여자. 윤기 나는 여자, 행복한 여자라고 생각했다. 그녀 주위의 모든 것이 사랑스러워 보였으니까. 그날 저녁, 마리 잔과 그녀의 남자 형제들은 쉴리 프뤼돔*의 교훈시에 나오는 것처럼, 큰소리를 지르지도 않고, 식탁 한구석에서 불안한 기색으로 계산하지도 않으면

84

서, 준비된 저녁을 조용히 먹었을 것이다. 질서와 평화. 낙원. 10년 후, 나는 반짝거리는 조용한 부엌에서, 딸기와 밀가루가 있는, 그 이미지 속으로 들어갔고, 그리고 나는 그 속에서 죽어간다.

어쨌든, 나는 사춘기 때까지도, 아버지는 설거지하고 어머니는 병을 담아둔 선반을 담당하는 게 당연하다고 생각한다. 요리, 다림질 그리고 바느질은 내게 가치가 없다. 그 누구에게도 가치가 없는 것은 마찬가지다. 학교에서는 교실 뒤쪽에서 졸기 일쑤인, 삼수한다고 해도 졸업장을 받지 못할 게 틀림없는 여자아이들을 모두 처마 밑 '가정과'로 보내버린다. 발레용 치마를 입은 열 살의 발레리나 생각이 잠시 마음을 콕콕 찌르기는 했지만, 나는 마당에서 그네를 타고 날아다니고, 몽상에 잠겨 자전거 페달을 밟는다. 어머니가 되풀이해 말하는 대로 나는 언제나 나의 에너지를 나를 위해 쓰고 싶다. 아름답든 추하든, 우아하든 아니든, 나는 주니어용 팬티와 러닝 셔츠 차림으로 내 안에 울리는 음악에 맞춰 공중에 떠서 양 발을 서로 엇갈리게 하는 앙트르샤 동작을 하며 거울 속에 비친 내 모습을 바라보는 것이 좋다. 여름이

---

* Sully Prudhomme(1839-1907). 프랑스의 시인. 주로 정신의 고뇌, 자기희생을 주제로 삼아 서정적이면서 철학적인 시를 썼다. 1901년 최초의 노벨문학상 수상자.

고, 나는 곧 열두 살이 된다. 잠 못 이루는 어느 날 밤, 처음으로 나는 창에 얼굴을 바짝 대고 해가 떠오르는 광경을 본다. 푸르스름하고 창백한 기운이 사라질 즈음 이상하면서도 소중한 발견의 놀라움을 안고 잠이 들 것이다. 마치 금지된 무엇인가를 하는 것 같다. 그해 나는 여전히 자유로웠고 행복했다.

2, 3년 안에 나는 나 자신을 비워버리고, 다른 사람들의 기대로 축소된 세계에서 낭만적 공상에 가득 찬 소녀가 될 터이다. 내 저항은 무너져버렸다. 그 붕괴의 전조는 내 열두 살 여름에 이미 나타나기 시작한다. 어머니가 읽는 연애소설이나 라디오에서 나오는 최고로 감상적인 노래들, 마음이 녹아내리는 〈눈의 별〉과 검붉은 하늘 아래 기타로 연주하는 〈볼레로〉 같은 노래에 대한 나의 관심은 늘어만 간다. 남자들이 '몸매가 좋은' 여자아이들에게 관심을 기울인다는 사실, 짧은 바지를 입은 여자아이들의 허벅지에 관심을 둔다는 사실도 알게 된다. 클로딘이 거리를 지나갈 때면 노동자들이 공사장 간이계단에서 휘파람을 불어댄다. 클로딘은 나보다 겨우 두 살 위일 뿐인데. 사람들이 내 몸매를 좋다고 생각할까? 하는 게 내 걱정이었다. 내 사춘기를 되살려내는 순간을 늦춘다. 나는 내가 속임수를 쓰리라는 것을 이미 느끼고

있다. 그 당시 말할 수 없을 정도로 너무나 형편없어 보였던 모든 것, 말하자면, 실제의 나의 몸, 쾌락, 내가 대단히 여성적인 진짜 소녀가 아니라는 순간적인 나의 깨달음 같은 것들을 찬양하고, 그 당시 내가 너무나 멋지고 영광스럽다고 생각했던 모든 것, 말하자면, 남자아이들에게 주목받고, 나름의 스타일을 갖는 것을 희화할 작정이다. 수학 시간에 내 머릿속을 가득 채우던 사랑의 몽상을 공허한 것이라고 부를 것이다. 나에 대한 글을 쓰고 있으니 내가 원하는 대로 할 수 있다고, 어느 방향으로든 되돌아갈 수 있다고, 아주 쉽사리 말을 바꿔버릴 수 있다. 하지만 내가 여자가 되는 길을 찾아 나아간다고 해도, 어머니가 스타킹과 엉덩이에 꼭 끼는 치마를 못 입게 하는 바람에 분해서 울고 있는 이 키 크고 깡마른 여자아이에게 침을 뱉을 필요는 없다. 설명이 필요하다. 내가 바보였다고 말하려는 건 아니다. 그 시절이 끝나긴 한 걸까? 시선과 미소로 최고의 모습으로 꾸미지 않고, 준비 없이 거울에 비친 내 모습을 보며 느끼는 두려움이 열다섯 살에 시작된 것은 아닐까? 나는 여전히 상상 속 내 몸이 반영된 모습을 찾고 있다. 사춘기 시절 내 눈앞에서 춤추기 시작했던 그 모습, 날씬하고 균형 잡힌 몸매, 탐스러운 가슴, 우아하고 신비로우며 반항적인 마돈나 같은 얼굴, 어디에 내가 끼어들어야 할까, 이

가면들 중 무엇을 골라야 할까? 무슨 수를 써서라도 그런 몸에 도달해야 한다. 그렇지 않으면 어느 남자아이의 마음에도 들지 못할 것이고, 절대 사랑받지 못할 것이고 인생을 살 가치도 없어질 것이다. 마음에 든다는 것과 사랑이라는 인수는 존재의 목적과 같다는 아름다움의 방정식이 성립하고, 그 방정식은 아주 쉽게, 그리고 $ax^2 + bx + c = 0$ 라는 방정식보다 더 교묘하게 내 머릿속에 들어온다. 그 공식은 곳곳에 쓰여 있다. 어머니가 읽는 신문 연재소설에, 서점 주인이 추천했기에 어머니가 열네 살 내가 읽기에 훌륭하고 건전하다고 생각하는 책 속에도 들어 있다. 델리와 마갈리의 로맨스 소설 시리즈, 그리고 무엇보다도 베르나주 부인의 '내 딸의 책장' 시리즈에도 들어 있었다. 베르나주 부인의 『브리지트』 시리즈와 『엘리자베스』 시리즈는 '격조 높은 품행'을 보여주는 작품들로, 나는 주인공 소녀들이 혼전 성경험 없이 결혼한다는 것을 잘 알게 된다. 하여튼 예의 바르고 순수한, 부러워할 만한 예쁜 처녀들의 인생이었다. 그녀들은 필요한 교육은 받았고, 대체로 고등학교를 졸업하고 결혼해야 했기에 직업은 없다. 전시에는 언제나 간호사로 나온다. 혼자 사는 자유로운 처녀들도 있는데 그런 처녀들은 골칫덩어리로 불린다. 짙은 화장, 슬픔과 후회, 가난과 질병으로 나쁜 행실의 대가를 치르는 불결한 부류의 여자들이다. 나는 그런 여자들, 자유분방하고, 대담하고, 호기심 많은 여자에게 아주 끌렸다. 물론 그런 여자들은 결혼 잘해서 안락한 생활을 누리면서 여섯 아이를 둔 즐거운 엄마가 되는 브리지트처럼 편안한 길을 가지는 못한다. 내가 살아오면서 만난, 무기력하고 개성없는 이상적인 여자들은 항상 중산층과 연결되어 있다. 내가 현명한 처녀들의 운명이 신중하지 못한 처녀들의 운명보다 더 바람직하다고 느꼈다면 그런 운명이 안정과 조화라는 후광에 둘러싸여 있기 때문이다. 여름이면 그런 여자들은 작은 새들이 지저귀는 커다란 시골집에서 잼을 만드는 반면, 제 마음대로 모든 것을 했다고 믿었던 여자는 하녀 방에서 기침하고 침을 뱉는다. 당연히 나는 행복을 선택할 것이다.

그리고 교실이나 거리에는, 암고양이 얼굴을 하고 매력적인 미소를 지으며 돌아다니는 여자아이들이 있다. 그녀들은 치마를 펄럭이며 내가 놀랄 거라 확신하며 스웨터를 잡아당겨 봉긋 솟아오른 젖가슴을 보여준다. 그런 여자아이들은, 학교 옆길에서 남자친구가 기다리고 있다. 토요일의 깜짝 댄스파티에 완전히 흥분하고, 월요일이면 남자아이들에게서 배운 '학교'나 '숙취'를 뜻하는 새로운 은어를 풀어놓는다. 그녀들은 몽상가이기도 하다. 내가 보기에 그녀들은 강렬하게 살아가는 것 같다. "빵점이에요, 학생! 지리책은 열어보지도 않았군요! 대체 머릿속에 무슨 생각이 든 거예요!" 사정을 잘 아는 친구들은 구석에서 미소를 짓고, 다른 아이들은 궁금해한다. 그리고 호명된 학생은 심드렁하게, 심지어 비밀을 알고 있어 자랑스럽다는 듯, 세계의 석유 생산은 어린아이들이나 관심을 가질 문제라고 대답한다. 그러고는 아무렇지 않은 듯이 한 손가락으로 이마 위를 덮은 앞머리를 부풀리고는 거만하게 다시 자리에 앉는다. 최고로 자유로운 행동. 나는 사랑에 빠지기 전에 사랑에 빠진 여자들을 존경했다. 학교가 끝나고, 그 특혜받은 여자아이들 가운데 한 명이 학교를 나서며 나에게 '또 보자' 인사를 건네고, 나와 헤어져서는 길을 건너 맞은편 인도에 방금 나타난 남자아이에게로 갈 때 얼마나 큰 공허함을 느꼈던가. 나는 계속 사막을 걷는 기분이었다. 어떨 때는 클로딘을 마주치기도 한다. 힐을 신고 뽐내며 걸어가는 클로딘은 정말 요부 같고, 끔찍할 정도로 싸구려로 보이지만, 남자아이들을 달고 다닌다. 그녀를 부러워하지 않을 수 없다. 저녁에는 라디오를 들으며 숙제를 한다. '언젠가 너를 보겠지, 우리는 만날 거야….' 노래 가사처럼 나도 언젠가 선택받으리라. 하지만 어떻게? 악순환. 내 에너지의 일부를 매력적인 내 이미지를 만들어내는 데 쏟는다. 얼마나 진부하게, 얼마나 열심히 도발적인 여성미를 겉으로 드러내려고 애썼는지 모른다. 얼마나 집요하게 내가 열네 살 소녀라는 것을 나에게 확인시켰는지 모른다. 하지만 그 당시 내 상식으로 스타킹과 타이트스커트, 하이힐은 나를 '성적 대상'으로 변화시키기 위한 것이 아니라, 내가 선택받아 행복해지기 위한 용도의 물건들이었다. 게다가 스웨터 아래 봉긋 솟아오른 가슴을 내밀고 스타킹을 신고 돌아다니면 나의 자유를 확인하는 느낌이 들리라. 브래지어? 꿈같은 일이다. 어머니는 내게 브래지어를 사줄 생각이 없다. 시골여자인 어머니 자신이 브래지어를 절대 착용하지 않았으니까. 나는 감히 말도 꺼내지 못한다. 그건 내 가슴이 드러나 보이기를 원하는 내 욕망을 고백하는 것일 테고, '가슴'이 잘 드러나지 않는다면 '브래지어를 갖는 것'이 무슨 소용이 있을까. '루*' 브래지어를 해보세요. 다행히 한 친구가 나를 구해주었다. 자기 것 하나를 내게 건네준 것이다. 마침내 소망을 이룬다. 나중에 대학 기숙사에서도 마찬가지였지만, 운동장에서 여자아이들끼리 "내 가슴은 크지 않아, 쟤는 뽕 패드를 넣은 게 분명해, 쟤는 가슴이 너무 크다, 젖소 같아, 넌 달걀프라이 노른자 같다, 괜찮은 남자 한 손 안에 가득 들어갈 정도면 딱

---

* Lou. 1946년에 창설된 프랑스 여성 속옷 브랜드. 특히 와이어가 들어간 브래지어가 널리 알려져 있다.

좋은데." 이런 말들을 주고받았다. 그야말로 중대 관심 사였다. 나는 천으로 된 조가비 같은 브래지어를 가슴에 착용하고, 거울 앞에 서서 팔을 들어 올리고, 앞면, 옆면, 붕대를 감은 듯한 상반신을 비춰보며 나 자신에게 도취하곤 했다. 마치 무슨 놀이 같았다. "어떤 브랜드의 브래지어를 했는지만 말해줘, 흰색 레이스 브래지어가 제일 흥분돼, 네 가슴을 잘 받쳐주는데." 남자들의 말이 벌써 들려오는 것 같았다. 다른 사람들과 같은 가슴일 뿐인데, 왜 굴욕감을 느껴야 하나? 열네 살 나이에 옷장에 붙은 거울 앞을 서성이며 빙빙 돌 때 내 눈에는 그저 외모만 보였고, 부족한 것은 다른 사람의 시선뿐이었다. 중학교 3학년 작문 시간에, 마리 테레즈는 열어놓은 컴컴한 창문에 비친 자신의 모습을 한참 바라보다가 일련의 작은 동작을 하곤 했다. 턱을 들어 올려보고, 고개를 숙여보기도 하고, 가슴을 내밀어 목에 건 펜던트 위로 불룩 튀어나오게 했다. 자신의 모습을 비춰보는 일에 절대로 지치지 않았던 그 소녀들. 진열창에 놓인 구두 사이로, 마네킹이 입은 옷 사이로, 장소가 어디든 자신의 모습을 비춰보고, 주머니에 늘 거울과 빗을 가지고 다녔다. 빗질은 부드럽게 자신의 머리카락을 매만지며 자신의 얼굴을 확인하는 기회가 된다. 여자 화장실에서, 각자 거울 앞에 서서 입과 눈을 변화시켜가며 외설적인 행

동을 한다. 나 역시 거울에 비친 내 모습을 보며 도취하
곤 했다.

내게 브래지어를 건네줬던 브리지트는 자기가 너무
말랐다고 하면서, 나는 조금 살이 있는 편이지만 키가 너
무 크다고, 남자들은 키 큰 여자들을 좋아하지 않는다고
했다. 브리지트는 자기는 뽕 패드를 넣을 수밖에 없다고
불평을 했다. 그녀는 손가락 하나로 머리카락을 돌돌 마
는 버릇이 있었고, 입을 벌리지 않고 웃었는데, 치열이
고르지 않았기 때문이다. 하지만 아무것도 아닌 일로 폭
소를 터뜨릴 때 입을 벌리지 않고 웃는 건 힘든 일이다.
화장실에서 행해지던 그 교육 이후에 브리지트와 나는
학교에서 다시 만나지 못했다. 나보다 두 살 위였던 브
리지트는 학교를 그만두고 속기 타자수 강의를 들었다.
우리가 친구가 되었던 것은 일요일을 보내는 데 편리했
기 때문이다. 우리는 둘이서 영화도 보러 가고 모터크로
스 경주도 보러 가고 보름간의 특별세일에도 갔다.

나보다 나이가 많았기에 브리지트는 내 선생님이었
다. 작고 호리호리하지만 단호한 그녀의 말투는 그녀가
하는 말을 더 생기 있고 확실하게 만들었다. 일요일 오
후 두 시가 되면 브리지트는 허둥지둥 도착하곤 했다.
"오늘은 주름치마를 입었구나." 그러면서 "다리가 굵어
보인다"라고 예리하게 평가한다. 그러고는 이어 말한다.

"나 머리 감았는데 눈치챘니? 머리에 정전기가 나." 그리고 옷차림을 비교하고, 서로 옷을 바꿔입고, 좋아하는 취미 얘기, 이건 어떠니 저건 어떠니 하면서 보낸 시간. 어느 날엔가 나는 머리를 사각 면스카프로 묶고 그녀의 평가를 기다린다. 그녀는 살짝 미소를 지어 보이더니 갑자기 영화 대사를 외듯 부자연스러운 톤으로 말한다. "누구도 말 걸지 않을 여자로 보여." 5초 동안 멍한 침묵. 하지만 그녀는 우울한 때에는 자기 자신에게도 가혹하다. "우리는 미인이 아니야, 뭐 평범하달까." 몸의 아주 작은 부분도 그녀의 통찰력을 비껴가지 못했다. 발가락 하나 마음대로 움직이면 안 되고, 다리도 아무렇게나 꼬면 안 되고, 아무런 생각 없이 웃음을 던져서도 안 된다. 그녀는 언제나 나에게 주의를 준다. "다리털은 보기 흉해. 발톱에도 매니큐어를 바르는 게 좋아. 앉았을 때 허벅지가 훤히 보여." 언제나 감시당하고 속박당한 몸은 느닷없이 눈, 피부, 머리카락 등 이상적인 모습에 도달하기 위해 하나하나 신경 써야 하는 조각들로 산산조각이 난다. 작은 것 하나가 전체를 망칠 수 있기에 어려운 작업이다. "저 여자 봤니, 엉덩이가 정말 빵빵해!" 브리지트는 대부분은 나를 설득하는 데 성공했다. 자기가 나름의 스타일, 예를 들면 여배우 프랑수아즈 아르누 같은 뭔가 매혹적이면서 신비롭고, 지나치게 드러나지 않는 멋진 스타일을 갖고 있다는 것이었다. 귀엽게 보이는 법, 원하는 만큼 섹시해 보이는 법, 하지만 무엇보다도 그녀 말을 빌리자면 '쉬운 여자'라는 생각이 들지 않게 하는 법 등의 코드를 그녀가 너무나 잘 알고 있어 무서울 정도였다. 어떻게 하면 '창녀처럼 보이는지' 혹은 '시골뜨기로 보이는지' 알아내는 데 그녀를 따라올 사람이 없었다. 지나치게 꼬불꼬불한 파마, 지나치게 빨간 루주, 긴 팬츠 밑에 신은 하이힐, 또는 노란색과 초록색을 함께 입어 튀어 보이는 색 조합 등등. 그녀는 교묘하게 이 두 가지 위험을 피해갔다. 그녀 옆에서 나는 정말 옷을 잘 못 입는, 눈에 띄는 사람이라는 느낌을 받는다. 그때까지 어머니가 내 옷을 골라주었는데 어머니는 이런 미묘한 구별은 할 줄 모른다. 나 자신도 검은색 긴바지는 천박해 보이고 같은 긴바지라도 회색은 세련돼 보인다는 것을 믿기 힘들었다. 돌이켜보면, 브리지트가 공장 노동자로 보이지 않으려고 했다는 사실을 추측하는 게 이제는 어렵지 않다. 사무직은 좀 다르다. 그녀의 꿈은 보일 듯 말 듯 화장을 하고, 매우 순진한 소녀처럼 보여서 가능하면 노동자가 아닌, 성실한 남자를 얻을 수 있게 되는 것이었다. 그녀는 연애 사건을 원했다. 스페인 가수 루이스 마리아노 같은 남자라면 그녀는 망설이지 않았을 것이다. 하지만 언제나 좋지 않게 끝났다. 그녀가 내게 빌려주던 소설이나 포토에세이 속 여자들처럼. 이야기 속 여자들은 언제나 속고, 상상을 초월할 정도로 실패하고, 결국 행복은 와지끈 부서지고 만다. 브리지트는 그 부분에서는 실패했고, 나는 더는 브리지트의 말을 믿지 않았다. 게다가 완전한 헌신에 대한 그녀의 열광, 한 남자를 사랑하면 그의 모든 것을 받아들이고, 심지어 그의 똥도 먹을 수 있다는 그런 열광은 내 마음에 들지 않았다. 나중에 나는 열정에 대한 다른 말들, 더 교양 있고 더 세련된 말들, 다른 사람 안에서 자신이 소멸된다는 식의 말을 듣게 되지만, 결국 그 바탕은 같은 것이다.

나는 브리지트를 따라 이상한 표현을 사용하기 시작했다. 그런 표현들은 이미 많이 읽었지만, 그녀의 입을 통해서 들어보니 실제 생활에서 사용할 수 있는 언어라는 것이 증명되었다. 브리지트는 유혹하는 남자, 요부, 육감적인 입술에 대해서 말하곤 했다. 그녀의 또 다른 관심사에 대해서도 마찬가지로 흥미를 느꼈다. 브리지트는 〈시네몽드〉라는 영화잡지에서 당시 스타였던 다니엘 젤랭과 제라르 필리프의 사진을 오려냈다. 그래서 나도 그렇게 했다. 신곡은 모두 따라 불렀다. 라디오 가요 경연에 나가 선발되는 것이 그녀의 은밀한 소원이었지만, 그녀는 한 번도 나가지 않았다. 선발될 확신이 없었던 것이다. 나는 미레유 마티외의 〈흰색 비단 슬리퍼〉

나 〈대단해요〉 같은 노래 가사들을 속기로 적을 수 있는 그녀가 부러웠다. 일요일 오후 다섯 시, 두 여자아이가 몸을 흔들며 영화관에서 나와 벨기에 광장으로 간다. 세상은 회색으로 번쩍이고, 사람들의 머리는 아주 작고 추해 보인다. 우리는 상점가를 천천히 돌아다니는 군중 속을 떠다닌다. 옷이나 잡지를 보느라 대중없이 멈춰 서기도 한다. 영화 속에서 본 제라르 필리프와 미셸 모르강이 멕시코의 사막에서 서로를 향해 계속 달려간다. 남자아이 몇 명이 우리를 따라온다. 쟤들한테 대답하지 마, 자기들을 부추긴다고 생각할 거야, 아, 브리지트, 그녀는 언제나 반복해서 내게 코드를 실천하는 법을 가르쳐준다. 모두의 마음에 들도록 하지만 아무나 접근하게 하면 안 된다는 것. 특히 '시골뜨기' 남자애들일 경우에는 더더욱. 같은 진열창 앞을 돌아다니는 게 지겨워진다. 흥미를 끄는 남자애들도 없다. 그러면 상점이 없는 거리로 내려간다. 가끔 숲이 시작되는 초입까지도 간다. 비탈길에는 앵초가 자라고 3월 말의 숲에는 버들강아지가 활짝 피어 있을 수도 있다. 하지만 나는 브리지트와 함께는 절대 세상을 발견하러 가지 않았다. 브리지트에게 자연은, 일주일 내내 사무실에 갇혀 있다가 바람을 쐬는 장소였다. 별을 바라보는 것도 코드와 관계가 있었다. 9일 동안 별 아홉 개를 세다보면 네가 결혼할 남자를 꿈에서 보게 될 거라고 했다. 나는 반대하지 않고 짧은 산책을 했다. 우리는 노래, 스타, 남자아이들에 대해 이야기를 나눴다. 아니, 다른 이야기들도.

브리지트는 종종 되는대로 행동했고, 〈우리 둘〉*에 나오는 말을 잊어버렸고, 꽤 잘 해오던 꼬마 숙녀 흉내 내기도 제대로 못 하곤 했다. 우리는 함께 '그것'에 대해 이야기했다. 그런데 내가 알기로는, '그것'에 대해서 여자아이들은 말하지 말아야 한다. 브리지트는 끊임없이 유용한 정보를 알려주었는데, 그녀의 쾌활하면서도 날것의 표현은 일요일마다 나를 해방시켜주었다. 그녀와 함께 있으면, 세상은 어마어마한 욕구로 가득 찼고, 피와 정액이 흘러내리는, 거대한 성기가 됐다. 그녀는 모든 것을 알고 있었다. 남자들이 남자들과 어울리고 여자들이 여자들과 어울린다는 것도, 아기를 갖지 않으려면 어떻게 해야 하는지도 알고 있었다. 의심스러워하면서, 나는 나이트테이블 안을 뒤진다. 아무것도 없다. 매트리스 밑에서 나는 꼬깃꼬깃해진 수건을 꺼낸다. 군데군데 얼룩이 져 뻣뻣하다. 끔찍한 물건. 진짜 신성모독. 남자들의 그것을 브리지트는 뭐라고 했더라? 액, 진액, 그때까지는 몰랐는데, 브리지트가 어디선가 읽고 학자들이 그

---

* Nous Deux. 1950년대와 60년대 사진이 들어간 소설을 게재해 인기를 끈 대중 주간지.

것을 '정액'이라고 한다고 했다. 열세 살 때 부모님 방에서 울려 나오던 소리를 뭐라고 써야 할까? 우리는 어른들이 들으면 경악할 이야기를 나눴다. 이야기 속에서는 무슨 물건이든 음란한 것이 되곤 했다. 허공에서 흔들리는 두 다리, 크게 벌린 성기나 발기한 성기, 포르노 잡지에서 흔히 볼 수 있는 것들은 말로 더 잘 설명할 수 있었고, 더 즐거운 것이 되었다. 기술적이든, 웃자고 하는 것이든 우리의 대화에 남자 여자 구별은 없었다. 브리지트와 함께 있으면 수치심에 젖어 드는 건 불가능했다. 처음으로 내가 시트 밑에서 몸서리를 치던 날, 그녀는 웃는다. 나도 그럴 때가 있어, 하지만 신부님에게 말하러 가지는 마, 신부님이랑은 상관없는 일이야.

그리고 나도 '그것'을 하게 됐다고 브리지트에게 알릴 때의 승리감이라니! 이제 그녀의 생리통 앞에서 짐짓 꾸민 태도를 보일 필요가 없어진 것이다. 나는 나의 새로운 상황을 편안하게 받아들인다.

아니, 나는 그런 식이리라고는 상상하지 못했다. 평온하게 주름치마를 걷어 올리고 팬티를 내리고 허벅지에 고무밴드가 달린 스타킹을 신은 채 아무 생각 없이 변기에 앉는다. 그야말로 놀라운 일. 내가 그때까지 한 번도 보지 못했던, 내 몸에서 나오는 피를 본다. 내 인생에서 한 단계가 끝났다. 나는 커피 찌꺼기로 점을 보는 여자

점쟁이처럼 그것을 계속 바라본다. 이제 끝. 5분 후, 어머니가 어설프게 농담을 던진다. "그렇게 처녀가 되는 거란다." 어제보다 더 처녀도 아니고 덜 처녀도 아닌 처녀, 정말 놀라운 사건. 내가 얼마나 흡족했는지를 어머니에게 말하는 건 불가능하다. 그런 얘기를 할 수 있고, 이해해줄 유일한 사람이 브리지트다. 벌써 내 머릿속에는 이야기가 술술 그려진다. 월요일에 평소와 다름없이 학교에 간다. 브리지트에게 그게 단번에 멈추면 어쩌냐고, 나는 아름답고 맑은 샘을 원했는데 질퍽하게 스며 나오는 거면 어쩌냐고, 걱정도 털어놓고, 브리지트 너는 어때? 물어도 볼 것이다.

그녀에게는 모든 것을 말할 수 있을 것 같다. 그녀와 나를 이어주던 자유로운 말, 바로 그 말이 나중에 나에게 부끄러움을 안겨줄 것이다. 학교에서처럼 내숭을 떨지도 않고, 털어놓지 못할 이야기도 없었다. "나는 영화에서 여자들 가슴을 보는 게 좋아!" 아직도 그녀의 단호한 목소리가 들린다. 여름철 일요일이면 그녀는 풀잎을 잘근잘근 씹다가 뱉곤 했다. "여자들은 그것 하는 걸 좋아하지 않아, 우리 어머니가 나에게 말해줬어." 그리고 고양이 같은 눈으로 웃으면서 말했다. "어쩌겠어, 나는 그걸 좋아할 거야!" 나는 우리의 몸에 대해 말하는 것이, 특히 웃음을 터트리는 게 좋다. 하지만 나는 그것이 나쁜 일이라고 확신하고 있었다. 이상적인 모습의 다른 브리지트도 존재한다. 소녀들을 위한 시리즈물에 등장하는 주인공 브리지트, 미술 전시회에 가고 욕은 절대 하지 않는 브리지트. 내가 알고 지내는 내 친구 브리지트는 진짜 소녀의 코드도 잊어버리지 않았다. "나는 그걸 좋아할 거야!" 그리고 그녀는 일어서서, 우아하게 원피스의 주름을 펴고, 품위 있게 살짝 입을 삐쭉거리며 고개를 쳐들곤 했다. 그 모든 것을 우리 둘만 공유했기에, 다른 사람들에게 우리는 행실 나쁜 영악하고 난잡한 계집아이들로 보이지 않았다. 심지어 그 코드란 것조차 우리들의 은밀한 대화 안에 숨어 있었다. 실수 없이, 나는 브리지트를 통해서 처녀성에 대한 모든 것을 배웠다. 남자들에 의해서 고통 속에 열리는 문, 그것이 없다면 증명할 수 없는 순결의 표시. 레몬 색깔 비슷한 주사액 밀어 넣기는 제외하고. 어느 날엔가 브리지트의 사무실 여자 친구 르네가 미사가 끝나고 나올 때 고개를 뒤로 젖히고 눈은 반쯤 감은 채 황홀한 표정으로 이렇게 말했다. "그 남자가 그러더라. 너, 알지, 결혼식 첫날밤 네가 처녀가 아니라면, 네 목을 졸라버릴 거야." 가전제품과 여행용 가방을 파는 매장 앞이었다. 소름이 돋았다. 미혼모는 내 알 바 아니었다. 남자들은 원하는 만큼 여자와 잘 수 있었다. 경험이 많으면 더 잘 할 수 있고, 우리를 '입문'시킬 줄도 알았다. 호기심 많았고 능동적으로 유년 시절을 보냈음에도 불구하고 난 여자가 아래에 있어야 하고 자신을 제공해야 한다는 기존 관념을 그대로 받아들였다. 수동적인 모습을 상상해도 역겹지 않았다. 커다란 침대나 하늘을 바라보고 드러누운 풀밭, 내게로 기울어지는 얼굴, 손을 상상했다. 그 뒤에 이어지는 절차는 결코 내가 주도하는 것이 아니라 남자에게 달려 있었다. 인정한다, 브리지트와 나는 우리의 월경과 욕구를 과감하게 드러냈지만, 한편으로 결혼은 의무이자 신성한 것으로 여겨지기 시작했다. 우리가 우리의 성에 대해 털어놓았다고 해도, 암암리에 우리는 끝까지 그렇게 살아갈 수 있으리라고는 생각하지 않았다.

자유와 길들이기의 상호관계를 추적하기는 쉽지 않다. 내 소녀 시절을 선으로 그린다면 직선이라고 생각했지만 사실 그 선은 직선이 아니라 사방팔방으로 퍼져 나간다. 확실한 것은, 브리지트와 친구였던 시절은 내 어머니에게는 치명적이었다. 영광스러운 어머니의 이미지는 예상치 못한 충격을 받았다. 그것은 먼지가 쌓인 가구, 정리되지 않은 침대, 허리둘레 같은 사소한 것에서 시작됐다. 우리 가족에 관해서도 허물없어진 브리지트는 그때까지 내가 중요하지 않게 생각해왔던 것을 깨우

쳐준다. 그렇다, 내 어머니는 요리를 못한다. 마요네즈
도 못 만들고, 집안일에는 관심이 없고, '여성적'이지 않
다. 하루는 브리지트가 "네 어머니는 암말이야"라는 말
을 해서 그 지독한 표현을 두고 브리지트와 싸우기도 한
다. 대부분 그처럼 직설적이지는 않고, 미소를 띤 '있잖
아'로 말을 시작하곤 한다. "있잖아, 네 머리 솔빗, 손 한
번 봐야겠다, 너 알칼리 모르나봐, 그게 완전 좋은데."
경제적인 면을 이야기하기도 한다. "우리 어머니는 내
원피스를 만들어주셔서, 내 원피스 전부 어머니가 만들어
주신 거야. 그게 싸게 먹히거든." 그러면 나는 우리 어
머니는 그럴 시간적 여유가 없다고 대답한다. 사실 그랬
다. 하지만 왜 그런 변명이 필요한가. 내 어머니는 장사
하는 걸 더 좋아한다고, 수익계산을 더 좋아한다고, 내
어머니는 내 원피스를 만들어줄 줄 모른다고 말하는 걸
왜 부끄러워해야 한단 말인가. 최악이었던 건, 브리지트
가 감자 퓌레를 으깨고 있던 아버지를 처음 맞닥트린 순
간, 오 기이한 광경이야, 하는, 호기심 넘치던 눈빛이었
다. 그때 브리지트가 던진 "그걸 아버지가 만드세요?"
라는 가시 돋친 질문에 나는 소름 끼치도록 경악했다.
다른 별에서 온 동물원의 짐승들이 이럴까. 감자 껍질을
벗기시는 분이군요! 설거지하시는 분이군요! 나중에 사
귄 다른 친구들도, 더 정중한 친구들조차 그들의 놀라

움을 감추지 못했다. 말을 돌려서 하기는 했지만 그래도 나는 느낄 수 있었다. 정말 비정상이야, 〈파리 마치〉 잡지의 풍자만화에 나오는 그 우스꽝스러운 앞치마 두른 남자, 그 쓸모없는 남자가 바로 네 아버지구나. 내 어머니가 건강이 안 좋다든가, 버릇없는 조무래기들이 주렁 주렁 달려 있다든가 해서 정상참작이 되는 상황이었다면 좋았을 것을. 그런 건 하나도 없었다. 부모님은 비정 상적인 방식으로 살아가기로 결연한 선택을 한 것 같다. 그런 건 중요하지 않다고, 장사를 하려면 이렇게 맡은 일을 나누는 게 실용적이라고, 브리지트는 설득되지 않는다. 남자가 요리한다고? 말도 안 돼. 그래서 두 분 모두 우스꽝스러운 사람이 되어버린다. 아버지의 친절함은 약점이 되고, 역동적인 어머니는 집안에서 남자를 부려먹는 여자가 된다. 아버지가 억지로 설거지를 하는 것이 부끄러울 때가 있었고, 어머니가 대놓고 악을 쓰는 게 부끄러울 때도 있었다. 나 역시 분주하지만 사려 깊은 어머니의 이미지를 얼마나 원했는지 모른다. 늘 폭발하는 듯한 어머니 대신 작은 드레스덴 도자기 인형 같은 어머니를 원했지만, 그거야말로 꿈이었다. 어머니와 아버지 두 분 모두 어떤 양식에 얽매이지 않았다. 좋은 가정이거나 좋은 가정이 되려고 노력하는 집안, 품위 있는 집안에 존재하는 그런 양식을 따르지 않았다. 채소 껍질을 벗기는 남자는 당당하지 않으니, 조금이라도 다른 사람들 같았으면 좋겠다고, 스포츠에 관심을 두고, 조금만 나쁜 성적을 받아오면 고함을 지르고, 외출을 금지하고, 따귀를 때리기라도 했으면 좋겠다고 생각했다. 학교에서는, 이렇게 호통을 치는 아버지들이 인기였다. 어떤 여자아이들은 자기 아버지와 있었던 일들을 자랑스럽게 말했다. 아버지가 나를 내 방에 가뒀어, 부활절까지 깜짝 댄스파티는 못 간대. 아버지는 그들의 적이지만, 그들은 아버지를 많이 사랑하는 것 같다. 어머니의 권위는 그만큼 인기가 없다. 어머니의 권위 뒤에는 뭔가 천박한 비꼼 같은 것이 있다. 중학교 3학년 수업 시간에 배운 몰리에르의 『여학자들』*을 배우면서 이건 몰리에르의 작품이니 남편과 아내 두 사람 다 우스꽝스럽게 생각해야 하고, 아내 필라맹트의 강압적인 독백 장면에서는 아내를 비웃고 남편인 크리잘에게 박수를 보내야 한다고 배웠지만, 사실 나는 그 작품이 아주 우습지는 않

---

* Les femmes savantes. 부르주아의 허영과 과시욕을 풍자한 몰리에르의 마지막 희극. 유복한 주부 필라맹트는 천문학이나 문법을 배우는 데 빠져 집안일을 돌보지 않는다. 남편인 크리잘은 자신이 가장이라고 큰소리 치지만 실권은 아내에게 있다. 필라맹트는 여자의 본분은 현모양처가 되는 것이라고 생각하는 막내딸 앙리에트를 현학자인 엉터리 시인 트리소탱과 결혼시키려 한다. 크리잘은 이 결혼을 막을 방법을 생각해내고, 결국 트리소탱이 재산을 탐내 앙리에트와 결혼하려던 것이 밝혀져 앙리에트는 사랑하는 크리탕드르와 맺어진다.

다고 남몰래 생각했다.

정상적인 것, 나는 그것을 브리지트의 집에서 알게 되었다. 데퐁텐 부인은 언제나 집에 있었고 부엌에서 분주했다. 소소한 빨래, 세심한 바느질, 식당엔 못 들어가게 한다. 너희들이 식탁을 더럽힐 거야. 내 눈에는 사소한 일들에 빠져 있는 작은 세계 같았다. 문손잡이를 문질러 광을 내다니, 이 얼마나 우스운가, 면 요리를 할지 아니면 다진 고기에 으깬 감자를 얹은 그라탱 요리를 할지 5분간 진지하게 고민하는 게 어떻게 가능하단 말인가. 아침부터 저녁까지 목소리들의 도가니탕 속에 사는 나에게 이 세계는 너무나도 조용하고 느린 세계다. 오후나절 부엌의 고요함. 언제라도 웃음을 터트리고 밖에 나가면 소리를 지를 준비가 돼 있는 학생들이 열심히 공부하는 학교 교실에서의 고요함이 아닌, 숨 막힐 정도의 비어 있음. 사람을 멍하게 만드는 고요함. 나는 서둘러 그곳을 떠나고 싶었다. 집안일을 하는 데 있어 모녀 사이에 놀라울 만큼 암묵적인 동조가 이루어진다는 사실을 바로 그곳에서 발견했다. 난 그런 건 생각도 못 했다. "네 스웨터 봤니? 가루비누로 빨았더니 새것처럼 됐구나. 질긴 무명 크레톤 천으로 침대 커버를 해줄게, 뽀송뽀송할 거야" 등등. 브리지트는 부엌에서 채소 껍질을 벗기는 걸 도와준다. 나는 그걸 보면서 내가 아무것

도 할 줄 모른다는 걸 충분히 깨닫는다. 사실이다. 나는
마요네즈를 만들 줄도 모르고, 당근 껍질을 빨리 그리
고 섬세하게 벗기는 것조차 못한다. 하지만 학교에서는
내가 더 잘한다고 반박할 수 있었을 텐데. 아니, 그걸로
는 보상되지 않는다. 여자아이가 아무것도 할 줄 모른다
고 하면 사람들은 제대로 다림질하고, 요리하고, 청소
할 줄 모르는 것으로 이해한다. 나중에 결혼하면 어떻게
할래? 반박하기 힘든 논리를 가진 대단한 질문, 궁지에
몰아넣는다, 달걀도 삶을 줄 모르는구나, 그래, 됐다 됐
어, 네 남편이 시골 사람들이나 먹는 야채 수프를 좋아
할지는 네가 알게 되겠지. 결혼은 한참 멀었는데, 나는
키득키득 웃었다. 브리지트가 힘차게 침대 시트를 잡아
당겨 주름 하나 없이 펴는 걸 바라본다. 나처럼 그냥 접
어두지 않는다. 어쨌든, 나는 나에게 '뭔가 부족하다'라
는 사실을 생각하기 시작한다. 왜냐하면, 여자아이는 모
두 다, 여자는 모두 다 집안일에 신경을 써야만 하니까,
더욱이 그게 장차 내 직업이 될 테니 나도 이런 일을 배
워야만 할 것이다. 사춘기의 어느 여름, 어머니가 어깨
를 으쓱해 보이며 그런 일에 시간 낭비하지 말고 자전거
나 타라, 고 해도 나는 아침마다 내 방을 청소하고, 엉망
으로 어질러진 어머니 방까지 청소한다. 나는 익숙해지
기 위해서 행주며 손수건 같은 간단한 것들을 다림질

한다. 빨래를 넌다. 수건 하나에 빨래집게 하나, 셔츠 하나에 빨래집게 하나, 느린 동작으로 빨랫줄을 장식한다. 9월의 더운 공기가 내 다리를 부드럽게 스치고 지나간다. 여자아이의 조용하고 순수한 일거리. 일요일이면 나는 초콜릿 무스를 만든다. 의기양양하게. 나도 할 줄 안다. 8월 15일 성모승천일 가족 식사에서 나는 뿌듯해하리라. 모두 맛있게 먹으면서 "제과점 것보다 낫다"고 말한다. "얘는 대체 뭐가 되려고 이러니"는 이제 끝났고, 즐겁게 내가 만든 초콜릿 무스를 잔뜩 먹는다. 완전하다는 환희, 이제 아무것도 부족하지 않다. 하지만 과장하지는 말자. 다림질과 케이크는 순간의 기쁨이자 놀이였다. 독서 후의 잠깐의 오락, 방학이 끝날 무렵의 무료함 속이기, 미지근하게 녹은 초콜릿을 숟가락 가득 퍼먹으며 온몸에 퍼지는 달콤함의 자극과, 설탕과 달걀의 혼합물을 처벌받지 않고 맛보려는 핑계다. 곧 다시 개학하면, 기분전환용 집안일과는 작별이고, 중요한 일들이 먼저다.

어머니와 선생님들이 되풀이해서 말하는 것. 나는 그들을 믿었지만, 미래는 안개에 덮여 있다. 초등학교 교사만 되어도 충분하리라. 벌써 "초등학교 여선생은 결혼을 안 해"라는 말이 돌고 있다. 학교 생활이 부담스럽다. 답답한 슬럼프가 시작된다. 중학교 2학년부터 수업 시간에 그 무엇도 내 흥미를 끌지 못한다. 삶의 법칙과 유클리드 공리의 관계, 여러분이 소중하게 간직하던 것을 잃어버렸다고 가정하고, 이야기 해봐요. 이런 것들에 나는 관심이 없다. 프랑스대혁명, 히로시마, 할 수 없이 텍스트의 설명을 들여다본다. 질문, 과제, 나는 그럭저럭 살아남았지만, 예전의 호기심은 사라져버렸고, 성적이 떨어지지 않으려는 집요한 의지와 자존심 말고 아무것도 남지 않았다. 아니면 나의 매력을 완전히 확신하지 못하고, 무슨 수를 써서라도, 두 가지를 동시에 하려는지도 모른다. 나에 관한 탐구로부터 완전히 벗어나지는 않았다고 생각하고 싶다. 내가 아무것도 안 하면 나는 아무것도 아니다, 어머니가 하던 말. 하지만 표류하던 그 몇 해 동안 내 자리를 잃지 않기 위해 얼마나 많은 에너지를 쏟아부었는지 모른다. 기하학 숙제를 세 시간씩이나 하던 저녁, 머릿속에는 샤를 아즈나부르의 노래를 떠올리며 직선과 수직선을 그린다. 수업 시간에는, 의자에 구부정하게 앉아 책상 위에 팔꿈치를 대고 양손은 볼에 갖다 댄 채, 눈은 책과 칠판에 고정된 것처럼 보이는 내 자세. 아주 평온하게 꿈꾸는 자세다. 선생님이 몇 마디 설명을 시작하면, 나는 습관처럼 수업에서 멀어진다. 4년 동안 수업 하나를 처음부터 끝까지 경청한 적이 없고, 저녁에 교과서를 보고 내용을 다시 알아내려 애썼다. 어떤 선생님들은 준비해온 내용을 받아적게 하는데, 이건 더 피곤했지만 조금만 익숙해지면 다른 생각을 하면서 받아적을 수 있다. 남자아이들, 멋대로 만들어낸 연애 이야기, 노래, 욕망, 공상하기에 딱 좋은 자세로 앉은 나는 달콤한 몽상에 빠져들었다가 라틴어 문장을 해석하기 위해 어렵사리 빠져나왔다. 일요일이면 영화관에서 돌아오며 나를 기다리고 있는 숙제를 생각하고, 내 옆에서 브리지트는 종종걸음으로 편안한 저녁을 보내러 간다. 월요일에 입을 옷을 준비해두고, 회계사에게 잘 보이려고 머리를 감는, 잔잔하고 근심 걱정 없는 그런 삶을 나는 부러워한다. 덧없이. 내일 어떤 질문을 받을까 걱정하고, 여전히 배워야 할 그 모든 것들, 검게 써 내려가야 할 답안지, 치러야 할 시험…. 일거리를 찾아볼까, 타이핑을 하면 어떨까, 재미있겠지, 번 돈으로 옷을 사고, 마음대로 외출하고, 다른 여자애들처럼 행동하고, 무의미함과 기다림뿐인 존재. 그때가 바로 가게 손님들과 부모님의 지인들이 다 안다는 듯한 투로 "어이, 당신 딸 말요, 이제 곧 당신들 곁을 떠날 것 같소, 허허"라고 말하던 시절이다. 어머니는 조금 짜증을 내며 "아직 시간이 충분하다우, 젊은 시절 즐기게 내버려둬야지"라고 답한다. 하지만 때때로 "결혼은 인생의 법칙이야"라고 덧붙이고, 내가 노처녀로 남으면 초상을 치를 거라고도 한다. 그 시절에 나는 책임지고 싶지 않은 욕구와 대충 편하게 하고 싶다는 생각에 빠져 있었다. 공부는 기다림의 해결책, 정말 실용적인 해결책이라고 생각했다. 그럴 수도 있는 거다. 뜨거운 사랑이 나타나기까지 어쨌든 살아야 한다. 누군가 손을 잡게 내버려둬요, 나의 사랑 나의 누이여*, 황금빛 부엌, 노래하는 물줄기 아래 놓인 딸기, 언젠가 너는 보게 될 거야, 우린 만날 거야**. 그런데 사랑받고, 선택된다는 막연한 혼란에 결정적으로 대항할 만한 것도, 만족시켜줄 수 있을 만한 것도 학교에는 하나도 없다. 수녀님들은 '단정함'을 강조하고 남자들의 욕망을 부추기는 바지를 입으면 안 된다고 호통을 치는데, 그래서 더 바지를 입고 싶어진다. 수녀님들은 또 믿을 수 없을 정도로 촌스러운 옷을 입고 기독교 신자의 기쁨으로 충만한, 더없이 행복하고 바보 같은 미소를 지으면서, 올바른 삶과 남자아이들과의 정직하고 순수한 우정을 찬양하는 소녀들의 사진이 실린 잡지 〈크리스티앙〉을 읽으라고 권한다. 각종 제약과 지루함으로 진땀 나게 하는 영혼과 육체의 사용법에 관한 교훈서인 〈이제 여자가 된 너〉를 돌려보게도 한다. 거기에는 완곡하고 모호한 말투로 하지 말아야 할

---

* 보들레르의 산문시집 『악의 꽃』에 실린 〈여행으로의 초대(L'invitation au voyage)〉에 나오는 문구.

** 미셸 물루지의 노래 〈언젠가 너는 보게 될 거야〉의 첫 구절.

일과 하지 말아야 할 말만 늘어놓고, 특히 남자아이들을 조심하라고 한다. 남자아이들은 '육체적 반응이 너와 대단히 다르다.' 그리고 그들은 '강압적이고 난폭한, 순간적으로 제어하지 못하는 충동'의 희생자라고 쓰여 있다. 그러면서 우리 여자들은 그렇게 많이 느끼지 못하고, 만일 우리를 차지하게 내버려두면, 우리도 원하게 되리라는 뉘앙스가 들어 있다. 여자아이들 사이에서는 욕처럼 사용하는 '성모마리아의 순진한 아이들'에게 주는 충고보다 나는 화사한 피부색을 갖는 비결과 잡지 〈유행의 메아리〉에 실린 로맨스 소설을 좋아했다. 열다섯 살에, 가슴 설레게 하는 유일한 종교란 사랑이다. '당신이 내게 하라시면 뭐든지 하겠어요*', 에디트 피아프가 옳다. 그리고 나는 코르네유의 『르 시드』 덕에 활기를 찾는다. 괴상하긴 해도 어쨌든 명예와 사랑이 오스트리아 왕위 계승 전쟁보다는 낫다. 반 친구들도 나처럼 꿈나라에서 헤맨 것일까? 나는 그 친구들이 프랑스어 시간과 수학 시간에 "대체 얼마나 잤는지 모르겠어!"라고 하던 말을 지금도 기억한다. 겉보기에는 대단히 열심인 듯 보여서, 꼬박꼬박 숙제하고, 반항하는 법도 없고, 오직 웃음과 귓속말만 있을 뿐이었다. 우리는 야망 없는 양 떼

---

* 에디트 피아프(Edith Piaf)의 〈사랑의 찬가〉의 가사.

처럼 그저 자리만 지키고 있다. 예외가 있기는 했다. 정말 열심히 공부하는 르게라는 여자아이가 있었는데, 사람들이 쟤는 정말 크게 될 거라고 믿는 보기 드문 아이들 가운데 하나였다. 하지만 그 아이를 좋아할 수는 없었다. 유행이 지난 초라한 행색에 찌푸린 얼굴, 그 꼬락서니라니! 머리가 좋다고 그녀를 부러워하는 아이는 없었고, 차라리 그 나머지 것들로 그녀를 가여워했다. 중학교 졸업장을 받는 시기에 잠깐 열심히 한 후에는 고등학교 1학년의 의기소침한 시기가 올 것이다. 수학 선생님은 체격이 거구에다 체크무늬 셔츠 위에 짧은 남자용 검은색 외투를 입고 다녔는데, 언제나 고래고래 소리를 질러댔다. "여러분은 성스러운 열정이 없습니다! 둔해빠진 게으름뱅이들입니다! 열정을 가져주세요!" 도무지 알아들을 수 없는 말. 한 해 한 해 반 아이들의 얼굴은 바뀌었다. 하나둘씩 떨어져 나가는 시절. 먼저 제일 돈이 없는 여자아이들이 속기 타자수가 되거나 판매원이 되어 떠나고, 다음이 상인의 딸들, 이 아이들도 물건을 파는 일을 하지만 다른 환경에서 판다. 그리고 농부가 되는 아이들은 그들의 땅으로 영원히 사라진다. 다른 아이들이 들어오고, 학교는 별똥별로 가득 찬다. 학교에서 퇴학당한 산만한 아이들, 입학한 후 다음 방학이면 결혼해버리는 예쁘지만 생기 없는 아이들, 딴생각으로 가득 차서 단단히 조여줘야 하는 아이들, 그리고 언제나 권위적인 아버지를 둔 아이들이 추가된다. 자산가 부모를 둔 딸들은 춤추고, 댄스파티를 벌이고, 조르주 브라상의 노래를 듣는 것 말고는 다른 인생 목표가 없다. 얼마 되지 않아 나는 그 아이들의 세계에 빠져든다. 내 수학 공책에 장 마레의 사진이 아니라 제임스 딘의 사진을 오려 붙이게 된 것은 내게 하나의 진보이고, 그런 식으로 마리아노를 버리고 플래터스로 갈아탄다. 그때는 그것이 똑같은 사랑이라는 것을 깨닫지 못했다. 그 아이들과 함께 미래를 이야기하는 것은, 브리지트와 함께 그랬던 것처럼 장난스러운 연애로 불리는 사랑에 관해 이야기하는 것이었다. 가수, 장난스러운 연애, 옷, 서로에 대한 험담이 우리 대화의 가장 중요한 화젯거리였다. 그때 나는 내가 엄청나게 더 자유로운 여자아이라고 생각했다.

이제 기복이 심한 이야기가 시작된다, 신나는 모험, 아싸, 아니 사실 그렇게 신나지 않은 그 모험에서 나는 굴욕감과 반항심을 느끼며 찌그러든 채 빠져나가리라. 나는 여행을 떠나듯 남자아이들에게 다가갔다. 두려움과 호기심을 안고. 모르는 아이들이었다. 여름이면 학교에서 나오는 길 한구석에서 내게 밤을 던지고, 겨울에는 눈덩이를 던지던 아이들을 나는 그냥 내버려두었다. 길 건너편에서 큰소리로 욕지거리를 하기도 했는데 나는 그때그때 상황에 따라 지켜보는 어른들이 없을 때면 멍청이들, 머저리들이라고 대꾸하곤 했다. 흥분한 꼴이 좀 우스꽝스러웠다. 축복받은 어느 오후에 반나절 동안 롤러스케이트를 함께 타고 그 아이 중 한 명을 미화하기에 이르렀다. 그들 역시 내가 변한 만큼 변해 있었던 게 틀림없었다. 나는 그들에게 다가갔다. 여자아이들끼리 나누는 대화, 소설, 잡지 〈유행의 메아리〉에서 읽은 충고들, 뮈세의 시 몇 편, 내가 큰언니라 생각하는 '마담 보바리'의 지나친 몽상들 같은 작은 지식을 가지고. 내 마음 깊은 곳에는, 홀로 찾아낸 쾌락의 욕구가 적절하지 않다는 생각이 감추어져 있었다. 나에게 세상의 반쪽은 정말 미스터리였지만, 그 반쪽은 축제일 것이라는 믿음이 있었다. 남자아이들과 나 사이의 불평등, 신체적인 것 외의 다른 차이에 관한 생각은, 한 번도 경험해보지 않았기 때문에 나는 정말 모르고 있었다. 그것이 재앙이었다.

축제는 시작하지 않았다. 투박한 옷차림의 키 큰 소녀, 늘어뜨리는 양 갈래 리본은 거의 매지 않고, 첫 번째 영성체 이후 5월이 되면 연례행사로 파마를 하는 빳빳한 직모의 머리카락을 가진 소녀, 남자들은 이런 여자를

'멀대'라고 부른다. 대다수의 소녀는 '본능적으로' 자기들이 어떻게 해야 하는지 알고 있었다. 하지만 나는 몰랐다. 절망에 잠겨 어느 날 나는 거울에 비친 내 얼굴에 침을 뱉으리라. 점점 더 단조로워지는 일요일 오후, 그리고 여전히 남자의 접근을 경계하는 브리지트. 그녀는 영원히 사랑할 '진짜'를 찾고 있고, 섹스를 하고 싶어 죽을 지경이지만, 그건 결혼한 후의 일이라는 브리지트의 생각을 이해하는 데 오랜 시간이 걸리리라. 브리지트는 일요일 오후에 따라오는 남자아이들을 퇴짜 놓았고, 나는 이제 더는 그 아이들에게 흥미를 느끼지 못했다. "어라, 아가씨들, 우리 어디선가 본 것 같은데? 이쁜이들, 잘 지냈지?" 시골뜨기들의 감탄은 전혀 중요하지 않다. 세상에서 가장 자연스럽게 나는 그들을 무시한다. 분명 내 마음에 들 것 같은 남자들이 나를 무시하는 딱 그만큼의 부당함과 함께. 하지만 어디서 그리고 어떻게 나를 좋아해줄 남자들을 만난단 말인가. 브리지트에게는 남자 동료가 한 명밖에 없었고 그 남자는 미용사를 진지하게 '사귀고' 있다. 나를 댄스파티에 초대해줄 수 있는 유일한 사람은, 치과의사의 딸들, 도매업자의 딸들, 주조 공장 엔지니어의 딸들, 그리고 예전에 한 반이었던 내숭 떠는 여자아이들뿐인데, 그들은 내 친구들이 아니다. 주민 8천 명의 작은 도시에서 우리는 서로 만나지 않는다.

토요일 저녁에 열리는 누구나 갈 수 있는 무도회에는, 들으면 웃겠지만, 하녀들과 공장 여직공들밖에 없다. 왜 내게는 남자 형제가 없단 말인가, 있었더라면 나를 데리고 나갈 수 있었을 텐데, 그에게는 친구들도 있었을 텐데. 남자 형제 이야기를 입에 달고 다니는 많고 많은 여자아이들. 오빠가 얼마 전에 바칼로레아*에 합격했어, 오빠가 외박 나왔어, 오빠 말이 스쿠터는 애들이나 갖고 노는 거래, 등등. 신과 같은 존재인 오빠. 나로서는 참 애석한 일이었다. 때로는 여행을 떠나는 일이 쉽지 않다. 그러면 남는 건 우연인데, 우연은 흔치 않다.

멋진 '썸'이라면 멋진 '썸'이었다. 그는 자신이 맡은 역할을 기가 막히게 알고 있었다. 어쩌면 좀 성급했을지도. 큰 키, 앙브르-솔레르 선크림 광고에 나올 법한 구릿빛 피부, 연재소설에 나오는 것 같은 중저음의 따뜻한 목소리, 그는 뭔가 복잡한 얘기를 하고는 "이건 라신 작품에 나오는 대사일 거야"라고 덧붙였다. 나는 그가 우리를 조롱하려고 그러는 것인지 아닌지 알 수가 없었다. 하여튼 내가 아는 라신의 작품은 『소송인』밖에 없었으니까. 브리지트는 얇은 잡지를 대충 훑어보는 중이었고

---

* 프랑스의 대학입학 자격시험.

나는 마을이 끝나는 그곳 풀밭 가에서 복숭아를 먹고 있었다. 라신 얘기를 꺼내기 바로 전에, 그는 자갈길에 자기의 이탈리아제 스쿠터 베스파를 눕혀놓고 와서 아무렇지 않게 툭 앉더니, 양손으로 무릎을 감싸고 선글라스를 만지작거리며 편안하게 이야기를 했다. '우리 전에 어디선가 본 적 없어?'와는 전혀 다른, 잘 다듬어지고 매우 멋진 태도. 음악은 없었지만, 완전히 영화 같았다. 그렇지만 끔찍했다. 그렇게 당황했던 적이 없었다. 복숭아 껍질을 벗기는 내 손이 덜덜 떨렸고 복숭아즙이 내 손목을 따라 흘러내렸다. 미칠 것 같은 부끄러움. 혼자였다면 도망쳤을 것이다. 나는 네, 아니요, 열네 살, 중학교 3학년, 제라르 필리프를 좋아해요, 가수는 베코를 좋아해요, 라는 말 외에는 뭐라고 대답해야 할지 몰랐고, 그래서 질문하는 그가 미웠다. 선글라스 뒤에서 그는 우리를 살펴보고 있었다. 브리지트는 풀잎을 천천히 조금씩 빨면서 입천장으로 소리를 내며 규칙적으로 조그맣게 웃었다. 그는 셔츠를 입지 않은 반바지 차림이어서 그의 근육과 피부를 볼 수 있었다. 건강미 넘치는 남자. 소름이 끼쳤다. 그 순간, 반은 나에게, 반은 내 친구에게 향한 시선이 주는 부끄러움을 느끼며, 나에게 던지는 것인지 다른 사람에게 던지는 것인지 구별되지 않는 그 달콤한 말을 들으며, 나는 유년 시절을 벗어났다. 거기서 멈

출 수도 있었다, 이 게임이 나를 두렵게 한다고 믿으면
서. 거짓말. 나는 그대로 있었으니까. 선글라스 뒤의 시
선으로 관찰당한다는 것이 무엇보다 감미로웠다. 그는
브리지트가 보고 있는 잡지 쪽으로 몸을 숙이고는 우리
를 번갈아 뚫어지게 쳐다보았다. 잡지 〈우리 둘〉의 표지
에 실린 소녀를 가리키며 말했다. "헤어스타일을 이렇
게 하면 좋을 것 같아." "그리고 브리지트는 이렇게." 그
는 우리가 귀엽다고 직접적으로 말하지 않았지만 그렇
게 간접적으로 표현하는 게 더 좋았다. 그들은 '길들인
다'는 것을 어떻게 표현하지, 겁에 질린 소녀, 경계하는
새끼 고양이, 다정한 구릿빛 피부의 소년은 너희들에게
나쁜 짓을 하지 않아. 아마 남자들이 여자아이들에게 그
렇게 말하는 것은 흔한 일이었을 것이다. 그리고 나는
길들여졌다. 조금씩 나는 이 만남이 연애와 비슷하다고
나 자신을 설득한다. 흥미로운 남자였다. 스물세 살이
고, 화학자라고 했다. 나는 대담하게 어디 사느냐고 그
에게 물어보기까지 한다. 하지만 그의 능숙함에도 불구
하고, 우리를 유혹하려는 휴가 온 이 남자는 삼쌍둥이처
럼 붙어 있는 우리를 떼어놓지 못했다. 우리는 겁도 났
고, 또 질투심까지 가세해서 둘이 꼭 붙어 있었다. 결국
한 사람씩 차례로 돌아가며 그의 베스파 스쿠터를 탔다.
그는 "차오*, 내일 봐!"라고 인사를 했다. 그가 말한 '차

오'라는 새로운 단어가 우리에게 깊은 인상을 남겼다.

그때부터, 처음으로 나는 남자아이와 감정에 관한 이런 낯선 대화에, 모든 게 명확해질 것이라고 믿으며 돌고 도는 대화에, 점점 더 빠져드는 끝나지 않는 설명에 몰입한다. 너 들었지, 화학자래, 너도 들었지, 스물세 살 이래, 그렇게까지 안 보이던데. 그러게. 웃음, 배에 털도 봤지, 다시 웃음, 정말 많더라. 외설스러운 이야기도 서슴지 않았다. 정말 괜찮은 남자야, 그는 원하는 여자애들은 다 가질 수 있을 거야. 우리가 선택됐다는 사실에 기분이 좋아져서 우리보다 나은 여자애들도 정말 많은데, 라고도 했다. 노예들의 속삭임, 신에게 올리는 향불. 그에 관해 말하는 것만으로도 나는 사랑에 빠졌다. 나는 그를 조금 밀어냈던 공격성을 내일은 보이지 않아야겠다고 결심했다. 내일 베스파 스쿠터를 누가 먼저 탈 건지 둘이 토론했다. 브리지트는 '내 손은 어둠 속에서 희망을 그린다**'라는 노래 가사를 흥얼거렸다. 우리 자전거는 우리가 세 시간 전에 놓아둔 장소, 비탈길에 뉘어져 있었다. 정말 멋진 모험이었다. 나중에, 내가 스무 살이 되었을 때 본 무대 조명 속의 '동 쥐앙'은 시골 처녀

---

* 이탈리아어로 '안녕'이라는 의미.

** 질베르 베코(Gilbert Bécaud)의 노래 〈나의 손(Mes mains)〉의 가사 일부.

마튀린과 샤를로트를 번갈아 꼼짝 못하게 했다. 나는 매료되고, 마음이 아프다. 그 정도로 우리는 어리석지도, 그 정도로 시골뜨기도 아니었는데. 하지만 그 정도로 빠져들기는 했다.

다음 날 나는 잡지 〈친밀함〉의 표지 모델처럼 머리를 포니테일로 묶었다. 우리는 다음 날도 또 다음 날도, 브리지트의 바캉스가 끝날 때까지 계속 그곳에 가보았지만, 그는 다시 나타나지 않았다. 때때로 우리는 그가 갑자기 르아브르로 돌아갈 수밖에 없었을 거라고 말하기도 하고, 때로는 그가 우리를 못생기고 얌전뺀다고 생각한 모양이라고 말하기도 했다. 어쨌든 너무 늦었다. 그에 대한 반감이나 경멸감은 조금도 없었고, 그를 원망하지도 않았다. 그의 모든 완벽함에 굴복한 열네 살. 그 후에 나는 샬의 법칙과 접속법을 요구하는 동사들 사이에서 베스파 스쿠터를 타고 백 번이나 산책을 했다. 그리고 조금 수정된 나의 첫 모험담은, 특히 브리지트는 빼버린 채, 우리 교실에서 만들어지던 많은 러브스토리 중 하나가 되었다. 멍청한 여자 둘을 만족시켜줄 수 없었던 형편없는 호색한이라고 지금은 말할 수 있지만, 물론 사춘기 시절에는 그렇게 말하지 못했다. 제라르, 사랑해, 내 연습장에는 그렇게 쓰여 있고, 내 머릿속에는 '첫사랑'이라고 쓰여 있다. 언어의 문제, 나는 다른 표현을 알지 못했다.

사실을 말하자면, 크리스마스도 넘기지 못했다. 나는 그가 늙었다고 생각했다, 스물세 살, 나는 그 차이를 이해하게 되자, 나이 차이 때문에 자연스럽게 혐오감을 느꼈다. 그리고 나는 또 다른 베스파 스쿠터와 마주치기를 희망했다. "내게 무슨 일이 일어날까?" 이것은 유일하고 중대한 문제였고, 열일곱 살이 될 때까지 나의 형이상학의 전부였다. 학교가 끝나고 나면, 당시 유행이던 목에서 발목까지 내려오는 포대 같은 코트를 입고 여기저기 기웃거렸다. 그 코트는 내가 어렵사리 싸워 얻은 '스타일'로, 입으면 볼품없이 키 크고 지나치게 억세 보이긴 했지만, 어쩔 수 없었다. 오! 불안한 내 외모의 승리. 아무것도 아닌 것으로도, 한 번의 시선, 한 번의 생각으로도 그 승리는 파괴될 수 있었다. 브리지트와 반 친구들은 그런 승리를 핀으로 찔러서 바람을 빼버리는 데는 통달해 있었다. 하지만 내가 마음에 들고자 했던 것은 그들이 아니었다. 내 어머니는 이제 끝, 어머니, 어머니 말이 안 들려요. 내 목소리, 여리지만 내 머리에서 나오는 목소리를 들어봐요, 그 목소리는 어머니의 목소리와는 달라요. 프랑수아즈는 이런 애랑 만나고 다닌다고, 마리조는 토요일마다 댄스파티에 간다고 내가 말할 때, 그 말뜻을 전혀 이해하지 못하는 어머니가 짜증

나요. 나는 다른 사람들이 누리는 자유를 마구 지껄여서 내 개인적인 자유를 조금이라도 얻어내려 한다. 뭐라고 해도 소용없다. 어머니는 그런 비교에 냉담하다. "그런 애들이랑 닮지 않아서 참 다행이구나." 아니, 나는 개들이랑 똑같아. 열여섯 살이 되었을 때, 나는 어머니 당신이 내 얼굴에 던져놓은 바르고 단호한 이미지의 내 모습을 더는 알아볼 수 없었다.

소도시에서는 남자가 여자를 꼬실 때 상냥하게 접근한다. 오히려 즉흥적인 친구 교제에 가깝다. 서로 알고 지내거나 언젠가는 알고 지내게 되기 마련이고, 폭력은 절대 없다. 항상 제자리에 있는 창문 아래 늘 똑같은 노인네들의 시선이 있고, 늘 같은 상인들이 그들의 문턱에서 쳐다보고 있으니 감시받는 느낌도 있지만, 보호된다는 느낌도 있다. 음산한 수고양이 같은 남자들이 섹스 아니면 칼을 들이대는, 대도시에서의 여자 낚시와는 상당히 거리가 있다. 그 시절에 나는 낚이는 것과 꼬리 치는 것의 차이를 잘 구분하지 못한다. 다른 여자아이들처럼 나는 상점 앞을 지나가고 또다시 지나가며 '맴돌기'를 한다. 남자아이들도 지나가고 또다시 지나가는데, 우리는 곁눈질로 나쁘지 않아, 끔찍해, 이렇게 평가한다. 가끔 멈춰 서기도 한다. 회사원들, 상업학교 학생들, 주말에는 루앙의 몇몇 고등학생들. 나는 내 또래의 남자아이들을 뒤늦게 발견한다. 처음에는 대부분 웃기고 재미있다고 생각한다. 그들의 말장난과 언어유희는 나를 즐겁게 하고, 우리 여자아이들은 그렇게 잘하지 못한다고 확신한다. 남자아이들은 정말 재치가 있어, 어떻게 나는 '다녀왔습니다람쥐'나 '난 누구 여긴 어디' 같은 표현 없이 살아왔을까. 나는 천박한 말장난에 맞서 부르주아의 지성 교육을 보호막으로 삼지 않고, 외설스러운 농담에 대해 코를 찡그리는 정숙한 처녀처럼 반응하지도 않는다. 물론 나는 웃는다. 하지만 나는 곧 그런 말장난이, 재치 있는 것이 아니라 짜증나는 표현임을 빠르게 인정해야 했다. 저 여자애는 목수들이 꿈꾸는 나무판자와도 같아. 좋은 나사가 필요하지, 그런 추잡한 이야기는 이미 브리지트에게 들어서 익숙했다. 내 눈에는 그 남자아이들이 눈덩이를 던지던 시절의 아이들만큼이나 거칠고 우스꽝스러워 보였다. 그리고 이런 발견. 그들은 언제나 자기 자신에 대해서, 자기들의 취미, 자기들의 수업과 방과 후에 남는 것, 자기들의 모터스쿠터와 불알에 관해 이야기한다. 남자들의 말을 듣기, 그들에게 신경쓰기, 이제 이런 것이 시작된다. 그냥 떠들게 두거나 웃어 넘기기. 아니면 허튼소리를 하거나, 일부러 순진한 척해서, 우쭐대며 남을 비웃는 버릇이 있는 남자아이들이 "그 여자애 귀엽네!"라며 박장대소하게 만들거나, 경박

하거나 천진난만하게 굴 수도 있다. 그들은 언제나 그들의 세계에 우리를 끌어들인다. 당구 한 게임 하러 와, 볼링 한판 하러 와, 달리기 경주가 있어, 오늘 경기가 있어, 응, 그래, 너 보러 갈게. 그들은 우리에게도 우리의 세계가 있다는 것을, 나의 이야기가 있고, 수업과 여자 친구들이 있다는 것을 상상하지 못한다. 길게 이야기를 늘어놓는 건 생각할 수도 없다. 그들은 아, 네 학교 수녀님들은 모두 레즈비언이구나, 단호하게 끊어버린다. 아주 어려운 수학에 관해서, 내가 좋아하는 프랑스어에 관해서, 예를 들면 루소에 관해서 그들에게 말하고 싶지만, 그러면 그들은 지루해한다. 여자아이들의 대수학 문제는 남자아이들의 문제와 견줄 수 없다. 우리 집에서나 학교에서는, 여자아이들이 열심히 공부하도록 격려하지만, 그들과 함께 있으면 그런 성공은 오히려 결점이 되어버린다. 그들은 성가신 애가 하나 또 있다면서 경계하고, 책벌레를 끔찍이 싫어하며, 주눅이 들어, 완벽한 여자아이 만세! 거리낌 없이 외친다. 그들은 내가 공부하러 돌아가겠다고 하면 나를 조롱한다. 그런 일에 익숙해져야 하리라. 오랫동안, 아버지를 제외하고, 어떤 남자아이도, 어떤 남자도, 내가 하는 일에 중요성을 부여하지 않는다. 선생님? 노처녀로 늙겠구나, 변호사? 그래 너 잘났다, 이런 소리를 잠자코 들어야 한다. 몇몇 남자애들이 보이는 혐오감. 너무나 다정하고 너무나 사랑스러웠던 그 금발 머리 소년. 자기야, 네가 공부하다 지칠까 걱정된다, 비서 자리에 들어가는 게 어때. 어쩌면 똑똑하다는 것은, 그들에게 진짜 여자로 보이지 않는다는 의미다. 어느 날엔가, 내가 남자친구들이랑 같이 있을 때 반에서 1등이던 르게와 마주쳤다. 내가 르게에게 인사를 했더니 폭소와 아우성이 터져 나왔다. "정말 흉측한 몰골이다, 저 끔찍한 애는 누군데?" 나는 르게가 정말 똑똑한 애라고 항변했다. 사실 나의 나약한 마음속 깊은 곳에는 르게를 조금 부러워하고 있었으니까. 하지만 그들이 르게의 뒤에서 해대는 말과 똑같은 말을 내 뒤에서 하는 걸 듣느니 차라리 죽는 편이 나았다. 나를 보는 시선들, 사랑, 몸, 타자, 내가 기대하는 모든 것은 여전히 모호했지만, 그것을 포기하는 건 상상조차 할 수 없다.

　내가 벗어날 수 없는 엉망진창의 상황, 나의 드라마는 이미 거기에 봉착해 있다. 나는 남자아이들이 필요하다. 하지만 그들의 마음에 들기 위해서는 정말 상냥하고 착해야 하고, 그들이 옳으며 '여성스러운 무기'를 사용해야 한다고 인정해야 한다. 여전히 거기에 저항하는 것들, 성취욕, 진정으로 나 자신이 되려는 욕망은 죽여야 한다. 그것 아니면 고독. 그것 아니면 입술과 가슴을 바라보며 저건 아무 소용도 없는 거라고 말하거나. 물론, 그것. 그렇지만 나는 올바른 방법을 취하지 않는다. 그들의 허세에 대해 나는 공격성, 비웃음으로 대응한다. 나는 고집스럽게 내가 좋아하는 것, 책, 시에 대해 말하고 싶다. 그만해, 아, 그만 좀 하라고. 나는 축구 결승점 이야기도, 장차 수의사가 되려는 남자아이가 말하는 암소 구제역 예방접종 이야기도, 고등학교 샤워장에서 서로의 성기 크기를 비교하는 일상적인 농담들도 참고 견디는데 왜 그만두라는 것인가. 이 아가씨야, 잠깐만, 혼동하면 안 돼, 중국의 부흥에 미친 일본의 영향은… 아! 아! 남자애들 자존심 상하게 하지 말 것, 너 그거 몰라? 내가 모르는 것은 내 마음에 드는 남자아이에게 속마음을 숨기는 것이다. 남자들은 선택하고 싶어 해, 이 친구야. 무슨 상관이야, 나도 선택하고 싶은데. 여전히 나는 그 차이를 모른다. 남녀의 역할을 바꿔버린 이 엄청난 실수 때문에 나에게는 곧 식은 죽 먹기처럼 쉬운 여자아이라는 꼬리표가 붙는다. 쉬운 남자아이는 존재하지 않는다. 그날, 유쾌하게, 별생각 없이 기분 좋게 그를 찾아나선다. 그가 나올 상업학교 앞을 지나간다. 아무도 없다. 꼼짝 못 하고 무기력하게 서 있는 일에 익숙하지 않은 나는, 애 어디 있는 거야, 노르 거리며 로터리며 여기저기를 가본다. 갑자기 한 무리가 나타나고 목소리가 들린다. "또 저 여자애야!" 더러운 바보 자식. 나는 분이

턱까지 차올라 숨이 막힌 채 책가방을 들고 그 자리를 박차고 떠난다. 나는 지나침과 모자람 사이에서 제대로 행동할 줄 몰랐다. 쌀쌀맞은 동시에 바람기 있는 여자, 바보 같은 미소, 숨 막히는 경탄, 그리고 맡은 역할에 대한 피로, 더는 스쿠터를 타고 한 바퀴 돌고 싶은 생각이 들지 않았다. 나는 나 자신을 탓했다. 남자아이들은 언제나 남자아이들일 거니까. 영어 문법에서는 보편적 진리의 예로 "Boys will be boys"라는 문장을 든다.

　여행, 나는 무엇을 기대하는가… 내 마음속 말에 귀 기울이면 나는 여전히 기대하는 중인 것 같다. 진정한 사랑은 너무나 아름다우리라. 하지만 내 주변 반 친구들, 그리고 브리지트 또한 '알고' 있지만, 나는 모른다. 그 여행을 끝내는 최고의 방법은 침착하게 자신의 파트너를 선택하는 것. 그는 나처럼 우체국 창구에서 줄을 서 있다. 슬쩍 쳐다보다가, 평범한 대화를 나누고, 로터리까지 쫓아간다. 재미없어 보이고, 두꺼운 입술, 수학 잘하는 아이 같은 조용한 모습, 하지만 아주 마음에 들지 않는 타입은 아니다. 이 남자면 될 거야. 얼굴을 펴봐, 좀 웃어, 월요일 좋아. 비록 연애소설 같지는 않았지만, '사랑의 지도' 같은 건 내던져버렸지만, 슬프지는 않았다. 왜 항상 달콤한 시럽이 필요하고, 아름다운 추억을 간직하기 위해서 하트 두 개를 나무에 새겨넣어야 하는가. 바람 부는 3월 말, 사흘간의 기다림은 첫 영성체 전 사흘간의 피정처럼 느리게 흘러가고 무기력하다. 나는 준비한다. 몸보다도 머리로 더 준비한다. 상상하고, 가는 길을 그려보고, 어머니가 나를 몹시 감시하고 있었기에 내게 시간이 얼마나 필요한지도 계산해본다. 군청색 스웨터, 흰 칼라, 앞머리, 나는 한 시간 전에 준비를 마친다. 자유로운 행동, 의례 혹은 희생, 어떤 쪽이든 나는 로터리를 향해서 단호히 한 걸음 내디뎠다고 느낀다. 내게 무슨 일이 일어날까, 거기서 무슨 일이 일어나든, 그렇게 만든 건 바로 나다. 더플코트를 입고 활짝 웃으며 내게 다가오는 그를 보자 나는 도망치고 싶다. 전시에는 전시에 맞게, 이걸 원했던 건 나였다. 맥빠진 말들, 월요일이라 상점의 4분의 3이 문을 닫아 사람 없는 길에서 나란히 걷지도 않는다. 일요일의 영화 포스터가 그대로 붙어 있다. 로미 슈나이더의 〈어느 여왕의 젊은 시절〉. 서서히 따분해진다. 생각했던 만큼의 자유는 없다. 이 일이 돌아가는 방향은 내 소관이 아니고, 고작해야 내가 할 수 있는 건 "어, 이 길로 가면 어떨까?"라고 제안하는 것뿐이다. 그는 이상하다는 듯 나를 쳐다보고, 나는 얼른 천박한 척, 생각 없는 척한다. "내가 황수선화를 아주 좋아해서, 저쪽 정원에 한가득 피어 있어, 이리와봐." 먼저 그가 팔을 어깨 위에 얹는다. 무겁고, 소름 끼친다. 갑자기 목소리는 더 잦아들고 달콤해진다. 아하, 이런 거구나. 나와 다른 성(性)은 꺼칠꺼칠한 볼에 단단한 몸으로 거친 숨을 내쉰다. 즐거움의 우아함도, 풍부한 감정의 우아함도 느껴지지 않았고, 그래서 나는 놀랐다. 햇살도 없었고, 전혀 꿈처럼 느껴지지 않았다. 차라리 불면의 밤 다음 날 아침의 자의식 과민상태 같다. 모든 것이 눈과 귀에 들어오지만 적절한 표현을 찾지 못한다. 노파 한 명이 철책 대문을 사이에 두고 이웃과 수다를 떨다가 우리를 바라보면서 "누구에게나 좋은 시절이 있지, 그게 인생이지"라고 말을 던졌다. 10미터마다 멈춰 서면서 그가 나를 너무 세게 붙드는 바람에 내가 뻣뻣한 다리로 걷고 있다는 우스운 생각이 들었다. 나는 바칼로레아를 생각했고, 그 후의 여름을 생각했다. 한 단계를 넘었고, 나는 호기심에서 해방됐다고 느꼈다. 나는 기쁜 마음으로 집으로 돌아왔다. "치과에서 오래 있었구나!" "네, 사람이 많았어요." 어머니가 저울 너머로 나를 바라본다. 오늘 나는 어머니가 '서푼짜리 지지'와 기타 등등에 대해서 내게 대답하지 않았던 침묵을 앙갚음한다. 내 방으로 올라와 다른 여자아이들이 내게 했던 말, "나는 그러고 나서 씻었어, 어쨌든 씻어야 했어, 심장이 쿵쿵 뛰었어." 그 말을 떠올렸다. 나는 거울 속 나를 바라보며 나 역시 마찬가지라는 사실에 놀랐다.

그렇게 나쁜 여행은 아니었다. 나는 여행을 계속하고 싶은 생각으로 달아올랐다. 단 한 번의 만남이었지만 그 이후 이미 끊임없이 나를 당황하게 하는 어떤 암묵적인 공모가 느껴졌다. 그의 눈빛에는, 내가 널 가졌어, 라는 잠시 스치고 지나가는 승리의 번쩍임 비슷한 게 없었다. 아니면 내가 그걸 알아보는 법을 그때까지 배우지 못했었는지도. 마음을 쉽게 터놓지 않는 남자아이 한 명을 만났을 뿐인데, 그 얼굴은 이미 남자 형제처럼 여겨진다. 우리는 몇 달에 걸쳐 40시간을 함께 보냈다. 마치 늘려가야 할 특혜받은 순간의 보물이라도 되는 양 나는 그 시간을 다 합산해보았다. 햇빛으로 얼굴이 뜨겁지만 내 등 아래의 땅은 아직 선선하다. 나는 종종 어머니와 함께 시골길을 산책하다가 멀리서 희미하게 보이는 한 덩어리의 윤곽선을 발견하곤 했다. 커플. 나는 그들에게서 눈을 떼지 못했다. 대체 저들은 뭘 하는 걸까. 그리고 이제 여기 내 차례다. 놀라움. 어린 시절의 원대한 꿈, 그토록 상상하고, 연습해본 입맞춤과 포옹의 장면을 실제로 경험한다. 내가 느꼈던 죄책감은 어디에 있나? 그리고 사랑은? 남자아이와의 외출을 정점이라고 생각했던, 거의 우스꽝스러운 믿음은 완전히 죽어버렸다. 우리 둘의 책가방은 풀밭 위에 나란히 놓여 있는데, 함께 하는 생활이라니, 이상야릇하다. 처음으로 결혼에 관한 생각을 하면서 공포에 사로잡힌다. 나는 환상에서 깨어나서 해답을 찾기 시작한다. 이제 그 어리석은 로맨스 소설과 연재소설, 평생 오직 한 남자, 그런 건 끝이다. 레미말고 다른 남자도 있을 것이다. 사랑과 남자 문제가 간단해지자, 나는 거침없이 새로운 에너지를 충전해 공부한다. 먼저 바칼로레아 1차 시험*을 통과해야 하고, 골치 아픈 철학 영역** 문제들의 답을 찾아내기 위해 몰두해야 한다. 책을 읽는다. 당연히 사르트르와 카뮈를. 원피스나 실패한 만남의 문제가 얼마나 하찮게 여겨졌는지 모른다. 나를 연재소설과 여성 소설에서 완전히 멀어지게 한 해방과도 같은 독서. 이 책들의 작가가 남자고, 그 주인공들 또한 남자이지만 나는 아무런 주의를 기울이지 못한다. 나는 나와 로캉탱, 나와 뫼르소를 동일시한다. 자기 인생을 어떻게 살 것인가 하는 문제에는 성별이 없고, 정답도 없다. 바칼로레아를 치르는 해에 나는 순진하게 그렇게 믿는다. 나는 후회할 일은 절대 하지 말라는 격언에 동감한다. 누가 이 원칙을 나에게 알려주었을까? 앙드레 지드는 아직 읽지 않았고, 그때는

---

* 1963년까지 프랑스 바칼로레아는 1차, 2차로 나뉘어 실시되었고, 1차 시험을 통과해야 고등학교 마지막 학년인 3학년에 진학할 수 있었다.

** 바칼로레아 과정에서 봐야 하는 필수 철학 논술.

이것이 여자아이에게는 실행 불가능한 원칙이라는 것을 짐작조차 못한다. 그러나 얼마 지나지 않아 그렇게 된다. 부모님과의 외출, 또는 레미와의 외출, 그중 어느 쪽을 안 한 걸 내가 후회하게 될까? 쉽다, 핑계를 찾아내고, 끊임없이 거짓말을 하고, 자, 빨리! 밖으로. 그래, 하지만 여름 치마와 두 달 동안의 데이트가 허락해준, 더 짙어진 포옹과 함께 찾아온 이 갈망을 어떻게 할 것인가? 나는 늘 더 멀리까지 나아가고 싶다. 그도 마찬가지다. 그의 손이 처음으로 나의 등을 더듬고, 나는 와락 긴장한다. 나는 숨을 멈추고, 속옷의 후크가 풀리는 소리가 들린다. 하지만 내가 이제 더는 읽지 않게 된 소설에서처럼 "나는 그를 세차게 밀어낸다." 내 자유의 원칙이 비질에 쓸려나가고 여자들을 위한 유용한 충고가 재빨리 떠오른다. "하자는 대로 하는 여자들을 사람들은 존중하지 않는다." "시작하면 더는 멈출 수 없다." 치명적인 내리막길, 가족 주간지 〈비밀〉에 묘사된 현기증 나는 이야기들의 흔적. 그리고 내가 마린과 비슷해지기라도 한다면 어쩔 것인가. 남자아이들 모두가 마린을 두고 '지하철 입구'라고 말한다. 하나로 묶은 그녀의 머리가 벨기에 광장 한구석에서 번쩍거리면, 남자아이들이 킬킬거린다. 어, 신발 먼지털개 나타났다! 여자아이들도 킬킬거린다. 한동안 나는 처녀들의 성적 자유를 옹호하는 사람을 전혀 보지 못할 것이고, 특히 여자 중에는 더더욱 없을 것이다. 마린은 최소한 세 명의 남자와 잤고, 그래서 그녀는 창녀 취급을 받는다. 그들 표현에 따르면 나도 어느 정도 창녀가 되는 게 아닐까 걱정된다. 자유, 잡년. 나는 잡년으로 선택될 힘이 나에게 있다고 느끼지 못했다. 완전무결하다는 오기노식 배란일 계산법을 여자아이들은 모두 수첩에 잘 베껴놓았다. 하지만 소리도 없고 보이지도 않는 이 작은 것, 존재하지 않는 것 같지만 새끼 새의 부리처럼 항상 열려 있는 자궁과 난소를 길들이기 위한 이 하찮은 달력을 나는 신뢰하지 않는다. 그 두려움의 힘을 정확하게 측정하는 건 불가능하다. 그리스 비극과 라신의 비극은 전부 내 자궁 안에 들어 있다. 온갖 부조리 속의 운명. 어느 햇살 좋은 날, 당신의 인생이 한 방에 끝나버린다. 신부의 면사포 또는 작은 여행용 가방 그리고 애새끼들, 비참한 해결책. 그에 비해 카뮈식 반항과 자유에 대한 철학적 갈망은 턱없이 모자란다. 나는 과묵한 나의 동반자를 아주 좋아하고, 때로 즐기고, 그와 함께 사랑을 나누고 싶어 죽을 지경이다. 하지만 매달 28일째 되는 날 나의 미래가 멈춰버리는 일이 일어나는 건 원치 않는다. 내가 열일곱 살이었을 때만큼 성적 자유와 눈부시게 아름다운 관능에 가까워진 적은 없으리라. 나는 곧 그것이 불가능하다는 것을 알게 된다. 내가 명백하게 파악한 첫 번째 차이는 나에게 절망을 안겨주었다. 언젠가 그 차이가 없어질 수 있을지 의심스럽다. 남자아이는 자유롭게 욕망할 수 있어, 하지만 넌 안 돼, 이 아가씨! 참아, 그게 관례야. 저항하기 위해서 습관적으로 방어 게임을 한다. 머리끝부터 발끝까지 내 몸을 영역으로 구분해, 허락된 영역, 현재 작전이 진행 중인 모호한 영역, 금지된 영역으로 나눈다. 아주 조금씩 포기해 나가야만 한다. 하나하나의 쾌락이 나에게는 실패고, 그에게는 승리다. 상실의 끝에서 타자를 발견하는 체험을 나는 예견하지 못했고, 그건 즐거운 일이 아니었다. 여자아이들끼리는, 우리의 '비굴한 행동'을 부끄러워하며 서로에게 털어놓았다. 거기에는 일말의 쾌락도, 자부심도 없었다. 그래서 나는 또다시 혼자가 되는 쪽을 택했다.

모면했다. 내 소녀 시절 이야기는 내가 살아가는 데 도움이 되었고, 모든 것을 일종의 실용적인 도덕으로 요약하는 마술 같은 단어들로 그 이정표가 표시된다. 보호됐다. 하지만 나의 처녀성은 그렇게 많이 보호되지 않았다. 이 소리 없고 성가신 피부, 나는 그 가치를 결코 이해하지 못했다. 최소한의 유용성, 최후의 과시, 거부를 위한 자기기만의 주장, 고맙지만 됐어, 난 처녀야. 혼자, 정말 혼자 거리를 걷고, 죄책감 없이 다른 남자들을 바라보고, 수업 시간에 웃는, 진짜로 웃는 행복을 다시 발견했다. 책상 밑으로 작은 쪽지를 돌리고, 숨 막히는 비밀도 없고, 남자아이들을 두고 여자아이들 사이에서 벌이는 감정적 고행을 하지 않아도 된다. 틀에 박힌 데이트 없이 몇 주가 지나간다. 나도 모르는 사이에 내 안에 자리 잡았던 내가 의존관계로부터 구제됐다. 수녀들을 벗어나서 1차 바칼로레아를 마치고 고등학교 3학년 과정에서 바칼로레아 철학 영역을 준비하고 싶은 새로운 욕심이 생긴다. 내가 계시처럼 기다려온 그 학년, 그 반에서 종교가 나를 망가뜨리게 둘 수는 없다. 그리고 나는 대도시와 높다란 고택들 사이를 누비는 익명의 도로, 어린 시절에 내게 보상이 돼주었던 도시 루앙을 갈망한다. 축제의 도시였던 루앙은 결국 내가 매일매일을 보내는 도시가 될 것이다. 나는 이 작은 상점, 벽에 온통 스며든 커피 냄새, 날씨에 마법을 거는 노랫소리, 익숙한 생활과 죽음을 떠날 것이다. 나는 충분히 강한가. 아버지는 아무 말이 없고 어머니는 곰곰 생각하더니 외친다. "네가 원하면 떠나라. 여자아이라고 엄마 치마폭에 영원히 남아 있으란 법 없다!"

나는 1차 바칼로레아를 통과했고 루앙의 여학생 기숙사 방으로 옮길 준비를 시작했다. 브리지트는 결혼했다. 브리지트와 남편은 신혼여행을 마친 후에 나를 찾아온다. 두 사람이 카페의 탁자에 나란히 앉아 있다. 나는 무슨 말을 해야 할지 모른다. 미혼의 여자와 커플 사이에 이제 공통점이라곤 하나도 없는 것 같다. 이전에 우리의 대화는 사랑과 남자아이들에 관한 것이었는데, 이제 브리지트는 그걸 갖췄으니 브리지트는 그저 만족스러운 미소만 띨 뿐이다. 나는 들떠 있는 브리지트를 바라본다. 아파트를 구했어, 당분간은 일을 계속할 거야, 가구를 마련하려고. 여기, 이 남자, 그녀 옆에 앉아 있는 이 투박한 남자, 뭘 마시겠냐는 내 질문에 '물'이라고 말하는 대신 '냉수 한 잔'이라고 대답하는 이 남자에게 안착하기까지, 그토록 많은 비결을 공유하고, 그토록 마리아노의 노래를 듣고, 그렇게나 몽상을 했단 말인가. 얼마나 부당한가. 정확하게 무엇이었는지 모르겠지만, 유년 시절의 동경과 연애의 취향을 배신한 여자아이들 가운데 첫 번째. 그녀에게는 무엇인가 꺼져버렸고, 이제 마나님이 다 된 그녀는 실수하지 않으려고, 허락되지 않은 일은 하지 않으려고 신경 쓰며 자기 자신을 감시하고 조심한다. 그가 듣고 있어, 새색시들의 불편해하는 모양새. 그럴 때마다 내 눈에는 그녀가 죽은 것처럼 보이고, 나는 여전히 살아 있는 것 같다.

하지만 완전히 구원받지 못했다. 그러기 위해서는 모든 남자를 공허한 눈으로 바라보아야만 하고, 다가오는 육체의 열기를 잊어버려야만 하리라. 선물 고마워, 레미. 그와 헤어지고 석 달 후, 벌써 다른 남자를 만났고, 마찬가지로 종속돼 있다는 느낌. 나는 자유라는 직선을 좋아하지만, 단 한 번도 그 직선으로 똑바로 걸어가지 못한다. 고약한 문제들과 타협의 몇 해가 내 앞에 놓여 있다. 너무나 진지하고 대부분 건방진 여자아이들이, 몇 달씩 혼자 지내다가 어느 화창한 날, 어두운 구석에 어떤 남자와 함께 있는 걸 보게 되면 놀라움과 비난의 외침이 터져 나온다. 쟤가 저럴 줄 꿈에도 생각 못했어. 그리고 그들은 또다시 혼자가 되어버린다. 미친 애들. 나는 그런 미친 애였다.

입학하기 전에는 고등학교를 자유, 평등, 박애의 땅이라고 믿었다. 그러나 장밋빛 블라우스를 입은 스물여섯 명의 여자아이들은 완전히 이상한, 그때까지 내 작은 마을에서 만났던 모든 남자아이보다 더 이상한 애들이다. 몇몇 여자애들은 애교라곤 하나도 없어서 좀 덜떨어진 애들 같아 보이지만, 헐렁한 겉옷 속엔 잘 재단된 부드러운 스웨이드 상의를 걸치고 있다. 다른 여자아이들은 화장도 하고 유행에 따라 부풀린, 그렇지만 항상 조심성 있게 부풀린 짧은 치마들을 입고 있다. 수녀원 여학교에 있던 얼빠진 애들이나 골 빈 애들은 없다. 철학반에서는, 파란색 재킷을 입고, 똑바로 앞을 응시하는, 건전한 소녀 스타일이 인기다. 『브리지트』시리즈에 나올 법한, 루앙, 비오렐, 몽생테냥의 고급 주택가 출신의 스물여섯 명, 하지만 나는 그들이 어디 출신인지 단번에 알아보지 못한다. 모든 것에 대한 그들의 여유로운 태도가 나를 주눅들게 한다. 그들은 선생님의 흠을 들추고, 노르망디 사투리를 쓰는 디에프라는 시골 출신의 소녀 장학생을 비웃는다. 이들은 절대 웃지도 않고 외설스럽지도 않게 성욕과 프로이트에 대해 진지하게 논의하지만, 남자아이들에 대해서도, 자고 싶은 욕망에 대해서도 모르는 것 같다. 나는 이들 옆에 있으면서 스스로 불결하고 천박하다고 느낀다. 게다가 그들이 보여주는 자신감에 나는 기가 죽는다. 이들은 절대 공부하지 않는 것처럼 보인다. 상상해봐, 밤 열 시에 겨우 책을 펼쳤는데, 20점 만점에 15점 받는 걸. 별 노력 없이 똑똑해지는 것은 근사한 일이지만 나는 깜짝 놀란다. 우리 집과 주변 사람들에게 게으름은 눈살을 찌푸리게 하는 것이었으니까. 이들은 모두 정신과 의사, 파리정치대학, 고등사범학교 수험준비반 이포카뉴* 진학 같은 믿기 힘든 야망을 갖고 있다. 이들의 단호함, 성공에 대한 확신 앞에서 나는 의구심

---

* Hypokhâgne, '고등사범학교 수험준비반 1년 차 학급'을 부르는 학생 은어.

이 들고, 현실적 열등감의 징후로 가능한 한 적게 공부하는 습관을 갖게 된다. 우리는 모두 다 잔 다르크 고등학교 3학년에 다니는 같은 성(性)의 자매들이지만 사회적 배경이 다르고, 이들과 자매가 된다는 이상한 생각을 나는 이후로도 결코 할 수가 없다. 이들은 남자아이들보다 훨씬 더 내 미래를 어둡게 한다. 어머니가 나에게 용기를 주기 위해 했던 모든 말, 네가 하고 싶은 일을 해, 그것이 무너지고, 비오렐의 숙녀들이 나의 야망을 꺾는다. 토요일마다 집에 돌아가보면, 가게에 손님이 줄어드는 것 같다. 슈퍼마켓이 우리 가게의 고객들을 빼앗아가고, 먼지로 뒤덮인 선반의 통조림들에 책임감을 느낀다. 과연 내가 욕심낼 권리가 있을까? 교수나 도서관 사서가 되는 건 너무 무모하고 너무 오래 걸린다. 초등학교 교사가 되면 곧장 돈을 벌 것이다. 같은 반 애들은 마치 자신들의 자리가 이미 대학에 있는 것처럼 대학이라는 단어를 남발하는데, 나는 그렇지 않다. 이포카뉴가 정확하게 뭐야? 그렇게 물어보는 나를 아니크가 불쌍하다는 듯 바라본다, 어쩌면 그걸 모를 수가 있냐는 듯이… 어떤 여자아이들은 다른 아이들보다 더 자유롭다는 사실을 나는 잘 알게 되었다. 나에게 친구는 한 명도 없다.

나는 스웨이드 재킷 한 벌보다 세 배 더 저렴한, 식사포함해서 한 달에 113프랑 하는 여자 기숙사 쪽을 향해 이제르 대로를 거슬러 올라간다. 여고생 테이블, 기술교육 중학교 테이블, 미용사 견습생 테이블이 무심하게 놓여 있다. 경멸도 적개심도 없이. 정말이지 여자애들은 별로 같은 반 친구들 같지 않고, 무엇보다 사회적 배경이 다르다는 사실만 두드러진다. 칸막이가 쳐진 나의 조그만 방에서, 오른쪽 방 소녀가 비스킷을 게걸스럽게 먹는 소리를, 왼쪽 방 소녀가 서랍들을 세게 여닫으며 끊임없이 〈콰이 강의 다리〉를 휘파람으로 부는 소리를 듣는다. 밤에는 자주 화장실 변기통에 올라가 작은 환기창으로 밖을 내다본다. 때로는 거대한 루앙의 울부짖음을, 항구의 사이렌 소리를 듣기도 하고, 수많은 불빛을 바라보기도 한다. 고독이 주는 공포, 언젠가 이것이 나를 사로잡을 것이다. 바로 건너편 거리에서 여러 가족이 저녁식사를 하고 있는데, 몇 장의 그림과 흡사하다. 어떤 여자가 블라인드를 뒤로 젖히면, 나는 푸른 화초, 안락의자, 따스함을 그려본다. 나는 『순수이성비판』을 읽으려한다. 저녁 열 시의 울적함은 18세 소년에게 무엇을 속삭일까? 소녀인 나에게 그것은, 이런 공부는 집어치우고 편안한 초등학교 교사가 되는 게 좋을 거라고, 언젠가는 반드시 내가 지금 있는 이런 곳이 아닌, 진짜 집에서 살아야 한다고, 칸트의 문장 사이로 빤한 해묵은 이야기를 밀어 넣는다. 이런 순간에는 정언명령, 실존주의, 시몬 드 보부아르의 모든 저서는 나에게 하찮은 것이 된다. 학교에서 철학을 가르치는 여자 선생님도 결혼했으니, 그때 그녀에게 결혼은 '합리적'으로 보였다는 얘기다. 다음 날 나는 죄책감을 느낀다. 철학의 고상한 공간에서 활공하고, 영혼의 불멸성을 이야기하면서도, 고작 〈패션의 반향〉이란 잡지의 이상 속에 빠지고, 속으로는 정착하고 싶은 마음이 굴뚝같으니 브리지트보다 나을 게 없다. 대낮에 이제르 대로에서, 나는 화장실 환기창에서 어렴풋이 본 운명을 분명하게 거부한다. 유아차를 밀고 있는, 나보다 약간 더 나이 많은 여자들을 망연자실 쳐다본다. 끈적거리는 애벌레 같은 아이들에게 느끼는 맹목적 혐오감. 5월의 어느 날 오후, 어머니와 함께 무역박람회장에서 이 진열대에서 저 진열대로 돌아다닌다. 어머니는 아무것도 사지 않고, 나는 지겨워진다. 한동안 우리는 한마디도 하지 않고 걷는다. 실연(實演) 판매원들이 여기저기에서 당근을 갈고, 기적의 프라이팬으로 달걀을 요리하는 동안, 끝없이 늘어선 식당, 침실, 진공청소기, 거품기, 믹서 앞에서 나는 무엇을 하는가? 나하고는 아무런 관계가 없다. 갑자기 어머니가 내 쪽으로 돌아섰다. 화장은 지워졌고, 피곤해서 창백했지만, 눈은 반짝였고, 내게 미소를 지으며 말했다. "걱정하지 마, 나중에 네가 이 모든 것을 갖게 될 거야!" 처음에 나는 이해하지 못했다. 이것, 핑크빛 욕실, 텔레비전, 믹서. 이것은 결코 혼자 얻는 것이 아니라 필연적으로 남편, 그리고 아이들이 있어야 얻어진다. 어머니 역시 나를 위해 그런 생각을 하고 있었다. 다만 내가 직업을 가질 때까지 그것을 미루고 있었을 뿐이다. 나의 슬픔. 우리는 먼지와 수많은 광고전단 속에서 계속 거닐었다. 한참 나중에야 상연될 것이지만, 나는 나를 공포에 떨게 하는 연극 소품들로 꽉 찬 거대한 무대 뒤에 있는 인상을 받았다. 모순으로 가득한 채.

여자 기숙사에 거주하는 여고생 가운데, 서너 명은 때때로 밤에 누군가의 작은 방에 모여 과자를 먹기도 하고, 선생님이나, 옷, 바캉스, 연애 이야기를 하기도 한다. 우리는 미치도록 흥분해서 칸막이벽 위로 기어 올라가기도 하고 한 조각의 초콜릿을 가지고 다툼을 벌이기도 한다. 웃자고 하는 몸싸움. 비비안은 나와 함께 그녀의 침대 위로 넘겨졌고, 그녀는 끝없이 웃어대고, 그녀의 눈은 아주 빨개진 뺨 속으로 빨려 들어가 사라질 것처럼 작아진다. 예전에 화장실에서 보던 브리지트의 모습과 비슷하지만, 이번에는 거북하지 않았고, 반대로 만져보고 싶다. 이번에 나는 가능한 한 자연스러운 태도로 일어선다. 더 이상의 진전은 없을 것이다. 내 것과 비슷한 몸에 대한 호기심은 이제 더는 없다. 쓰레기통에 있는 생리대가 내 마음을 아프게 한다. 언제 그리고 왜 내가 관심을 잃어버렸는지 모르겠다. 아마 단순히 내가 비정상에 빠져들까 두려웠기 때문일 것이다. 보들레르의 〈저주받은 여인들〉*은 열다섯 살의 나를 공포에 떨게 했다.

당연히 남자아이들만이 관심의 대상이다. 시몬 드 보부아르의 『제2의 성』은 나를 눈뜨게 한 책이다. 읽고서 곧바로 결심한다. 결혼하지 말아야 할 뿐만 아니라 나를 대상으로 취급하는 누군가와의 사랑도 안 된다. 학교로 가는 길에 떠오른 멋진 계획. 그러나 내가 부르고 싶은 호칭으로 맘대로 부르고, '너 머리결이 참 곱구나, 젖가슴이 이러쿵 저러쿵', 몸을 두고 하는 입발림 없이, 웃고 교감하며, 섹스를 하고픈 남자는 과연 어디 있을까? "내가 저 애 따먹었어." 그렇게 경멸당할 걱정 없이, 신뢰와 평등을 공유하면서. 보통 사람들과는 다른, 그런 남자는 분명 드물다. 나는 견디고, 기다리지만, 혼란은 다시 시작되고, 그해에도, 그다음 해에도, 세세한 것은 말하지 않겠지만, 항상 똑같은 이야기다. 하루 저녁 동안, 일주일 동안, 한 달 동안, 그런 남자를 찾았노라 믿었다. 사

---

* Femmes Damnées. 레즈비언인 두 여자의 사랑 이야기가 주요 내용이다.

실 나는 가장 뻔한 함정에 빠졌다. 너, 배우 아네트 스트로이버그랑 좀 닮았어, 밀렌 드몽조랑 비슷해, 이런 유의 닮은 여자 리스트는 끝이 없다. 너처럼 생긴 얼굴은 모니카라고 불러야 해, 그런 식으로 이름을 이용하기도 하고, "하늘이 낮고 무겁게 내려앉을 때…" 같은 보들레르, 베를렌, 프레베르의 시를 이용하기도 하는데, 여자를 꼬드길 때 유용한 트리오는 나도 잘 안다. 그를 이해하고, 그의 관심사를 공유하고, 상냥해지려는 노력, 나는 그 모든 노력을 아끼지 않는다. 그와, 그들과, 진정으로 소통하기 위해 내가 섭렵한 모든 것, 재즈, 현대미술, 심지어 어느 조류학자의 새소리, 어느 가톨릭 신자를 위한 샤르트르 대성당 순례와 기도, 그리고 물집 잡힌 발까지. 기쁘게 해주기. 어쨌든 〈지난해 마리앙바드에서〉*가 아니라, 〈마지막 일몰〉**을 보러 간다고 해서 뭐가 달라질까? 그도 서부영화를 좋아할 권리가 있으니, 나는 혼자 알랭 레네의 영화를 보러 가면 된다. 상호교감이라곤 하나도 없을 테니까. 그리고 나는 그들이 원하는 대로 내 모습을 바꾼다. 네가 검은색 옷을 입는 게 좋아, 머리를 틀어 올려봐, 네가 보라색 원피스를 입으면 아주 멋

---

* 1961년 작, 알랭 레네 감독의 프랑스 누벨바그 영화.

** 1961년 작, 록 허드슨, 커크 더글러스 출연 미국 서부영화.

질 거야. 유순하고 바보 같지만, 훨씬 더 시시콜콜 따지고 공격적인 나는, 그들이 나를 멋대로 가지고 놀 수 없다는 사실을 알게 해주고 싶다. 머리를 틀어 올려보라면, 그렇게 할게, 하지만 그런 요구가 나를 열받게 하고, 네가 좋아하는 서부영화는 진절머리가 난다고. 틀어진 운전대처럼 이제 더 좋아질 방법은 없다. 사이비 남친과의 관계는 늘 씁쓸하게 끝났다.

고3 시절에는 남자아이들의 세계에 주의를 많이 기울이지 못했다. 몽생테냥의 푸른색 재킷을 입은 여자아이들의 말대로, 어떻게 '남자친구'의 마음에 들지, 어떻게 찾을지 고민하는 것보다 훨씬 더 큰 고민을 안고 지냈다. 학교의 종소리, 권위적이거나 혹은 허물없는 선생님들, 엄격하지만 안심할 수 있는 환경, 학교의 온기는 곧 사라질 텐데 나는 아직 어떤 직업을 택해야 할지 잘 모른다. 내 주변 아이들은 무사태평이다. 시험 보고 생각해 봐야겠어, 아마 법학을 하겠지, 거기는 암기뿐이야, 교양과정, 언어, 하여튼 대학은 갈 거야. 확실히 정한 아이들도 있다. 여전히 그리고 항상 그 '이포카뉴', 나를 두렵게 하는 이 그리스 단어. 의대, 물론 그 애 아버지는 외과 의사다. 시앙스포*, 아! 거기 나오면 뭐가 되는데? 뭐든 될 수 있지, 너 그걸 몰랐어? 그 여자아이들은 직업보다는 학업 과정 그 자체에 관심이 있다. 교수,

초등학교 교사, 사회복지사가 되기 위해 어떻게 해야 하고, 몇 년을 공부해야 하고, 진로가 어떻게 되는지 알아보기 위해 나는 자료를 조사하고 각종 센터를 돌아다닌다. 너무나 많은 가능성이 주는 불확실성 앞에서 눈물이 날 지경이다. 세상 걱정이라고는 눈곱만큼도 없는 일다는 6월 말에 메트로폴 카페 테라스에 앉아 있다. 천진한 눈을 가진 통통한 인형 같은 이 여학생은, 별로 친하지 않으면서 친한 척하는 친구들과 어울려 뭉쳐 다니고, 레코드판이나 스카프를 사러 다닌다. 알 수 없는 연줄이 몇 주 전부터 우리를 연결해주고 있다. 그녀는 누구에게나 장난기 있는 미소를 짓고 청자빛 두 눈을 반짝거리며, 자신이 받은 바칼로레아 점수와 코트다쥐르에서 보낼 다음 바캉스에 몹시 들떠 있다. 진 세버그 스타일로 쇼트커트를 해서 어느 때보다도 말괄량이처럼 보인다. "1차, 2차 바칼로레아에 다 떨어질 줄 알았어, 그랬으면 어땠겠니!" 그녀는 직업을 선택하는 것이 중요하다는 내 의견에 동의했지만, 그 와중에도 목과 가슴을 쭉 뻗고 타인의 시선을 끌기에 바쁜 것을 보면 그렇지도 않은 것 같았다. 그녀에게는 학업과 직업적 성공이 부차적이었다는 사실을 나는 그때 느꼈다. 응석받이, 귀여운

* Sciences Po. 파리정치대학으로 프랑스 전현직 대통령, 국회의원, 외교관 등 정계 주요 인사를 가장 많이 배출한 프랑스 고위 엘리트 양성 대학.

말괄량이 일다가 되는 행복에 비해서 그런 성공은 덤이
고, 예를 들어 연애결혼을 위해서라면 그녀는 이런 성공
을 쉽게 포기할 것이다. 그녀가 예상하는 대학이라는 것
은 시간을 벌기 위한 수단이었다. 그 시기에 나와 일다,
그리고 그녀의 유쾌한 무사안일과 나를 가장 크게 구분
시켜주는 것은 무엇이었을까? 어머니가 다르다는 것 혹
은 사회적 배경의 차이, 아마 둘 다였을 것이다. 일다는
말하곤 했다. 우리 어머니는 다림질을 기가 막히게 잘하
셔. 예쁜 인형 같은 자기 딸 앞에서 넋을 잃은 주부. 루앙
교외 빌라에서의 편안한 삶. 일꾼이었던 나의 어머니,
쓸데없는 사람이 되면 안 된다던 어머니 말씀, 월말이
면 돈이 모자라 힘들었다는 생각을 매번 하게 만든 작은
상점, 식초공장의 흉물스러운 매력 중 하나인, 녹청이 낀
안경을 쓴 친척 아주머니들. 모든 점에서 우리는 달랐다.

　망설이다 보내버린 끔찍한 여름. 의대는 아니다, 의대
는 시간이 너무 오래 걸리고, 따라서 비용이 너무 많이
들고, 또 무슨 돈으로 개인 병원을 차릴 것인가? 법대를
가면 아무런 연줄이 없는 내가 어디까지 갈 수 있을까?
7월 중순 무렵 나는 사회복지사, 부적응 어린이 교사와
같은 직업들에 환상을 품는다. 이제 다른 사람들에게 다
가갈 시간이다. 개인주의는 엿 같은 것, 바칼로레아 철학
영역을 준비하던 해의 흔적들이 나를 사로잡는다. '그

래, 그래, 나는 밀짚 자르는 농부의 딸을 만났어'라는 동요를 부르며 열두어 명의 아이들과 함께 깡충깡충 뛰며 오두막집에서 조립식 건물로 뛰어가는 내 모습을 그려본다. 기숙사의 작은 방에서 여행용 가방의 철커덕 소리를 들으면서 자기희생의 절정에 도달한다. 그러고는 열정이 사그라든다. 나에게는 그런 소명감이 없다, 놀라운 발견. 누벨 갤러리에서 브리지트 바르도가 입는 체크무늬 치마를 하나 사면서 분홍빛 블라우스를 입은 여자판매원들을 쳐다본다. 그녀들은 웃으며 한가로이 무심하게 나에게 여러 벌의 치마를 건넨다. 아마 그녀들은 선택의 여지가 전혀 없었을 것이다. 일다처럼, 단지 계층 사다리의 아래쪽에 있을 뿐. 그것이 무엇이든, 아주 확실한 미래를 찾아야 한다. 나는 피로를 느끼며 잔 다르크 거리를 거슬러 올라갔다. 난 깨닫지 못했지만, 그 피곤은 우울이었다.

10월에 일다는 문과대학에 등록한다. 나도 등록한다. 문과대학은 통계적으로 주로 여학생, 특히 중산층 여학생들이 선택한다. 당연히 나는, 여전히 자신감에 가득차서 계단식 대형강의실 앞에서 재잘거리고 있는 몽생테냥의 교양 있는 숙녀들을 다시 만난다. 이 숙녀들 모두 남학생들의 음탕함에 충격을 받을 것이고, 이런 상황에서 음탕함은 그녀들을 공격하는 은밀한 나의 동맹

군이 된다. 그러나 나는 대충 시간을 때우고, 진 빼지 않으면서 교양을 갖추겠다는 이유로 경솔하게 문과대학에 등록하지는 않았다. 일다에게 대학이란 만물의 흐름처럼 자연스러운 것이지만 나에게는 위험천만한 행위다. 아직 열리지 않은 계단식 강의실 앞, 가방 안 파일이 무심히 흔들리는 경쾌함 속에 감춰진 프롤레타리아의 작은 떨림, 생각보다 더 큰 야망을 품은 데 대한 두려움, 어쨌든, 나는 이미 배에 올라탔고, 마음속에 품어두었던 유일한 직업인 가르치는 길로 접어들었으니, 끝까지 가야 했다. 선생님, 웅덩이에 떨어지는 자갈처럼 퐁당퐁당 소리를 내는 단어, 승리한 여성들, 존경받거나 미움받는 학급의 여왕, 결코 무시할 수 없는 존재, 내가 존경받을지 미움받을지, 어느 쪽을 닮을지에 관한 질문은 아직 하지 않는다. 계단식 강의실의 중간쯤 의자에 앉아, 새로운 삶 앞에서 내 가슴이 요동친다. 모험, 행운, 그리고 자유. 그냥 날려버리지 말자.

마침내 그들이 우리 옆에 있다. 남학생들은 라신의 『페드르』에 대한 수업 내용을 똑같이 필기한다. 우리보다 더 똑똑하지도 더 우수하지도 않다. 몇몇은 주변의 이목을 끌어보겠다고 더 좀 더 심오한 척하지만, 수업 시작 전에나 그럴 뿐이고, 그들이 그 낯짝에다 침을 뱉

어줄 거라고 호언장담하던 교수 앞에서는 막상 그러지
못한다. 그들은 식당, 카페테리아, 계단식 강의실 문 앞
에서 제기랄! 이라는 말을 입에 달고 살지만, 강의실 안
에서는 얌전하게 군다. 그게 내가 놀란 것 중 하나다. 부
모님 카페에서는 엄청난 떠버리들을 보았고, 실제는 겁
쟁이면서 스쿠터 위에서는 난폭한 체하는 남학생들도
보았지만, 대학에서 그런 남자들을 보게 되리라고는 생
각하지 못했다. 순진한 생각. 철학 수업 시간에 금발의
조교수가 인간과 시간에 대해 말하기 전에 엄숙한 시선
으로 청중을 바라보면서 근엄하게 행동할 때, 내 주위의
남학생들은 입을 꾹 다물고 펜으로 쓸 준비를 하고, 아
주 심각한 표정을 지으며, 질문 하나 던지지 않는다. 역
사 수업 시간에도 마찬가지로 조용하다. 복도에서 큰소
리로 외쳐대는 그 어떤 남자 목소리도 수업 시간에 프루
아뉘 교수의 의기양양한 독백을 방해하지 않는다. 교수
가 우둔한 학생으로 취급해도 여학생들보다 오히려 남
학생들이 대수롭지 않게 여긴다. 남학생들은 자신이 주
목받는 것을 두려워하고, 시험이 우선이다. 순응주의
와 수동성에 있어서, 대학에서 양성평등은 완벽했다. 그
러나 나는 여성을 위한 공부와 남성을 위한 공부가 따
로 있음을 알게 된다. "문학, 언어 분야는 계집애들 몫이
야." 처음 듣는 말이다. "남자는 과학을 하는 게 나아."

어떤 여학생이 내게 단언한다. 나는 그 이유를 몰랐고, 내가 느끼지 못했던 차이를 받아들이는 일은 항상 너무 힘들다. 나는 놀라운 문장들을 들었다. "문학 창작은 사정(射精)과 비슷하다"라는 말은 샤를 페기에 관한 수업에서 문학 교수가 한 말이고, "모든 비평가는 성불구자다"라는 말은 철학과 강사가 한 말이다. 글쓰기는 백 번의 사정에 해당한다는 말에 나는 중요성을 부여하지 않았고, 문학 창작은 남성과 여성의 구별이 없는 오르가슴이라는 말로 바꿔 들었다. 아니, 오히려 그렇게 번역된 문장으로 내게 다가왔다. 폴 엘뤼아르의 시에서 "나는 간다 생을 향하여, 나는 인간의 얼굴을 지닌다"라는 구절을 읽었을 때, 나는 바로 나 자신을 떠올렸다. 남자들이 경멸적으로 우리를 계집애, 멀대라고 부르는 것을, 나는 어휘 측면에서 명백하게 구분하지 못했고, 흔히 남자애들을 멍청이, 새끼, 고추들로 구분해 불렀지만 일다와 나는 이 단어들의 혐오스러운 의미를 잘 몰랐다. 연애할 만한 가치가 없는 하찮은 녀석들이란 뜻으로 나는 고추들이란 단어를 썼는데, 이 단어가 멀대라는 단어의 대응어임을 인정할 수밖에 없다. 계단식 강의실의 남자 동료들, 식당 친구들, 허공을 쳐다보는 기차 여행객들 중 누구에게도 나는 3주 이상 의존하지 않았다. 그들은 내가 누리는 자유의 풍경 속에 있었을 뿐이다.

4년. 바로 직전의 시기.

슈퍼마켓 카트 앞에서 오늘 저녁 무엇을 먹어야 할까, 소파, 하이파이 전축, 아파트를 사기 위한 절약에 대해 생각한다. 기저귀 앞에서, 바닷가에서 가지고 놀 작은 양동이와 삽을, 내가 더는 만나지 않는 남자들을, 사기 당하지 않는 데 필요한 소비자 잡지들을, 그가 제일 좋아하는 어린 양 넓적다리 고기를, 그리고 각자 잃어버린 자유가 얼마나 되나 생각한다. 우리가 떠먹는 요구르트로 저녁을 대신하고, 단 30분 만에 짐을 꾸려 즉흥적으로 주말여행을 떠나고, 밤을 새워 이야기할 수도 있었던 시기. 일요일이면 온종일 담요 속에서 책 읽기. 카페에 한가로이 앉아 들어오고 나가는 사람들 쳐다보기, 익명의 존재들 속에서 떠다니는 나를 느끼기. 기분이 울적할 때면 토라지기. 자리 잡은 어른들의 대화가 헛되고 거의 우스꽝스러운 세계에서 비롯된 것 같고, 교통체증, 성신강림 축일에 죽은 사람들, 비프스테이크 가격, 날씨에는 신경도 쓰지 않는 시기. 아직 껌딱지처럼 붙어 있는 사람도 없다. 모든 소녀가 거쳐가고, 그 기간과 강도는 다를 수 있지만, 향수로 추억할 수는 없는 시기. 얼마나 부끄러운 일인가! 의심 많고 유치한 자신 외에 다른 어떤 사람에 대해서도 책임지지 않았던 그 이기적인 시기를 어떻게 감히 동경할 수 있는가? 결혼 전 여자의 삶을 누구도 애도하지 않는다, 어떤 노래도, 어떤 민속도 기념하지 않는다. 그런 건 아예 존재하지 않는다. 쓸모없는 시기.

나에게 4년의 시간은 만남, 말, 책, 지식 등 모든 것에 허기진 시기였다. 여대생, 심지어 장학금까지 받는 여대생이 되는 것은 자유와 이기주의를 향한 꿈이었다. 가족과 멀리 떨어진 방, 느슨한 강의 시간표, 규칙적으로 식사를 하거나 하지 않기, 대학 식당에서 손쉽게 식사하기, 아니면 카프카를 읽으면서 침대에서 차 한 잔 마시기. 어머니와의 관계를 회복해보려는 건 사치다. 이제 어머니가 시끄럽고 여성스러운 면이 거의 없다고 생각하지만 그런 건 상관없으니까. 별것도 아닌 일에 울어버리는 일다의 어머니같이 다정한 어머니에게는 걱정과 고통을 주지 않기 위해 항상 신경을 써야 하니 정말 부담스러운 일이라는 것을 나는 깨달았다. 내 어머니는 나의 새로운 삶에 대해 몹시 알고 싶어서 순진한 질문 공세를 펼치고는 공모자인 듯 내 손에 20프랑을 쥐여준다. 뭔가 필요하면, 책을 사든, 커피를 마시든 해… 딱히 필요한 것은 없다. '사다', '소유하다'라는 말은 당시의 나와 상관없는 말이다. 부케 거리에서 나는 머리를 들어 옛날식 커튼이 쳐진 높은 부르주아 저택들을 올려다본다. 질서와 안정, 그것은 순전히 무대 장치에 불과한, 나하고는 관계없는 것, 앞으로도 결코 관계없을 것이다. 나는 움직이고 살아 있는 장소들, 만남의 장소들, 강의실, 기차역 카페들, 도서관, 영화관 쪽으로 걸어 내려간다. 내 방의 완전한 침묵 속으로 되돌아간다. 경이로운 교대. 아침이면, 걸레를 흔들고, 끊임없이 수신호를 보내듯 유리창을 닦고, 쓰레기통을 들여놓는 여자들을 본다. 나는 나 자신에게 물어보지 않는다. 이런 제스처들은 내 삶과는 무관한 의례다. 웃으면서 친구들과 이야기하며 느긋이 수업에 들어갈 때 유아차 뒤의 저 여자가 나와 무슨 관계가 있단 말인가? 무관심, 인도로 지나갈 수 있도록 무심하게 기계적으로 그녀에게 자리를 내준다, 동정심. 남편과 아이들이 있는 여자는 모두 죽은 세계에서 살고 있다. 때때로 정오에 나는 기차역 뒤에 있는 식료품점에서 우유 반 리터, 요구르트 두 개, 바게트 하나를 산다. 마음이 불편하고 소심해진다. 어머니의 계산대에서 얻은 경험으로, 나는 나같이 물건을 적게 사는 고객들은 그 이익만 따진다면 없어도 괜찮다는 것을 알고 있다. 코트와 파일 사이에 산 물건을 잘 집어넣고, 서둘러서 가정주부들에게, 그리고 그들이 구매한 엄청난 물건들에 자리를 내주고는, 밖으로 나와 기쁘게 거리의 공기를 들이마신다. 결코 가장 흔한 여자의 운명이 되지 않겠노라 맹세할 준비가 돼 있다.

지나간 시간에 발견했던 것과 누렸던 자유로움의 이미지들을 원하는 대로 그러모은다. 그것들은 거리, 작은 공원, 바다 풍경처럼 야외 촬영한 영화 같거나 아니면 침실의 이미지들이다. 부엌이나 식당의 이미지는 없다. 나는 침대에 누워 있다. 버지니아 울프의 『파도』를 읽고 있다. 같은 장면이지만 책이 바뀌어 『죄와 벌』을 읽는다. 6월에 시험이 끝난다. 잔 다르크 거리를 따라 내려간다. 여름이면 카페에서 냄새가 물씬 풍긴다. 베르드렐 공원에서 일다와 토론한다. 여자를 유혹하는 들뜬 남자들도, 이제 더 공부할 것이 없는 행복도 봄 풍경의 일부다. 혹은 루앙의 소규모 빌라들이 모여 있는 교외로 나를 실어다준 버스에서 내린다. 나는 대문을 두드린다. 주거환경에 대한 설문조사. 주부들이 자신들의 앞치마를 벗고는, 아이들을 밀쳐내면서, 나에게 잘 정돈된 거실로 들어오라고 한다. 방의 숫자는 충분한가요? 외부 발코니를 사용하시나요? 정신 차려야 한다, 나는 실용적이건 아니건 간에 그 중요성을 모르는 질문들에 대한 모든 대답을 기록하고, 주부들은 니스칠한 테이블 위를 닦고 또 닦으면서, 망설이기도 하고 따져보기도 한다. 어떻게 여자들이 이렇게 살 수 있지? 나는 비탄에 잠겨 전율한다. 휴, 또 50프랑을 벌었구나. 양심의 가책은 없다. 부인, 부엌 편의시설과 외부 발코니 관련 질문에 답하신 대가로 돈을 벌어 저는 여자 친구와 스페인에 가고, 혼자 로마에 갑니다. 에스코리알에서, 독일 여자들이 돈 후안의 무덤에 입 맞추는 것을 본다. 인근의 골목길들에서 푸른 눈의 돈 후안과 마주친다. 다음 날 저녁 등급도 없는 마드리드의 호텔 복도 끝 화장실에서 나는 예전에 기숙사에서 그랬던 것처럼, 변기 위에 올라갔다. 안뜰의 검은 벽들과 도시의 소음 사이로 조그맣게 보이는 네모진 하늘, 하지만 이제는 이 소음이 나를 괴롭히지 않는다. 돈 후안, 이제 안녕, 어쩌면 에스코리알에서 내년에 볼지도 모르겠지만. 로마에서 매일 아침 나는 건물의 마지막 계단 세 개를 단숨에 뛰어내린다. 여자 수위가 어린 딸과 문 옆 아치 아래에 앉아 신선한 공기를 마시고 있다. 본 조르노*! 나는 트레비 분수, 나보나 광장 쪽으로 날아간다. 여자 수위는 건너편에 있는데, 계단을 급히 내려와 거리로 몸을 던지는 소녀들에게 왜 좋은 아침이라고 답해야 하는지 나는 정확히 알지 못한다.

아름답게 꾸며봐, 아름답게, 지난 시절의 자유를 위대한 영화로 만들어봐. 내가 나의 삶을 사랑했고, 절망이 없는 미래를 보았다는 건 사실이다. 삶을 지겨워하지 않

---

* 이탈리아어로 '좋은 아침입니다!'라는 의미.

았다. 저녁이면 내 방에서 여대생 친구들과 함께 결혼에 대한 환멸을 진심으로 쏟아냈다. 바보 같은 짓이다, 죽음이나 마찬가지다, 식당에서 결혼한 커플들의 얼굴만 보더라도, 그들은 미라가 된 것처럼 아무 말 없이 마주 앉아 먹기만 한다, 기타 등등. 철학과 3학년 엘렌은 어쨌든 결혼은 아이들을 낳기 위한 필요악이라고 결론지었는데, 나는 엘렌이 이상한 생각에 괴상망측한 논거를 댄다고 생각했다. 나는 결혼 여부와 모성애를 연결시켜 상상하지 못했다. 거의 모든 아이들이 자기는 바느질을 잘하고, 주름 없이 다림질을 할 수 있고, 단지 똑똑하기만 한 것이 아니어서 다행이라고 거들먹거릴 때도 나는 화가 났다. 초콜릿 무스를 성공적으로 만들어낸 나의 자부심은 브리지트가 그것을 만들어낸 순간에 사라졌고, 그 아이들의 자부심에 나는 분개했다. 그렇다, 나는 내 또래의 남학생들과 같은 방식으로 살았다. 국가가 주는 돈으로 그럭저럭 해결하고, 부모님의 도움을 조금 받고, 베이비시터로 일하며, 설문조사도 하고, 극장에 가고, 책도 읽고, 춤추고, 시험을 잘 보기 위해 열심히 공부하고, 결혼을 우스꽝스러운 생각이라고 판단하는 남학생처럼. 완전히 그런 건 아니지만 비슷하다. 내가 자신의 운명을 능숙하게 협상하는 그런 유의 강한 여자애가 아니었다는 것을 나는 잘 알고 있다. 여전히 남자들에게는 서툴다. 모임을 통한 친구관계, 진솔한 우정, 맑은 눈의 동료 같은 것들은 내게 필요없다. 풍경 속 남자가 나에게 탐스럽고 놀라운 존재가 되기 위해서는 때로 아무것도 필요치 않고, 몇 번의 토론, 도서관 램프 아래서의 섬광 같은 눈빛으로 충분하다. 잊지 마, 상대의 기분을 맞춰줄 필요가 있어, 항상 넘칠 정도로, 먼저 유혹하지만 절대 당황하는 법이 없는 일다처럼, '남자들을 조종해야 해', 하지만 그건 마키아벨리즘 같은 걸 요구해, 그리고 엄청난 인내심도 요구해. 신비한 여성성을 키운다는 것은 내가 볼 때 피곤한 일이고, 다른 것을 생각하려면 시간을 더 끌어서는 안 된다. 나는 확실히 지나치게 '쉬운' 여자지만 도중에 그만둔다. 의대생 기욤은 벽마다 모딜리아니의 여인 그림들로 가득한 자기 방에서 조용히 그리고 자연스럽게 설명한다. 두 종류의 여자애들이 있다, 느긋한 여자애들과 긴장한 여자애들로 나뉘는데, 전자와는 잠을 자고, 후자와는 잠을 못 잔다는 것이다. 긴장한 여자에서 느긋한 여자로 변화하고, 프로이트 식으로 '억압된 여자'이기를 멈추는 건 완전히 나한테 달려 있다, 알다시피, 처녀성이란 몸에 좋지 않은 것이니, 하여튼 즐기라고, 빌어먹을. 나는 탐폰을 밀어 넣지 못하게 막는 처녀막을 지키느냐 지키지 않느냐 하는 문제에는 전혀 관심이 없다. 그런데 이런 말에는 신경이 쓰인다. 입소문에 따르면 일본의 오기노식 피임법보다 더 믿을 만한 것이 있는데 그게 바로 페서리란다. 좋아, 하지만 자기가 만나는 여자애가 밤이면 자기 몸에 고무 캡을 집어넣고 아침에 그 캡을 꺼내서 우물가에서 씻는다고 낄낄대는 법학과 녀석도 참아내야 한다. 섹스의 자유는 얼마나 자극적인가! 로터리에서 스쿠터 타는 녀석들부터 대학생들에 이르기까지 별 차이가 없다. 그러니 유감스럽지만 자주 바꿀 수밖에 없고, 그것은 여자애들에게 '좋은' 일이 아니다. '좋은' 녀석을 찾는 것이 더 나을 텐데, 그렇지만 어떻게, 어디서 등의 질문에 부딪힌다. 나를 비롯해, 다른 이들도 이런 질문에서 벗어나지 못했다. 대학 여자 기숙사는 〈우리 둘〉이라는 잡지에 실리는 외로운 사람들의 편지보다 더 엉망이었다. 철학 개념에는 빠삭한 엘렌은 실연당하기와 바람맞기를 반복한다. 이자벨은 그녀를 절대 바라봐주지 않는 어떤 녀석에게 미쳐서 길에서 우느라, 1학년 교양과정 수업에 출석하지도 않는다. 다들 자크 브렐, 페레, 아즈나부르, 심지어 장 클로드 파스칼이 노래로 현혹하는 알맹이 없는 드라마에 휘둘렀다. 그 노래들은 모두 심금을 울린다. 기숙사 모든 층에 낭만과 맹신이 존재한다. 그 남자는 나에게, 내가 '진짜'라고 말했어, 얼마나 자부심을 느꼈는지! 게다가 서로를 질투하고 불신하고 경계한다. 재는 초대하지 않을 거야, 너무 멋지니까. 분명 육체적인 면에서 그렇다는 것이지, 다른 이유가 뭐가 있을까? 공부를 열심히 하고 지적인 여자들은 피해를 주기 때문에 특히 안 된다, 밖에서나 대학에서 대화를 나눈다는 것은 매력적인 여자라는 뜻이다. 순진함도 꽤 잘 통한다. 속눈썹에 컬을 만들려고 산 물건 좀 봐봐, 아예 어린 여자애처럼 행동하기, 강의 시간에 추잉검을 우물우물 씹고, 무심히 손가방을 흔들고, 남자애들을 귀찮게 굴고, 만화 속 가상 동물들과 레몽 페네*의 인형들을 수집하는 등. 프랑스 대혁명의 원인, 인간과 시간에 관한 연구, 아주 좋아, 선생님이 되는 것, 찬성이야, 하지만 여성성을 지켜, 그러니까 내 머리 괜찮은지 말 좀 해봐, 헤어스프레이 없으면 꼴이 엉망이야, 크레이프 파티에 입고 가려는데 네 블라우스 좀 빌려줘. 우리는 될 대로 되라는 심정을 느끼지만, 정신적으로 불편한 역할을 한다고 느끼고 있었다. 그런 감정이든 고독이든, 문제는 항상 똑같다. 현실의 추함에 대해서 우리는 침묵했고, 어린 여자라면 그래야 한다는 듯, 마치 우리에게 잘못이 있는 것처럼, 굴욕감은 마음속에 삭인다. 첫경험에 실패하고, 뭘 했는지도 알 수 없는 밤을 보내고도, 남자들은 '잤다'라는 말

---

* Raymon Peynet, 연인들의 세계를 밝고 포근하고 로맨틱하게 그려낸 프랑스 만화가.

로 표현하나? 그들의 무례함마저도. 그 모든 것이 우리의 책임이라는 듯이. 기껏해야 "그가 내게 뭘 해달라고 했는지 네가 안다면…" 부끄러워하며 완곡어법으로 돌려 말한다. 때로는 살 떨리는 무서운 이야기가 우리에게 전해진다. 아무개와 항상 같이 있었던 빨간 머리의 미셸이 신경안정제 바르비투르를 삼켜 자살했대, 자네트는 양동이 한 통이나 피를 쏟았다더라, 아마 쌍둥이였던 것 같아, 시시콜콜한 디테일까지 질리지도 않고 수군거린다, 비눗물을 썼대. 운명이라고! 남자는? 자유롭고, 개자식이고, 상관없고, 꼴리는 대로 하잖아, 우리 모두 같은 생각이었다.

그러면서도 동시에, 부조리하게도, 대개는 불확실하지만 믿어볼 만한 남자가 어딘가에 존재하기를 희망한다, 예정된 함정, 오 미친 사랑, 초현실주의적 운명, 나는 그 깊은 곳으로 걸어 들어간다. 어떤 남자가 있을 것이다, 나를 모든 함정과 굴욕으로부터 피신시켜줄 남자가 어딘가 있을 것이다. 보르게세 공원의 조각상들 뒤에서 정신 나간 남자들이 나에게 희한한 제스처들을 한다. 베네치아 광장에서는 관광객들에게 추근대던 놈의 모욕, 왜 너는 안 하고 싶어, 생리하니, 이런 개자식들이 나와 내 여자 친구를 프라도 공원에서도 따라다녔다. 나를 다른 사람들로부터 지켜줄 남자가 마침내 나타나리라. 시간이 흘러간다. 교양과정 1학년, 2학년이 지나간다. 선생님이라는 직업이 가까워진다. 몇몇 여자애들은 공개적으로 남자애와 손에 손을 잡고 산책하고, 수업에서 사라져버린다. 때때로 그 여자애들은 쌀쌀맞고 의기양양한 기색으로 다시 돌아오는데, 그럼 그녀들이 결혼한 것이다. 나는 조금 덜 멸시당한다. 집안사람들이 묻는다. 넌 아직도 약혼자가 없니? 부모님이 내가 마쳐야 할 공부가 남아 있으니 아직 안 된다고 이의를 제기하고, 때로는, 내가 지금 상태로 더 행복하다고 덧붙이기도 한다. 하지만 그건 결코 명백한 설명이 아닌, 오히려 나의 이상한 행동을 정당화하려는 핑계다. 항상 누군가 내게 거침없이 말한다. "너는 결혼 안 하고 늙을 작정이냐!" 은밀한 압력. 나는 혼자 사는 여자가 아니라, 아직 결혼하지 않은 불확실한 존재다. 사람들은 처녀와는 무슨 이야기를 해야 할지 모른다. 뭐 좋은 일 하니? 휴가 때 어디 가니? 원피스가 참 예쁘다. 반면에 결혼한 여자에게는 남편, 아이들, 아파트, 세탁기 등에 관한 이야기가 끊이지 않고 이어진다. 나는 별로 신경 쓰지 않는다. 나에게도 내 존재는, 설명할 수 없지만 무게감이 없어 보였다. 밤 열 시에 느끼는 불안, 대학 기숙사의 맨 위층에서 보는 주차장의 검은 구멍. 혹은 메트로폴 카페, 네온 조명 아래, 벌써 시들어서 스물두 살쯤으로 보이는 지친 친구들과 테이블에 둘러앉아 있거나. 외로움은 사회의 참상에 쉽게 빠져들게 한다. 하얗게 지샌 멋진 밤들과 센 강변에서 맞은 새벽에 먹는 양파 수프 한 그릇, 아이 돌보기와 유스호스텔, 질서와는 동떨어진 삶. 그러나 나는 이렇게 뭐든 할 수 있는 상황이 공허와 닮았다고도 느낀다. 식당 출구에서 전단을 나눠주고, 알제리의 비밀군사조직에 반대하는 모임에 참석하지만, 마치 내가 엑스트라 역할을 하는 것 같다. 나는 '떠다닌다', 이 말은 어떤 날들에 느낀 이상한 무력감을 가리키기 위해 여자애들 사이에 흔히 쓰던 단어 중 하나로, 공허하고, 비현실적 느낌을 말한다. 자동차들이 잔 다르크 거리를 줄지어 내려가고, 마치 나를 둘러싼 소음이 닿을 수 없는 침묵의 방울처럼, 나는 사람들의 물결 속을 항해한다. 이제 더는 떠다니지 않기, 세상으로 내려오기, 내 옆에 있는 남자와 함께하는 모든 행동이, 시계태엽을 감고, 아침을 준비하는 일처럼 아주 하찮은 일들마저, 전부 무게감과 풍미를 갖게 될 것이라는 생각마저 든다.

전날 그를 만났다. 여러 명의 여자 친구들이, 심지어 남자 친구 한 명도 그것이 좋은 전략이 아니라고, 어느 정도는 내가 그를 애태우게 해야 했다고 말할 것이다. 불가능하다. 결코 두 번 보지 않을 것처럼 사랑하라, 여자의 문장이든 아니든, 이 문장은 사춘기부터 나를 따라다녔고, 나는 그다음 날 이탈리아로 떠났기 때문에, 밀고 당기고 할 겨를이 없었다. 섹스는 그와의 완벽한 하룻밤을 지내기 위한 절대적 조건으로 여겨졌다. 진정한 관계. 오빠와의 근친상간. 처녀성을 잃기, 처녀성을 빼앗기, 독점적이고 불가능한 단어들. 마침내 웃음과 공모, 자유로운 말들. 알프스 지방에 자리 잡은 그 호텔의 램프는 나무 천장 아래서 밤새 불탔다. 아침에 비가 내린다. 이탈리아 유적지들을 돌아다니며 보낸 절망의 몇 주. 그날 밤 내가 입었던 스웨터에서 땀과 담배 냄새가 사라질 즈음, 나는 울고 있다.

한참 후, 새벽 다섯 시에 기차 한 대가 이탈리아 볼로냐에 정차한다. 열두 살 때의 그 새벽처럼 가슴이 아프다. 세상이 편하게 느껴진다. 푸른빛 어둠 속에서 공장들의 모습이 드러난다. 소음이 들린다. 나는 혼자고, 자유롭고, 그를 다시 보러 간다. 어느 것도 나에게는 모순되게 보이지 않는다. 또다시 얼마 후, 우리는 중앙역 근처의 흐릿한 거울들로 가득한 방에 있다. 고속도로에서 히치하이크한다.

오랫동안 우리는 같은 장소에서 연속으로 두 번 만나지 못했다. 우리는 기차역의 구내식당, 공원 입구에서 만나기로 약속했다. 호텔 방은 하룻밤에 20프랑, 너무 비싸다. 돌아다니며 하는 사랑에는 비애도 포함되어 있어서 그 무엇보다 좋다. 그가 있을지 확신이 서지 않는 미래에서 추억이 될 또 하나의 방이 있다. 나는 수시로 되뇐다. 우리는 서로에게 안녕을 고할 수 있다고, 우리는 자유의 모습을 전부 다 간직할 수 있다고. 나는 초현실주의에 대한 학위논문을 준비한다. 사랑, 자유. 내 삶 역시 초현실주의적이라는 짜릿한 느낌이 든다. 우리는 6백 킬로미터 멀리 떨어진 각자의 도시에서 공부를 끝마친다. 늘 모험과 비슷한 이런 만남을 제외하면, 그의 삶에서 그리고 나의 삶에서 바뀐 것은 아무것도 없다. 파리-보르도 야간열차 안, 간이침대 없는 객실에서의 허리통증은 나에겐 축제의 전주곡이다. 10월의 쌀쌀한 아침이면 뉴욕 카페의 주인이 테라스의 의자들을 다시 펼치고, 커피 끓이는 냄새, 우리는 커다란 잔에 담긴 크림커피와 버터 바른 빵 앞에서 잠을 깬다. 산책도 하고 영화도 본다. 바흐의 마태 수난곡이 들리고 우리 둘이 함께 침대에 있다. 이제 한 방에. 우리의 방이 아니라 그의 방에, 내가 여행객으로 온 것이다. 둘 다 방학이고, 함께 있을 때는 공부하지 않는다. 단지 그는 시앙스포의 필수 과목 강의를 몇 개 들어야 한다. 그 시간 동안 나는 산책을 한다. 아는 사람이 한 명도 없다. 이곳은 나의 쾌락의 도시, 오직 쾌락만을 위한 도시고, 내가 시험을 치르는 곳은 루앙이다. 사랑의 도시 보르도, 보상의 도시 보르도, 퐁도데주 거리, 트루아코닐 거리를 거닐며 일상을 벗어나고, 돌아오는 기차에서 나는 그의 얼굴 주위에 전체 지형도를 그려본다. 질투, 다툼, 화가 나서 반만 채운 여행 가방, 흔한 일이지만, 우리는 며칠간의 축제를 망치지 않고, 나는 좋은 추억을 가져가고 싶었다.

그렇다면 무엇일까, 완벽함은 아름답다. 해방된 여성들을 위한 잡지나 유행하는 광고 속에서 볼 수 있는 예전 이미지는 아름답다. 오늘날 처녀들은 구속당하는 것을 끔찍이 싫어하고, 코카콜라나 탐폰으로 인생을 최대한 즐긴다. 꼭 그렇지만은 않다. 연약함과 공포를 생각해야 한다.

그가 생장 기차역 근처의 카페에서 내 손을 잡는다. 레이 찰스가 "날 자유롭게 해줘"라며 흐느끼며 노래한다. 당연하다. 유일한 도덕적 규칙이다. 나는 거리의 사람들을 쳐다본다, 소녀들이 지나간다. 우리에게 금지된 것은 아무것도 없고, 자유를 택하지 않고 그를 붙잡으려는 앙큼한 여자들도 이 군중 속에는 있을 것이다. 나는 기차역이 싫다.

거울에 비친 나의 모습. 만족스럽다. 그러나 스물두 살에, 실제의 얼굴 뒤에 벌써 다른 얼굴, 상상의, 무서운, 시든 피부, 뚜렷해진 주름을 가진 다른 얼굴의 징조가 보인다. 늙는 것은 추하고, 추한 것은 고독하다.

그리고 대수롭지 않아 보이지만, 언제나 너무 자연스러운 질문들. 그 애랑 여전히 잘돼가니? 너 결혼할 생각이야? 불확실한 상황에 대한 우리 부모님의 비통한 심정. "네가 어떻게 될지 정말 알고 싶구나." 사랑은 어딘가에 이르게 돼 있다. 소리 없는 사랑의 고통도 마찬가지다. 부모 입장에서는 보편적인 이야기 전개를 보는 편이 훨씬 즐겁고, 더 편안할 것이다. 신문에 청첩장을 내고, 쏟아지는 질문들에 대해서 자랑스럽게, 보르도 청년이야, 곧 교수가 될 거야, 교회, 시청, 살림살이 준비, 그리고 손자들. 나는 부모님이 가진 전통적인 바람을 빼앗아버린다. 어머니가 알면 난리가 나겠지, 그 남자랑 잔다고? 계속 그렇게 살면 네 인생 망칠 거다. 어머니가 보기에는, 나는 농락당하고 있고, 엄청난 소설들이 쓰일 것이고, 유혹당하고 결혼 못한 채, 아이와 함께 버려질 처녀가 될 것이다. 우리 둘 사이에 짜증 나는 전투가 매주 벌어진다. 사람들이 나의 자유를 청산하라고 나를 압박하는 그 순간에, 그의 부모님이, 똑같이 전통적이지만 정반대의 시나리오를 연기할지 아닐지 나는 아직 모른다. "잡혀 살기에는 아직 시간 많이 남았다, 쥐여살지 말아라!" 남자의 자유를 떠받드는 속삭임.

빅토르 위고 산책로의 공기는 온화하고 푸르스름했다. 10월 시험 기간이 막 끝났고, 우리는 늘 그랬듯 몽테뉴 카페에서 주스 한 잔을 마시고 있었다. 그는 자신의 금빛 수염을 잡아당기기도 하고 쓰다듬기도 하면서 거리와 자동차들을 바라보고 있었다. 갑자기 그가 말했다. "이건 카뮈가 한 말이지, 어떤 존재를 사랑하는 것은 그와 함께 늙어가는 것을 받아들이는 것이다, 정확한 말이야. 너는 그렇다고 생각 안 하니?" 나는 숨을 참았다. "우리 결혼해야겠지, 넌 어떻게 생각해?" 갑자기 나를 등나무껍질로 짠 안락의자 속으로 녹아들게 하는 부드러움, "생각해봐야 해"라는 말로 위장해버린 고백할 수 없는 기쁨을 나는 기억한다. 미래, 그리고 늙음조차 이 빛나는 날을 닮았다. 카뮈의 짧은 문장은 까마득하고 미묘한 시가 되어 반짝였다. 한 번도 분명하게 생각해보지 않았던, 함께 늙어간다는 말은 갑자기 나에게 임한 은총과 같았다.

결혼은 무엇을 의미했던가. 밤마다 우리는 상상했다. 공부를 마치고, 나는 고등학교에 자리를 잡을 것이고, 그도 하여튼 어떤 사무실에 자리를 잡을 것이다. 당분간 기본적인 가구만 갖춰진 집에서 살 것이고, 좀 더 많은 돈을 벌 수 있도록 대처해나갈 것이다. 우리의 모든 상상력은 거기서 멈췄다. 그것은 다른 계획처럼 하나의 계획, 우리의 삶을 혼란에 빠뜨리지 않거나 혹은 아주 조금만 혼란에 빠뜨릴, 그런 계획에 불과했다. 각자 자신이 좋아하는 일을 계속할 것이다. 그는 음악을, 나는 문학을. 우리가 인식했던 유일한 문제는, 서로에게 충실하냐 아니냐의 문제였는데, 이미 이 문제로 서로 싸웠던 적이 있었기 때문이다. 사실 항상 자기 눈앞에 똑같은 얼굴을 두고, 영원히 보는 것도 지겨운 일이다. 요컨대 이런 말들은 결혼에 따라다니는 상투적인 생각들이다. 마지막으로, 또 다른 진부한 생각은, 우리가 특별히 재능이 있다고 느끼지 않더라도, 결혼은 시도해야 할 '필요한 모험'이라는 생각이었다.

이내 둘 다 의심이 생겨났다. 결혼 계획을 세우는 것만으로 충분했으리라는 덧없는 느낌, 마치 히치하이크하면서 덴마크에 가기처럼, 그 순간에는 계획만으로도 짜릿한 느낌, 실현하지 못한다 해도, 정말 어쩔 수 없는 일이라는 느낌. 우리는 서로에게 운명 지어졌고, 오류는 없었다고 확신하고 또 확신하고 싶었다. 평소에 우리는 우리의 불편함이 불확실성 자체에서 온다는 믿음을 갖고 있었는데, 그 불확실성을 없애기 위해, '파스칼의 도박*'처럼, 일단 결혼에 뛰어들고, 뒷일은 나중에 생각하자, 싶었다. 고백할 수 없는 나의 최고의 비겁함 때문에, 사랑의 마지막 단계에서, 나의 자궁이 올가미가 되어 나

대신 선택해주기를 바란다. 미래를 알기 위해 카드 점을 치듯, 사랑을 나눈다.

그러나 현실적으로 나를 기다리던 신호들을 나는 모두 다 무시해버렸다. 초현실주의에 대한 학위를 받기 위해 루앙의 도서관에서 공부하고, 외출하고, 베르드렐 공원을 지나간다. 날씨는 따스하고, 연못의 백조들이 다시 나타났고, 문득 어쩌면 내 처녀 시절의 마지막 몇 주를 보내는 것일 수 있다는 생각이 든다. 내가 원하는 곳 어디든 자유롭게 가고, 점심은 먹지 않고, 방해받지 않고 내 방에서 공부하는 그런 자유를 누리는 처녀 시절. 결국 나는 고독을 상실할 것이다. 둘이 사는, 가구가 딸린 조그만 방에서 우리가 쉽게 격리될 수 있을까. 그리고 그는 하루에 두 번 식사하기를 원할 것이다. 온갖 종류의 생각들이 스치고 지나간다. 결국 재미없는 삶. 나는 이런 생각들을 내몬다. 자기중심적이고, 자신의 자아를 걱정하고, 근본적으로 버릇없는, 외동딸이 하는 생각, 부끄럽다. 그는 할 일이 많고, 피곤한 그런 날에는, 레스토랑에 가는 대신 방에서 먹는 것이 어떠냐고 물을 것이다. 저녁 여섯 시 빅토르 위고 산책로, 여자들이 몽테뉴 카페 맞은편 부두 슈퍼마켓으로 몰려들어, 주저하

---

* 블레즈 파스칼이 제시한 기독교, 철학 변증법. 신의 존재를 믿는 것은 그렇게 하지 않는 것보다 좋은 '도박'이라는 주장.

지 않고 이것저것 구매한다. 마치 그날 저녁, 어쩌면 내일의 식사 메뉴를, 네 명 혹은 그보다 많은 인원의 서로 다른 입맛까지 고려한 프로그램이 머릿속에 들어 있다는 듯이. 어떻게 그렇게 할 수 있을까? 아마 사람은 많고, 덥고, 특히 각종 코너에서 여자들이 약탈하다시피 상품을 끌어모아서 그럴 것이다. 나는 무엇을 사야 할지 몰라 이 코너 저 코너로 떠돌아다닌다. 비프스테이크, 달걀, 봉지 수프를 제외하고 내가 빨리할 수 있는 요리는 없다. 오늘 저녁 그가 좋아하는 것을 요리해주기 위해, 오이, 감자튀김, 초콜릿 무스, 아마 몇 시간이 걸릴 것이다. 나에게 아무런 영감도 주지 않는 진열된 이 모든 음식 앞에서 눈물이 날 지경이다. 나는 결코 해낼 수 없을 것이다. 구매와 요리의 리듬에 맞춰 사는 이런 삶을 나는 원치 않는다. 왜 그는 나와 함께 슈퍼마켓에 오지 않았는가. 나는 결국 키슈 로렌*, 치즈, 배 몇 개를 샀다. 그는 음악을 듣고 있었다. 그는 어린애처럼 즐거워하며 사온 것들을 전부 풀었다. 가운데가 너무 익은 배, "너 사기당한 거야." 그가 밉다. 결혼하지 않으리라. 다음 날 우리는 학생 식당으로 다시 돌아왔고, 나는 다 잊었다. 모든 두려움과 예감을 전부 억누르고 순화했다.

---

* 치즈·베이컨·양파·시금치 따위를 넣고 단맛이 없는 커스터드를 쳐서 구운 파이의 일종.

좋다, 우리가 함께 살게 되면, 그렇게 많은 자유와 한가한 시간을 더는 누리지 못할 거야, 장을 보고, 요리하고, 청소하고, 하여튼 뭔가 조금이라도 해야 할 테니까. 그런데 너는 어린 망아지처럼 싫은 티를 내고 용기도 없구나, 그 많은 여자들이 입가에 미소를 띠면서, 모든 것을 '절충'하는 데 성공해, 너처럼 엄살을 떨지는 않아. 오히려 그녀들은 진짜 삶을 살아가. 결혼하면, 제자리를 맴돌고, 수많은 질문을 해대는 부질없는 나로부터 해방되리라 확신한다. 균형을 이루리라. 건장한 어깨, 현실적이고, 온갖 골치 아픈 생각을 없애주는 남자와 결혼하면 삶이 안정될 거야, 심지어 네 여드름도 사라질 거야, 나는 마지못해 웃으면서, 막연히 믿는다. 결혼, '완성', 나는 동의한다. 때때로 그가 이기주의자고, 내가 하는 일에 관심을 두지 않는다고 생각한다. 나는 그의 사회학 서적들을 읽지만, 그는 결코 앙드레 브르통이나 루이 아라공 같은 내 책들을 쳐다도 보지 않는다. 그러면 여성의 지혜가 나를 구원한다. "남자는 전부 이기주의자다." 도덕적 원칙들도 마찬가지다. "그와의 다름을 인정하고 타인을 받아들여라." 원한다면 모든 언어가 하나로 합쳐질 수도 있다.

돌변하는 그의 나쁜 성질이 그 나름의 의구심으로 나타났고, 그가 공격적으로 고함을 질러대 우리는 헤어지기에 이르렀다. 한 시간의 이별. 화해. 우리는 몽테뉴 카페에서 주스 잔을 사이에 두고 화해를 확인한다. 그가 나에게 미소 짓는다. "우리는 해낼 수 있을 거야. 힘내."

하찮은 일들로 분주한 마지막 몇 주가 찾아오고, 수많은 질문은 쓸려가버린다. 결혼 발표, 커플링, 검진, 드레스, 냄비, 커피 그라인더. 재미있다, 하지만, 내가 6월의 마감 기간까지 논문을 끝낼 시간은 없을 것이다. 그러나 이 결혼은 아주 형식적인 절차일 뿐이어서, 큰 비용 들이지 않고, 피로연도 없이, 단지 부모님들과 증인들만을 모신다. 허세, 요란한 장식, 점심, 롱 드레스 같은 것들은 멍청이들이나 허영꾼의 몫으로 남겨놓아야 한다는 데 우리는 동의한다. 결혼은 약식으로 치를 것이다. 사회와 부모님, 심지어 "부모님이 굉장히 가슴 아파하실 것"이라고 말하는 주임 신부의 승인을 받고, 공증인 앞에서 서명한 계약서를 얻기 위해서. 그런데 조심은 해야지, 우리는 결혼식이 코미디인지 알아, 그래도 그럴 듯 해 보이려면 많이 웃기라도 해야지. 이런 정신 상태 때문에, 우리는 다른 사람들을 따라 하는 게 아니라, 장난으로 결혼한다는 놀라운 느낌을 받았다. 사실 서글프지 않았다. 시청에서 토요일 아침 15분 간격으로 차례차례 이어지는 그 모든 결혼식을 보고, 당신은 이 사람을 신랑으로 맞이하기를 원합니까? 라는 아주 진부하고 상투적인 말들이 연극에서처럼 울려 퍼지는 소리를 듣고, 바로 성당으로 황급히 뛰어가는 일들이. 성당에서는 새로운 결혼식 체증이 발생하고, 열 명밖에 안 되는 우리는 부속 예배당으로 밀려난다. 심지어 제의실로 쫓겨날지도 모른다. 그가 내 약지에 끼워주는 반지가 너무나 작아 끝까지 들어가지 못하고 중간에 멈추니, 신부가 축복을 멈추고 인내심을 갖고 기다린다. 손으로 이리저리 움직여보지만, 꼼짝도 하지 않아 할 수 없이 새끼손가락에 대신 낀다. 식당에서의 식사도 썩 재미있지 않다. 서로 알지도 못하는 사람들끼리 먹고 마시는 것이 무슨 의미가 있을까. 그들은 몹시 다르다. 나의 아버지는 바닷가재를 먹으면서 딴생각에 잠겨 있고, 어머니가 말한다. 맞은편은, 그 반대, 아주 멋지고, 개성 강하고, 자연스러운 권위를 풍기는, 고위 간부인, 시아버지는 대화를 주도하는데, 보석으로 치장하고, 즐거워하는, 시어머니는 몽상에 잠기지 않고, 자기 남편의 말을 경청하고, 그의 기지 넘치는 말에 까르르댄다. 그가 나에게 미리 알려줬다. 우리 어머니, 매력적이셔, 당신도 알게 될 거야. 어머니 얘기가 나오면 자주 들었던 말, 이번엔 명확하다. 분명히 누구도 언짢게 만들지 않는 여자, 자기 남편에게, 로베르, 당신 너무 과장하는 것 같아요, 라고 속삭이는 놀라운 전술을 가진 여자. 그녀 앞에서 나는, 내가 다듬어지지 못한 부류의 여자라고 느낀다. 마치 우리가 같은 성(性)이 아닌 것 같다. 이 커플 앞에서 나는 약간의 불편함을 느꼈지만, 이들의 이미지가 우리의 이미지에 스며들 수 있을 거라고 상상하지 못했다.

우리는 센 강변에 있고, 그림자가 식당 테라스의 화단 주변으로 길게 뻗어 있다. 맞은편에는 어두운 브로통 숲이 있다. 예전에 나는 어머니와 함께 이곳 코드벡으로 산책하러 오곤 했다. 저녁에 버스를 기다리면서, 강 건너편에서 똑같은 숲과 횡단 페리호의 부교를 보았는데, 내가 아주 어렸을 때였다. 그렇다. 이제 그 시절은 지나갔다. 장난이든 장난이 아니든, 나는 결혼했다. 그가 내 옆에서 담배를 피운다. 좀 지쳐 있다. 월경, 섹스, 그것은 필연적으로 다다르게 되어 있는 것이었지만, 결혼은? 내가 막 경험한 모든 일이 진정으로 원하지도, 완강하게 거부하지도 않은 수많은 일과 비슷하고, 바로 그런 점에서 소설 같은 달콤함을 자아낸다. 이런 날들 가운데 어떤 하루는 시간이 흘러야만 그 의미가 드러난다는 걸 나는 알고 있었다.

우리는 고물 자동차를 타고 보르도로 내려간다. 멋진 모험이 다시 시작된다. 당연히 운전은 그가 한다. 사소한 이야기 하나. 당신 정말로 운전대를 잡고 싶어? 고

집 센 여자아이의 우스꽝스러운 변덕 취급하듯 내게 운전대를 넘긴다. 바보처럼 보이지 않으려 내가 포기한다. 처음에 결혼은 나에게 무게감 있게 다가오지 않았다. 정반대다. 엄청난 가벼움으로 다가왔다. '내 남편'이라 부르고, '내 아내'라는 말을 듣는 건, 이상하고, 어울리지 않는다. 나는 남편이라는 말을 회피하지만, 그는 종종 '몽팜*'이라고 부른다. 이 표현에는 형제지간의, 또는 남자 친구들 사이의 감정이 들어 있어 훨씬 낫다. 내 성과 이름, 천천히 쓰는 법을 배웠고, 아마 부모님이 제대로 철자를 쓰라고 강요했던 첫 번째 단어, 가는 곳마다 내가 나라고 의미해주던 단어, 벌을 받을 때 크게 울리고, 성적표 위에서, 그리고 내가 사랑했던 사람들에게 받은 편지들에서 반짝이던 단어, 이런 내 이름이 단번에 녹아버렸다. 더 둔탁하고 더 짧은 남편의 이름을 들을 때, 나는 그 이름에 적응하기 위해 몇 초간 망설인다. 한 달 동안 나는 두 개의 이름 사이를 떠다닌다, 고통은 없고, 단지 낯선 느낌이 들뿐.

'나는 어떤 집에서 살게 될까, 토굴일까, 오두막집일까, 궁전일까, 성일까?' 밧줄이 휘파람 소리를 내더니,

---

* 프랑스어 명사는 여성형과 남성형이 있고, 소유 형용사 또한 명사의 성과 수에 일치시킨다. '몽팜(mon femme)'은 아내를 뜻하는 여성명사 'femme'에 남성 소유 형용사 'mon'을 붙인 표현이다.

내 다리를 옭아맸다, 궁전이라니! 우리에게는 그럴 만한 돈이 없다. 집은 개량된 오두막집, 다시 말해 그렇게 비싸지 않은 가구가 갖춰진 집일 것이다. 7월의 작열하는 보르도에서 고물 자동차가 포장도로 위를 덜컹거리며 달리고, 담요 몇 장, 냄비 몇 개, 전축과 타자기, 우리가 가진 모든 것들이 뒷좌석에 놓여 있다. 우리는 햇빛이 찬란하게 빛나는 광장으로 나아가기 위해 젖은 도로를 돌진한다. 우리 둘을 위한 집을 찾기 위해 어둠과 빛사이에서 끔찍한 로데오 경기를 한다. 결혼 놀이는 이제 그렇게 즐겁지 않다. 어마어마한 집세, 볼썽사나운 숙소들. 개자식들. 그러나 우리는 스무 살을 갓 넘었고, 거리를 달리느라 더워서 땀을 흘리면서도, 거대한 검은 건물들 속, 초라한 가구 딸린 셋방의 변덕스러운 임대인들 앞에서 의기양양하게, 공모자라는 느낌이 든다. 집구하기 레이스는 꽃으로 장식된 교외의 빌라에서 끝나고, 후회가 마음을 찌른다. 나는 중심가의 동네였으면 했지만, 이제 이전의 나의 세계였던 대학, 도서관, 카페들이 단숨에 멀어진다. 그 대신 고요와 꽃들이 있다. 입주는 참으로 흥분되는 일이다. 저기에는 황마포를 깔 거야, 여기에는 전축, 첫 번째 레코드, 부엌을 샅샅이 살펴보고, 가스를 시험 작동해본다. 어울리지 않는 로코코양식의 가구들과 형편없는 폐물 가구들이 들어찬 우스꽝스러운 집, 다음 해 마지막 시험이 끝나면 떠날 작정이었다. 결혼한 처음 몇 달은 어린 시절로 거슬러 올라간 것 같았다. 나는 결혼한 여자들의 제스처를 흉내 냈다. "비프스테이크 두 개요"라고 말하면서 아주 부드러운 걸로요, 라고 덧붙인다. 그 말을 자주 들었던 것 같기 때문이고, 그런 말로 자신감을 보여서 싸구려 고기에 대해 아무것도 모른다는 사실을 사람들이 눈치채지 못하게 노력하기 위해서다. 가게에 들어가서는 미성년자의 서투른 행동을 없애려고 노력한다. 그리고 소꿉놀이 같은 저녁 식사. 즐겁다. 기름을 뿌려 반들거리는 토마토, 노랗게 구워진 감자의 부드러운 냄새, 작은 테이블 주위에 앉으면, 사랑은 달콤함이 되고, 가구가 딸려 있던 부엌은 평화와 하모니를 드러내는 네덜란드풍 실내장식이 된다. 몇 개 안 되는 식기들, 접시 두 개, 포크 나이프 두 벌, 잔 두 개, 프라이팬 하나, 난쟁이들의 집에 사는 백설공주보다 가지 수가 더 적은 이것들은 다음 식사 전까지 주방의 식기 건조대에서 저절로 마를 것이다. 너무 많이 사용해서 갈색으로 변한 가스레인지 상단 부분, 가구들 아래의 먼지, 정돈되지 않은 침대는 어쩔 수 없다. 우리는 가끔 집주인에게서 청소기를 빌리는데, 싫은 기색도 없이 청소기를 돌리는 사람이 바로 집주인이다. 우리는 함께 슈퍼마켓에 가서, 양 넓적다리 고기를 고른다, 돈이 많이 없는데, 이 얼마나 미친 짓인가. 부족한 돈이 우리를 결속시키고, 우리 둘 사이에는 모험을 감행했다는 느낌으로 위험과 웃음이 생겨난다. 어느 누가 여기서 노예 상태라는 말을 할 것인가, 나는 이전의 삶이 계속되고 있다고, 게다가 서로에게 더 밀착된 채로 계속되고 있다고 느꼈다. '제2의 성'이라니, 완전히 어긋난 말이다.

결혼한 지 한 달, 그리고 석 달이 지나고, 우리는 학교로 돌아가고, 나는 라틴어 과외를 한다. 해가 더 짧아지고, 큰 방에서 함께 공부한다. 정말 우리는 진지하고 불안정한데, 겉으로 보여지는 건 현대적이고 지적인 젊은 커플이라는 감동적인 이미지다. 내가 그 상황에 안주하고, 우리가 어떻게 정체 상태에 서서히 빠지게 되었는지 알려고 들지 않았다면, 나는 아직도 그 이미지에 감동하고 있었으리라. 비겁하게 그 이미지를 받아들이면서. 물론, 나는 한방에서 그와 2미터 떨어져서 라브뤼예르나 베를렌을 공부한다. 알다시피 아주 유용한 결혼 선물인 압력솥이 가스레인지 위에서 칙칙거린다. 둘이 함께 있으면, 닮은꼴이 된다. 또 다른 선물인 주방용 조리 타이머의 날카로운 소리. 이제 닮은꼴은 끝. 둘 중 한 명이 일어나서, 압력솥 아래의 불을 끄고, 미친 듯 도는 압력추가 느려지길 기다리고, 압력솥을 열고, 수프를 체에 거르고, 다시 자신의 책 더미로 돌아온다, 어디까지 읽었 더라? 생각하면서. 나다. 차이는 시작되었다.

소꿉장난 같은 식사 때문에. 대학 식당은 여름에 문을 닫았다. 정오와 저녁에 나는 냄비 앞에 혼자가 된다. 나는 그보다 더 요리를 잘하지 못했다. 그저 빵가루 묻힌 송아지고기 커틀릿, 초콜릿 무스나 할 줄 알았지, 특별한 것은 할 줄 몰랐다. 그나 나나, 어머니 치마폭에서 요리를 도운 과거가 없었다. 왜 둘 중에서 나만 이것저것 해봐야 하나, 닭은 얼마나 오랫동안 삶아야 하는지, 오이의 씨는 제거해야 하는지, 그런 걸 알아보려고 왜 나만 요리책을 탐독해야 하고, 그가 헌법을 공부하는 동안 당근 껍질을 벗기고, 저녁을 먹은 대가로 설거지를 해야 하는가? 어떤 우월성의 명목으로 이런 일이 가능한가? 나는 부엌에서 내 아버지의 모습을 떠올렸다. 그가 깔깔 댄다. "설마 당신, 앞치마를 두른 내 모습을 상상하는 거야! 그런 건 당신 아버지 스타일이지 내 스타일은 아니야!" 나는 굴욕감을 느꼈다. 내 부모님, 별난 사람들, 우스꽝스러운 커플. 그래 나는 감자 껍질을 까는 남자들을 많이 보지 못했다. 내 아빠는 훌륭한 롤 모델이 아니다, 그는 내게 그 사실을 느끼게 한다. 그의 아버지가 지평선 위로 떠오르기 시작한다. 시아버지는 집안의 모든 일을 시어머니에게 맡기고, 대단한 능변가고, 교양 있고, 그런 신사에게 청소를 시킨다는 건 얄궂은 일, 정신 나간 일이다, 이상 끝! 이 친구야, 네가 배워야 해. 아파트의 노란 카나리아색 찬장 앞에서 느끼는 고통과 절망의 순간, 찬장 안의 달걀, 파스타, 꽃상추 등 온갖 종류의 먹을 것들을 다듬고 요리해야 한다. 오각형으로 쌓아놓은 통조림통, 다양한 색깔의 유리병, 예전의 저렴하고 작은 중국 식당들의 놀라운 요리, 이런 내 어린 시절의 장식품 음식은 끝났다. 이제 음식 만들기는 고역이다.

나는 반항하지도, 소리치지도 않았고, 오늘은 당신 차례야, 나 라브뤼예르 공부해야 해, 냉정하게 말하지도 않았다. 단지 돌려서 말하기, 날카로운 지적, 명확히 드러나지 않는 불만의 찌꺼기가 있을 뿐. 그리고 더 이상은 없다, 나는 골칫덩이가 되고 싶지 않다. 감자 껍질을 벗기는 일로 웃음과 화목, 그 모든 걸 뒤집어엎는 것이 정말 중요할까? 이런 쓸데없는 짓거리들이 자유의 문제에 속하는 것일까? 그에 대해 의문을 품기 시작했다. 더 안 좋았던 것은, 내가 다른 여자들보다 더 미숙한 데다가, 심지어 식사 때 남이 차려놓은 음식을 편하게 먹으면 되는 시절을 그리워하는 게으름뱅이며, 달걀도 깔끔하게 깨지 못하는 쓸모없는 지식인이라고 생각한 것이다. 변화가 필요했다. 10월이 되자 나는 대학에 가서 결혼한 여자들이, 심지어 아이까지 있는 기혼여성들이 어떻게 사는지 알아보려고 애쓴다. 정말 신중하고, 정말 신기하게도, 그녀들은 단지 "쉽지 않다"라고만 말하는데, 마치 일에 치여 사는 것이 영광스럽다는 듯이, 자랑스러운 표정이다. 기혼녀들의 충만함. 이제는 자기 자신에 대해 질문하고, 꼬치꼬치 따지는 데 쓸 시간이 없고, 현실은 그런 것이다, 한 남자가 있는데, 그 남자가 단지 요구르트 두 개, 차 한 잔 마시는 것으로 끝내는 게 아니니까, 이제 덤벙거리는 여자의 문제로 끝나지 않는다. 그래서, 날마다, 태워버린 완두콩에서부터 너무 짠 키슈까지, 즐겁지 않으면서도, 나는 불평하지 않고, 유모 노릇을 하려고 노력했다. "있잖아, 대학 식당에서 먹는 것보다 집에서 먹는 게 더 좋아. 훨씬 맛있어!" 그는 진지하게, 나를 엄청나게 기쁘게 해준다고 생각했다. 하지만 나는, 가라앉는다고 느꼈다.

영어 번역, 으깬 감자, 역사 철학, 곧 슈퍼마켓이 닫힐 거야, 틈틈이 조각내서 하는 공부는 심심풀이가 되고, 점점 단순한 아마추어의 즐거움으로 변한다. 나는 힘겹게, 기쁨도 느끼지 못하고, 전년도에 내가 열정적으로 선택한 초현실주의에 대한 논문을 마쳤다. 첫 3개월에 단 하나의 과제도 제출할 시간이 없었다. 나는 중등 교사 자격증도 분명히 따지 못할 것이다. 너무 어렵다. 이전의 내 목표들이 기묘한 흐릿함 속에서 사라져간다.

약해지는 의지. 나는 처음으로 실패를 담담히 성찰해보고, 그의 성공에 기대를 걸어본다. 반대로, 그는, 이전보다 더 집중하고, 계획대로 끝까지 밀어붙여, 6월에 학위를 따고 시앙스포를 졸업하려고 한다. 그는 자신에게 더 집중하고, 나는 흐물흐물해지고, 둔해진다. 장롱 어딘가에 잠들어 있던 단편소설들을 그가 읽어보았다. 나쁘지 않아, 당신 계속 써야 해. 물론 그는, 나의 용기를 북돋우고, 내가 교사 시험에 통과하기를 바라고, 그와 마찬가지로 내가 나를 '실현'하기를 바란다. 대화는 항상 평등에 관한 것이다. 우리가 알프스에서 만났을 때, 우리는 함께 도스토옙스키와 알제리 혁명을 이야기했다. 그는 자기 양말을 빠는 일이 나를 행복하게 해준다고 생각할 정도로 순진하지는 않았다. 그는 가사에 얽매이는 여자들을 싫어한다고 나에게 말하고 또 말한다. 이론적으로 그는 나의 자유를 옹호하고, 장보기, 청소기 돌리기 일정을 짜는데, 어떻게 내가 불평을 할 수 있단 말인가? "나의 귀염둥이, 내가 접시 닦는 걸 잊었어…." 그가 입에 손을 대고 웃으면서, 예의 바른 어린이가 반성하는 모습을 보일 때, 내가 어떻게 그를 원망하겠는가? 모든 갈등은 줄어들고 가라앉는다. 공동생활 시작 단계의 친절함 속으로, 기묘하게 우리가 중독돼버린 '내 사랑'에서 '귀염둥이'에 이르기까지, 다정하고 천진난만하게 우리를 안심시켜주는 어린애 같은 말투 속으로.

완전히 잊고 지내지는 못한다. 어느 날의 장면, 아무 논리도 없이 퍼붓는다, 그가 나를 도와주지 않고, 혼자 모든 것을 결정한다고, 이것저것 비난하면서, 소리 지르고 울고불고. 갑자기 남자친구의 목소리가 들려왔다. 어제도 나와 함께 정치학과 사회학을 토론한 친구가, 나를 배에 태우고 나가 나를 내동댕이치듯 기막힌 말을 한다. "넌 나를 화나게 해, 넌 남자가 아니야, 그렇잖아! 약간의 차이가 있잖아, 네가 화장실에서 서서 오줌을 누면, 알 수 있겠지." 나는 웃고 싶다, 그에게서 이런 말을 듣다니, 있을 수 없는 일이다, 그런데 그는 웃지 않는다. 교외의 조용한 거리에서 꽃으로 장식된 빌라들 앞을 지나며 나는 꽤 오래 걷는다. 그것이 바로 초현실주의적 삶이다. 나를 해방해주는 모든 즉각적 해결책들이 나에게는 큰 장애물들로 여겨진다. 석 달 만에 떠나는 여자, 참 치욕스럽다, 분명 여자 잘못이야. 어느 정도 시간이 흘러야 한다. 참아야 한다. 그 문장은 아마 그가 아무 생각 없이 뱉어낸, 경솔한 말이었을 것이다. 화를 삭이는 기계가 작동한다. 나는 다시 돌아왔고, 가방에 짐을 반도 채우지 못했다.

몇 가지 사건들, 그만큼의 흔적. 어느 날인가 그가 나에게 〈엘〉인지 〈마리 프랑스〉인지 하는 잡지를 가져다주었다. 그가 나를 위해 이 잡지를 사 왔다는 건 그가 나를 이전과는 다르게 보았다는 의미, 내가 '수백 가지 샐러드 아이디어'나 '저렴한 비용으로 멋부린 실내장식'에 관심을 가질 수 있다고 생각했다는 의미다. 아니면 내가 이미 변했으니, 나를 기쁘게 해줄 것으로 생각했거나. 그를 비난하려는 것이 아니라, 지나온 길을 되돌아보려 한다. 우리는 처음에는 함께 안락하게 정착했지만, 시간이 흐르면서 단조롭다는 느낌을 받았다. 오후 한 시에는 뉴스를, 수요일에는 주간지 〈카나르 앙셰네〉를, 토요일 저녁에는 영화를, 일요일에는 식탁보를, 이런 식이다. 사랑은 오직 밤에만 한다. 라디오에서는 어떤 허스키 목소리의 가수가 노래를 부른다. '바닷가의 소녀들은 아름다웠네.' 나는 줄기 콩을 다듬으면서, 부엌의 창문 너머로 정원과 빌라들을 본다. 그 순간에 라카노 해변이나 필라의 모래 위에서 소녀들은 햇빛에 빛나는 몸을 선탠하고 있었다, 자유롭게. 선크림을 광고하는 색 바랜 광고판임을 안다. 그러나 나는 이제 절대 바닷가의 소녀가 될 수 없으리라고, 다른 이미지, 가정용품 광고에 나오는 항상 미소 지으며 광택을 내는 젊은 여자의 이미지로 서서히 변화하고 있다고 느꼈다. 하나의 이미지에서 다른 이미지로의 변화는, 내가 다시 만들어지는 수련(修練)의 역사다.

가족, 다른 가족, 훌륭한 모델이 되는 가족의 조용한 등장. 그들은 멀지 않은 곳에서 산다. 잘 교육받은 사람들은 강요하지 않는다. 짧은 방문, 가끔하는 식사 초대, 매력적인 커플이다. 시아버지는 늘 말이 많고, 관대한 부인의 시선 아래서 항상 멋진 말을 들먹이고 온갖 종류의 언어유희를 즐긴다. 주의해야 한다. 어릿광대가 아니다. 농담의 이면에는 항상 권위가 드러난다, 시선 속에, 목소리 속에, 식당에서 메뉴를 주문하는 방식 속에, 와인 선택과 브리지게임에 대한 필승의 전술 속에서도. 항상 쾌활하고 절대 앉아만 있지 않는 경쾌한 시어머니는 나를 훈련한다, 남자들끼리 이야기하게 놓아두자, 우리는 저녁 준비하자꾸나, 아니야, 내 새끼. 우리끼리 알아서 할게, 넌 우리한테 방해만 된단다! 곧바로 앞치마를 두르고, 활기차게 채소 껍질 벗기는 칼을 꺼내고, 차가운 고기 위에 파슬리를 얹고, 토마토로 장미 모양을 만들고는 랄랄라, 샐러드 위에 삶은 달걀을 얹으며 또 랄랄라 소리낸다. 동조의 종알거림에 이어지는 활기찬 댄스, 초록색 수세미, 그거 정말 기막힌 거란다. 불에 데었을 때는 '빌어먹을' 대신 '빌어올'이라고 말한다. 때때로 속내 이야기도 한다. 나는 자연과학 학사 학위를 받았단다, 학교에서 강의도 했고, 그러다 네 시아버지를 만났지, 웃음, 아이가 셋 생겼는데, 전부 다 사내애들이었어, 상상이 가니, 웃음. 그렇게 된 거야. 시어머니가 한숨을 쉬면서 나에게 털어놓는다. 그러면서도 민첩하게 개수대 위를 행주로 닦는다. 남자들, 남자들은 쉽지 않아, 그러나 시어머니는 동시에 미소를 지으며, 거의 오만하게, 남자들이 분별없는 짓을 저지르지만 용서해줘야 할 어린애들 취급하면서 말한다. "너도 알다시피, 우리가 남자들을 바꿀 수는 없을 거야!" 시어머니는 어머니답게 나를 가엾게 여기고, 나를 옹호한다. 학업 때문에 너무 피곤하지 않니, 제대로 청소할 시간조차 없을 거야, 당연한 거야. 나는 나를 걱정하는 듯한 이런 기만적인 방식을 증오한다. 시어머니의 끝없는 친절, 마치 모래 함정 같은 친절이 나를 불편하게 한다. 달달하고 달콤하게, 유치하면서도 거짓되게, 비슷한 방식의 대답을 강요한다. 무슨 말이 되었든, 어떻게 내가 감히 대답할 수 있겠는가? 어느 날 그가 내게 말했다. 정말 유쾌하고 침착하고, 어머니 같은 여자들은 편안함을 느끼게 해주지. 다른 사람들에게 세심해. 여자에게 이보다더 멋진 건 없다는 듯이. 완벽한 여성성의 리스트, 나는그걸 몰랐었는데, 그중에 몇 가지 항목을 배우기 시작했다. "커피!" 시아버지가 의자에서 움직이지도 않고 우레와 같은 소리를 낸다. "자 여기요, 여기 있어요!"라면서 시어머니가 바삐 움직인다. 어, 자기야 걱정하지 마, 두 분 사이의 놀이야, 아버지가 소리치면 어머니가 뛰어가지만, 두 분은 서로 사랑하셔, 장담해, 자기가 화낼 필요 없어. 어두워지면, 시아버지는 시트로엥의 프리미엄 자동차 D.S.의 운전석에 자리 잡고, 시어머니는 날렵한 몸짓으로 올라타고는, 우리에게 장갑 낀 손으로 빠이빠이 한다. 매번 나는 우울했다. 아무도 시어머니의 종알대는 소리, 가정의 활기참을 우스꽝스럽게 생각하지 않았고, 아들들과 며느리들 모두, 자식들의 교육과 남편의 행복을 위해 자신을 희생한 시어머니를 존경했다. 누구도 시어머니가 다른 식으로 살 수 있었을 것이라고는 생각하지 않았다.

원했든 원치 않았든. 피임 방법에는 항상 예측할 수 없는 여지가 있다. 확실하게 피임을 했더라도, 원치 않을 수도 있었다. 이중 초점 안경을 쓴 작은 노부인이 4백 프랑을 받고 해주기*로 했는데, 검은 드레스와 담황색 얼굴이 엘리즈 이모와 닮았지만, 이모보다 더럽지는 않았다. 그런데 왜 '예스'를, 낳는 쪽을 택했을까? 모든 가능한 의미들 가운데, 우리 둘을 위해서는, 단절을 피하

---

* 임신중절수술을 의미한다. 당시 프랑스에서 임신중절수술은 불법이었다.

고 우연에 불과한 것을 운명으로 바꾸기 위해서, 라는 의미를 선택했다. 그를 위해서는, 최악의 경우, 생식 기능의 만족이라는 의미를 택했다. 그의 내부 어딘가에 생식 기능이 있다는 사실을 모든 사람이 알게 될 것이고, 최선의 경우, 아버지가 된다는 건 어떤 것일까, 라는 질문에 대한 호기심을 채워주게 될 것이다. 나를 위해서는, 모든 것을 알고 싶은 욕망, 한 남자와 한 여자의 관계를 생각하면서 갈망으로 심장이 뛰던 예전의 조급함이었다고나 할까. 또한 '완벽'해지고 결과적으로 행복해지기 위해서는 여성성의 모든 것을 경험해야만 한다는 막연한 믿음. 어쩌면 옹졸한 방식의, 고백할 수 없는 복수일지도… 그가 바흐를 들으며, 공부한다. 나도 공부하지만, 적게 한다, 설거지와 요리가 나의 공부와 바흐를 조금씩 갉아먹기 때문에, 그래서 그에게 책임감을, 불편함을 느끼게 하려는데, 아이보다 더 나은 건 없으리라. '예스'에 모든 것이 들어 있었다. 어떤 것을 원할 수도 있고 동시에 그 반대를 원할 수도 있다는 것, 그 순간부터 나는 그것이 가능함을 알고 있다. 그 이유가 우리 사이에 표현된 순간부터 나는 의심하기 시작한다. 몇 달 동안 기저귀와 젖병 주변을 맴도는 삶에 파묻히리란 걸 안다. 당연히 중등교원 자격증과는 안녕을 고해야 하고, 나만의 시간은 전혀 없을 것이고, 몽상에 잠긴다는 것은 말도 안 되는 헛소리다. 작은 노부인이 그와 나를 위한 책임 있는 해결책이었을 텐데. 나는 이 소식을 내 어머니에게 알리게 되어 창피했고, 어머니가 눈치챌지 모를 나의 경솔함이 창피했다. 곧 어머니는 기저귀를 갈고 애를 애지중지하는 나를 상상할 것이고, 그런 내 모습을 기뻐하지 않을 것이다. 어머니는 미래의 출생에 대한 소식을 나에 대한 불명예의 소식으로 간주하지는 않았지만 사실 거의 그런 듯이 반응했고, 아버지는 뜻밖의 재난이 우리에게 닥쳤다고 몹시 슬퍼했다. 그것과는 완전히 다른 반응. 세 번째 손자가 되겠구나, 시아버지는 손자 수부터 세어본다. 나는 시아버지의 긍지를 이해하지 못하고, 심지어 가족의 자궁이 되어버린, 내 자궁에도 혐오감을 느낀다.

끓고 있는 아침 우유에서 역겨운 냄새가 나고, 모든 음식의 맛이 내 입에서 변해버린다. 나는 이전의 맛을 간직하고 있을 과일, 케이크를 찾는다. 세상과 나 사이에는 기름진 웅덩이가 있고, 상한 냄새, 달콤한 악취가 난다. 나 자신으로부터 빠져나온 듯, 무기력하다. 구역질이 난다는 것은 나쁜 신호라고, 내 마음속 깊은 곳에서 내가 이 아이를 원치 않은 게 틀림없다고, 이건 문제라고 읽은 적이 있다. 나는 이런 말들을 믿지 않았다. 몸이 저항하는 것은 당연하다고, 저항할 겨를도 없이 다른 생명체가 몸속에 살도록 내버려두지 않는 게 당연하다고, 나는 생각했다. 처음 몇 달은 그것이, 생성되고 있는 하나의 생명체라기보다는 위궤양과 더 흡사한 것 같다. 좀 더 지나서 아이가 배 속에서 뛰놀고, 성경에 나오는 성 엘리사벳의 이야기*, 이에 대한 2백만 개의 위대한 단어들, 고통 없이 아이를 출산시키는 산파에 의해 젖먹이들 말로 번역되는 단어들, 미래의 아빠들은 밤이면 아이가 배 속에서 노~올고 발로 토~옥톡 차는 것을 느끼며 대단히 행복해할 거예요, 여러분도 알게 될 거예요. 나는 놀랐고, 불룩 튀어나온 배를 보면 웃고 싶었는데, 그는 어쩔 줄 모르는 것 같았고, 불룩한 배가 남자에게는 끔찍해 보인다는 걸 나는 깨달았다. 영광스러운 임신, 정신과 육체의 충만함, 그런 건 믿지 않는다. 심지어 새끼 밴 개조차 아무 이유 없이 이빨을 드러내고 으르렁거리거나 삐친 것처럼 잠든다. 진정한 모성애는, 저녁에 발길질이 느껴질 때나 커다란 배를 내밀고 거리를 산책할 때 느껴지는 것이 아니다. 그런 종류의 오만은 발기했다는 오만보다 더 가치가 없다. 아홉 달 동안, 우울해지는 이유는 끝없이 생겨났다. 예전에 우리가 계획했던

---

* 마리아의 사촌이자 세례 요한의 어머니로, 늦은 나이에 아이를 가졌다. 아이가 배 속에서 뛰논다는 표현이 성경에도 등장한다. 성경은 전체 2백만 개의 단어로 쓰여졌다고 한다.

아프리카는 이제는 갈 수 없을 것이다. 시험은 점점 더 자신이 없어지고, 누가 애를 돌볼까, 그 비용은 얼마나 될까, 수많은 걱정이 생긴다. 가능한 한 아주 오랫동안 임신 상태를 유지하고 싶은, 아이가 태어나는 날이 결코 오지 않았으면, 하는 모호한 욕망도 생긴다. 나는 아직 엄마가 아닌, 여자의, 단지 여자로서의 마지막 순간들을, 하루 여섯 번의 수유, 여섯 번 기저귀 갈기, 그리고 아이의 울음이 찾아오기 전의 내 마지막 며칠을 붙들고 싶었다. 출산 이후가 나를 공포에 떨게 했고, 나는 그에 대해 생각하지 않으려고 노력했다. 나의 상상력은 출산에서 멈췄다. 산파는 지극히 행복하게 출산을 묘사한다. 출산은 기쁜 일이며, 그 증거로, 녹음을 들어보면, 산모의 규칙적인 숨소리가 들리고, 그보다 더 큰 소리는 들리지 않으며, 갑자기 눈물겨울 정도로 감동적인, 신생아의 첫울음이 들린다. 어린 시절에 결정적으로 박힌 이미지들, 겸자와 피, 영화 〈바람과 함께 사라지다〉의 고문 같은 장면들, 밧줄, 더운물, 울부짖음. 불안에서 벗어나기 위해 출산용품을 다 구매해놓았다. 처음으로 우리 둘이, 작고 화사한 색상의 옷, 앙증맞은 장신구, 수놓은 턱받이, 배내옷, 반짝이는 딸랑이, 살아 있는 인형을 위한 모든 종류의 매혹적인 물건들로 가득 찬 상점 중 하나에 와 있다. 미키마우스와 도널드는, 수프 접시들, 뜨개질한 배냇저고리 여기저기에 그려져 있다. 그곳은 현실이 아닌 난쟁이 나라다. 그와 나에게 끔찍한 퇴행이 일어난 것 같았다. 기저귀, 한 살짜리 그리고 두 살짜리 아이의 셔츠, 유아차. 그다음에는 아기용 식탁 의자와 공원이 있겠지. 여자판매원이 말한다. 아시겠지만, 첫째가 돈이 들어요, 그래도 그다음 아이들이 다시 사용할 수 있죠. 결혼식 날보다 훨씬 더 강력하게, 가벼운 마음으로, 색색의 배내옷 아래에서, 새로운 톱니바퀴 속으로 서서히 끌려 들어가는 느낌을 받는다.

그날 밤을 어떻게 말해야 할까? 공포, 아니, 다른 이들에게는 서정시가 되겠지, 하지만 오장육부가 뒤틀리는 시(詩). 아팠다, 빌어먹을 산파, 나는, 헐떡거리는, 가장 희미한 빛보다 어둠을 더 좋아하는, 움츠러든 한 마리 짐승, 그의 눈에 어린 연민을 바라볼 필요도 없다, 그가 나를 위해 해줄 수 있는 것은 아무것도 없다. 여섯 시간 동안 계속되는 똑같은 이미지, 풍부하지도 다양하지도 않은 고통의 경험. 나는 풍랑이 심한 바다에 있다. 나를 삼키려는 고통의 파도가 몇 초 간격으로 다가오는지 세어보고, 고통의 파도 위에서 헐떡이며 전속력으로 이리저리 뛰어다녀야 한다. 두 마리 말이 한없이 내 두 엉덩이를 찢어발기려 한다. 열리기를 거부하는 문. 명백하

194

고, 확고한, 단 하나의 생각, 여왕들은 앉아서 출산했는데, 그들이 옳았다, 나는 구멍이 뚫린 커다란 의자를 꿈꾸고, 그러면 '그것'이 혼자 떠나가버릴 것이라고 확신한다. '그것'은 물론 고통을 말한다. 한밤중이 지난 후부터 아이가 파도 속에서 사라졌다. 커다란 의자는 없었고, 딱딱한 테이블, 나를 비추는 불빛, 나의 자궁 건너편에서 내려오는 명령이 있었다. 최악은 내 몸이 여왕들처럼 공개되어 있다는 것이다. 물, 피, 똥, 벌어진 자궁경부가 모든 사람 앞에 드러난다. 자, 이 순간에 그것은 중요하지 않다, 별것 아니다, 단지 아이를 위한 순수한 통과의례다, 그렇긴 하지만. 그는 이런 처참한 광경을 다 보아야만 했고, 두 눈으로 내 고통을 똑똑히 지켜보아야 했다. 우스꽝스럽게 의사처럼 흰 가운과 모자를 쓰고, 그도 알아야 했고, '참여해야' 했다. 그러나 이렇게 녹아내린 상태, 그의 눈앞에서 뒤틀려 있는 그것, 그가 이 모습을 잊어버릴 수 있을까. 결과적으로 그는 나에게 무슨 소용이 있을까. 다른 사람들과 마찬가지로 그는 "힘줘, 숨 쉬고, 꼭 잡아"라고 반복하다가 내가 '고통의 성모(mater dolorosa)' 같은 행동을 멈추고 비명을 지르기 시작하면 당황한다. "부인, 지금 모든 것을 망치고 있어요!" 그러자 그가 소리친다. "조용히 해요!" "정신 좀 차려봐!" 그래서 나는 이를 악물었다. 그들을 기쁘게 해주기 위해서가 아니라, 단지 끝내기 위해서. 나는 구름 속으로 축구공을 차버리는 것처럼 힘껏 밀어낸다. 갑자기 모든 고통에서 벗어났다. 부인 살이 찢어졌네요, 아들입니다, 의사가 꾸짖듯 말했다. 가죽이 벗겨진 작은 토끼 모습이 섬광처럼 비쳤고, 우는 소리가 났다. 그 후에도 나는 자주 그 장면을 다시 돌려보았고, 그 순간의 의미를 찾으려 했다. 내가 고통받다가, 나 혼자였다가, 갑자기 나타난 그 어린 토끼, 울음, 1분 전에는 도무지 상상하지 못했던 일. 항상 의미가 없다, 단지 아무도 없었다가, 그러고는 누군가가 있을 뿐. 나는 30분 후 산부인과의 내 방에서 아이를 다시 보았다. 완전히 옷을 다 입고, 베개 가운데에 놓여 있는, 검은 머리카락이 수북한 아이의 머리, 어깨까지 시트로 감싼, 신기하게 문명화된 모습이었다. 나는 그들이 알몸의 아이를 아기 예수처럼 배냇옷에 싸서 내게 건네줄 것이라고 상상했었다.

　나는 용감하게, 보란 듯이 복지부 소책자의 육아 지침을 따랐다. 최고의 우유는 모유다, 당신은 아이에게 모유 수유를 해야 한다, 그러나 나는 잇몸이 내 가슴에 달라붙어, 탐욕스러운 빨판처럼 내 젖을 비우는 순간에 대한 걱정을 극복하지 못했다. 모유 수유를 해도 아직 모성애는 느껴지지 않았다. 그러나 병원에서 맞이한 몇몇 고요한 순간들. 그가 창문 옆에서 『카라마조프 가의 형제들』을 읽고 있고, 나는 메모들을 훑어보다가, 종종 멈추고는, 놀라움과 불안의 감정을 느끼면서 내 침대에 붙어 있는 작은 침대 쪽으로 몸을 숙인다. 숨을 살피기 시작하고, 내 아이가 죽을 수도 있다는 생각이 들기 시작한다. 매일 아침 나는 잠이 덜 깬 채로 아기침대에 갈 것이다. 이불, 속셔츠, 아니면 운명에 의해 질식한 아이들의 이야기. 나중에, 나는 저녁에 영화관에서 영화를 보면서도, 텅 빈 아파트에서 고통스럽게 비명을 지르는 아이의 흐릿한 이미지를 떠올릴 것이다. 또한 즐거움도 있다. 빚어놓은 듯 부드럽고 따뜻한 피부, 단어로 표현되기 이전의 노래, 그리고 모든 첫 번째 사건들, 이가 없는 웃음, 엎드린 몸 위로 살랑거리면서 올라오는 머리, 장난감 구슬을 찾아내는 손. 완벽한 순간들. 다른 완벽한 순간들도 있다. 몇 권의 책, 풍경, 선생이 되었을 때 교실에서 느낀 열기. 이 모든 순간은 서로 모순되지 않는다.

아이를 키우는 일이 남아 있었다. 집주인과 시어머니는, 양육을 애지중지 보살피는 것이라고 말하곤 했다. 우아한 일, 보살피고, 장난감을 주고, 미소 지으며 자장가를 부르면 되는 일. 그렇게 믿기에는 너무 터무니없다. 나는 하루 여섯 번의 기저귀 갈기, 여섯 번의 우유 먹이기를 하면서 규칙적인 하루를 보낸다. 선의만으로는 아무것도 할 수 없고, 내 젖은 10일 만에 말라버렸다.

아침 다섯 시에 우유가 데워지고 있는 중탕냄비를 뚫어지게 응시한다. 몽롱하다. 이 시간에 노동자들은 일하기 위해 출근하고, 청소부들은 덤프차에 쓰레기를 밀어 넣는다는 사실은 나를 위로해주지 않는다. 나는 그들이 나와 다른 차원에 있다고 느낀다. 쉴 새 없이 이어지는 먹을 것과 똥. 거기에 세균과 아이 기분을 맞추기에 대한 강박관념. 물론, 하찮은 집안일을, 많은 사랑이 필요한 훌륭한 일 등으로 찬양하고, 똥을 미화해야 한다. 방울져 떨어진 우유의 흔적들, 더러워진 기저귀 속에서 시를 찾아야 한다. 화창한 아침에, 목욕탕에서 하얗고 파란 모직 의류들을 빨고, 줄에 널면서, 이 모든 것을 사랑할 가능성을 느낀다. 이게 바로 〈리제트〉*에서 배운 인생이야, 라고 내게 말할 수 있을 것 같다. 아니, 결코. 만약 내가 이런 것을 사랑하기 시작한다면, 내가 미친 것이다.

행운이라면, 그가 학생이고, 자주 집에 있었고, 기저귀, 젖병을 쳐다보았고, 저녁 여섯 시의 우는 소리를 듣곤 했다는 것이다. 설거지는 내버려둬, 이리 와서 바흐의 〈마태 수난곡〉을 들어봐, 말로 나의 일을 덜어주고, 나에게 멋진 일정을 제안하는 식으로는 이제 더 이상 나를 속일 수 없다. 그의 눈에도 확실하게 보였으리라. 만

---

* 아니 에르노가 어린 시절 즐겨 읽던 소녀 대상의 잡지 제목.

약 내가 혼자 아이를 돌본다면, 내 공부는 끝장나고, 엄청나게 많은 계획을 품었던 이전의 그 소녀는 죽어버리는 것이다. 그는 그 소녀의 죽음을 바라지 않는다. 남을 괴롭히는 사람도 아니고 편협한 사람도 아닌 그는, 내가 하루아침에 유아차 미는 여자로 변하는 것을 받아들이지 않을 것이다. 그는 내가 그와 똑같이 자유롭다는 것을 믿을 필요가 있다. 그는 행주질하는 여자의 노골적인 이미지를 참아내지 못할 것이다. 그리고 나 역시 저항할 것이다. 어린 시절의 소망, 직업을 갖겠다는, 때로는 모호하지만 절대 꺼지지 않았던 '뭔가를 한다'는 목표를, 나는 단번에 버릴 수 없을 것이다, 그럴 수 없다. 졸업장, 웃음이 난다, 시험에 매달리는 게 한심하다, 졸업장 없이도 행복할 수 있고, 내면의 풍요로움으로도 충분하다, 믿을 수 없다, 아이를 갖고, 곧바로 도서관으로 뛰어다니는 꿈을 꾸다니. 다시 시작해야 할 인생이 자신 앞에 놓여 있는데, 아이는 바로 이 순간 당신을 필요로 한다, 논쟁과 비난이 쏟아진다. 다행히 이 지점에서 나는 귀를 닫았다. 어떤 남자가 청소하고 젖병을 물리기 위해 수업과 노트를 버리겠는가. 나도 그러지 않을 것이다. 내가 졸업장을 원하는 한, 시험은 냄비와 기저귀를 초월하여 내 머릿속에 박혀 있을 것이다, 나의 독립에 대한 최후의 신호이자 나를 인도하는 별빛.

우리는 양육을 분담했다. 저녁엔 당신이 해, 아침엔 내가 젖병을 물릴게. 둘 중 하나가 샤워기의 물줄기 아래서 기저귀의 똥을 씻어내고, 학교 수업에는 자기 차례에 간다. 하루아침에 해탈할 수는 없는 일, 에비앙 생수 병들을 지고 나르다가 크게 웃기도 하고, 수없이 왔다 갔다 하며 아기가 트림하기를 끈기 있게 기다린다. 하지만 견딜 만하고, 때로는 재미있다. 혼자 젖병을 물리고 기저귀를 갈면서 생기는 그런 원한은 없다. 엿 같은 일도 같이 나누면 덜 엿 같은 일로 여겨진다. 때로는 사랑과 유사했다. 그는 책상과 장롱 사이를 조심스럽게 왔다 갔다 하다가, 창문 앞에서 멈췄다가, 다시 움직인다. 그의 어깨에 하얀색 꾸러미가 있고 그 안에서 흔들리는 조그만 머리가 드러난다. 세상은 있어야 하는 그대로 존재한다. 그의 손 역시 나의 손만큼 부드럽게 아이를 유아차에 내려놓을 줄 알고, 우유 묻은 끈적끈적한 입술을 나만큼이나 부드럽게 닦아줄 줄 알고, 맨팔 위에 우유를 몇 방울 떨어뜨려 젖병 온도를 확인할 줄도 안다. 우리는 아무것도 몰랐지만, 함께 배워나갔다. 나는 그의 제스처에 무한한 신뢰감을 가졌다. 아이를 내려다보며 까꿍 놀이를 하는 집주인 여자도, 세상의 모든 돌보미도, 그와 견줄 수 없었다. 나는 이런 역할 분담을 당연하게 여겼다. 그가 해주는 일들을 영웅적인 행동으로, 내가 직업을 갖는 걸 '허락해주기' 위해 그가 감수한 희생으로 간주하면서, 그에게 밤낮으로 감사할 생각도 없었고, 온전히 내 차지가 된 설거지와 요리에 대해 경의를 표시해달라고 요구하지도 않는다.

나는 여전히 엄청난 착각에 빠져 있었다. 얼마 지나지 않아, 그가 나 대신 가끔 아이의 이유식을 챙겨 먹이는 일이 자기가 할 일이 아니라고 생각할 거라곤 상상하지 못했다. 한참 시간이 흐른 후에, 아이에게 먹을 것을 챙겨주고 아이의 기저귀를 갈아준 일을 후회하지는 않겠지만, 그런 일이, 돈이 없고, 학생이라는 불확실한 상황에서 비롯된, 다소 색다른 일화로 여겨지리라고는 생각하지 못했다.

사실 우리는 사회에 제대로 정착하지 못했다. 과외는 진짜 일자리라고 할 수 없었다. 값싼 대학 식당은 내가 게을러서 음식을 준비하지 못한 날들을 땜질해주었고, 커튼은 몹시 더러운 채로, 가구는 왁스 칠을 하지 않은 채로 내버려두었는데, 그것들이 우리 것이 아니었기에 가능했다. 가구 진열창만 줄지어 있는 달브레 대로에 쉬지 않고 비가 내렸고, 우리는 손에 손을 잡고 물웅덩이를 피하면서 이 가게에서 저 가게로 뛰어다녔다. 우리는 안락의자를 찾고 있었다. 저 의자는 천 색깔이 너무 밝아, 현대적 스타일은 너무 볼품이 없어. 우리가 함께 구매하는 첫 번째 가구, 우리 소유의 첫 번째 가구. 재미있었다. 여자 점원은 비밀 이야기라도 하는 듯, 약간 공손한 기색으로, 영국산 마호가니 안락의자에 대해 정보를 주고는, 의자 위 가죽에, 팔걸이에 손을 대면서 약간 높은 목소리로 물었다, 고객님 댁에는 어떤 가구가 있나요? 우리는 주저했다. 가구랄 것이 하나도 없었으니까. 영국산 안락의자는 모든 곳에, 절대적으로 모든 곳에 어울릴 것이다. 나는 낡은 후드 달린 파란색 레인코트를 입고 있었고, 그의 머리칼은 비에 젖어 착 달라붙어 있었다. 물론 할부도 가능합니다, 그녀는 순진해빠진 젊은 우리 부부를 업신여기면서도, 안락의자를 팔고 싶어 한다. 코미디는 그만, 우리는 서로를 쳐다본다. 생각 좀 해볼게요, 안녕히 계세요, 밖으로 나와서 웃는다. 비가 온다, 서둘러야 한다, 아이가 집에 혼자 있다. 그가 마뉘프랑스 백화점에서 3백 프랑짜리 투박한 안락의자를 본 것을 기억해낸다, 내일 가봐야지. 상승하는 소시민 계층은 매우 순응적인 길을 따른다. 하지만 그건 나와 상관없었고, 나는 사회의 톱니바퀴 앞에서 무장 해제되고, 경솔한 우리의 모습을 보았다. 이 안락의자를 사려는 건 레코드 한 장 사는 것보다 훨씬 큰 낭비고, 사려 깊은 부부가 살 물건은 아니다. 나는 여전히 모험해볼 수 있다고 생각했지만, 싫은 기색 없이 함께 미래를 상상하는 것으로 충분했다. 곧 우리는 보르도 외곽의, 가구 딸린 집을 떠날 것인데, 어떤 도시로 갈 것인가? 그는 얼마 전 시험을 마쳤고, 〈르 몽드〉의 구인광고는, 적어도 첫 달만큼은, 바캉스 카탈로그처럼 매력적이다. 부르즈의 인사과장, 퐁트네오로즈의 커뮤니티 사회문화 관리자, 마르티그, 베르사유, 엑상프로방스 등지에서 대학 졸업자를 찾고 있다. 지도 위에서 이름들이 지워지고, 희망 또한 지워지고, 진정한 직업을 찾는 건 우리가 생각했던 것처럼 그리 쉽지 않다. 남은 것은 눈이 쌓여 반짝이는 산들 사이의, 청회색 호수 주변이 온통 하얗게 그려지는 도시의 행정직뿐이다. 여행 가방의 버클을 채우는 흥분, 보르도여 영원히 안녕, 안시* 만세. 당연히 나는 중등교원 자격증 시험에 떨어졌고, 다들 내게 한마디씩 했다, 뻔한 일이었어, 시도 자체가 미친 짓이지, 자업자득이야. 어쩔 수 없지, "그는 성공했잖아, 그가 말이야, 그게 중요해.", 나도 그렇게 생각했다. 나는 그에게 의지했고, 내 앞가림도 제대로 못 했다. 그러면서 나는, 이전의 내 자유에서 잃어버린 것은 어쩌면 슬퍼할 가치도 없는 개인주의의 찌꺼기일 뿐이라고 확신했다. 함께 산 지 1년 반이 되는 때였다.

---

* 프랑스의 남동부에 위치한 소도시. 남쪽으로 안시 호(湖)와 알프스 산맥이 펼쳐져 있어 관광객들이 많이 찾는다.

안시에는 호수, 산, 눈과 태양이 있고, 물놀이, 스키를 즐길 수 있다. 여행객들의 천국. 10월의 마지막 일요일, 우리는 여행객들과 마주치지 않았다. 그들은 오래전에 떠났다. 묘지 근처 외에는 거리에 아무도 없었다. 우리 건물은 묘지 정문으로부터 멀지 않았다. 짐을 풀면서 2층의 F3* 창문 너머로, 국화 화분을 수백 개 진열해 놓은 꽃 파는 상인 앞에 자동차들이 멈춰 서는 것을 보았다. 방한모를 쓰고 색이 바랜 웃옷을 입은 북아프리카 사람들도 지나갔다. 그들은 가방과 생필품 바구니를 들고 있었다. 건물 아래, 꽃 파는 상인 맞은편에 시멘트로 된 남자용 공중화장실과 긴 의자들이 있었다. 나는 도착한 지 한 시간 후에 장을 보러 갔다. 먹어야 하니, 그것이 해야 할 첫 번째 일이었다. 식료품점, 정육점, 빵집을 찾아야 한다. 길거리를 둘러볼 시간이 없었다. 안시에 대한 첫 번째 기억은 '알프스의 별'이라는 가게 앞에 줄을 선 것이었다. 뭐 잊어버린 건 없나, 버터, 소금, 모든 것이 보르도보다 더 비싼 것 같았고, 상인들은 찌푸린 기색이었다. 나는 국화를 들고 다니는 사람들 사이로 내가 산 것들을 가지고 돌아왔다. 스테이크는 질겼고, 그

---

* 거실 하나, 방 두 개 구조의 아파트를 지칭하는 표현.

는 정육점을 바꿔야 할 것 같다고 내게 말했다. 오후가 되어서야 우리는 자동차로 호수에 갔다. 우편 엽서에서 보는 것처럼 백조들이 호숫가를 거닐고 있었지만, 산들은 눈이 없어서 탈모 상태였다. 굳게 문이 닫혀 있고, 석회를 바른 카지노는, 호수 앞 잔디로 덮인 지역의 오른쪽에 있었다. 아이 데리고 당신 여기 산책하러 오면 되겠네, 화창한 날에는 멋지겠어.

나는 안시를 싫어한다. 내가 매몰된 곳이 바로 거기다. 나는 그곳에서 날마다 그와 나의 차이를 경험했고, 옹졸한 여자의 세계에 빠졌고, 자질구레한 걱정들로 질식할 것 같았다. 고독. 나는 가정의 수호자, 식구들 생필품과 유지보수 담당자가 되었다. 역할 수련의 맨 마지막이 이뤄진 곳도 안시다. 그전에도 여전히 하찮은 역할이긴 했다. 견디는 데 도움이 되는 완화제들, 다시 말해 아이를 돌봐주는 할머니, 가끔 초대해서는 맛없는 음식으로, 또는 아침부터 저녁까지 모든 일을 해주는 도우미를 쓸 수 있는 충분한 돈으로 부담을 덜어주는, 그런 부모님이 없는 빤한 몇 년의 세월이 흘렀다. 남편, 아이, F3 외엔 아무것도 없는, 다 빼앗긴 나, 그와 나의 차이를 발견할 수 있는 기본 상태. 집, 음식, 교육, 직업이란 단어는 그와 나에게 더는 같은 의미를 갖지 않는다. 나는 이 단어들에서 힘들고 강압적인 것들만을 보기 시작했고, 이런 것들에서 내가 벗어날 수 있는 건 1년 중 겨우 며칠, 기껏해야 몇 주뿐이었다. '여러분의 아내에게 15일 동안 설거지도 음식 준비도 하지 않게 해주세요, 클럽이 여러분을 기다립니다.' 그리고 자유는, 무엇을 의미하기 시작했는가: 점잖은 사람들은 비웃는다. 결혼의 결과를 받아들일 생각이 없으면 아예 결혼하지 마, 남자도 결혼하면 손해다, 주위를 둘러봐, 최저임금만 받는 사람들, 공부할 기회도 없었던 사람들, 종일 볼트만 만드는 사람들도 있다고. 아니야, 세상의 불행을 모두 다 긁어모아 한 여자의 말문을 막아버리기란 너무나 쉬운 일이지, 그런 식으로 생각하니 내가 입을 다물 수밖에.

첫날 아침이었다. 그날 아침 여덟 시에 나는 집에서, 울고 있는 아이와 홀로 있었다. 아침 식사 후 설거지 거리로 가득 차 있는 식탁, 정돈되지 않은 침대, 면도하고 난 수염 찌꺼기로 새까매진 세면대. 아빠는 일하러 가고, 엄마는 집안일 하고, 아기를 달래고, 맛있는 식사를 준비한다. 나에게는 해당하지 않는다고 믿었던, 초등학교 1학년 시절에 부르던 노래의 후렴구에 있는 행동을 하고 있다니. 지금까지 우리는 낮에 많은 시간을 함께 지냈다. 그가 감자 껍질을 벗기지는 않았지만, 집에 있었고, 그래서 감자 껍질이 더 쉽게 벗겨지는 것 같았다.

그릇이며, 꽉 찬 재떨이, 정리해야 할 아침 식사의 흔적들을 쳐다본다. 아이가 노래를 멈출 때면 집안은 엄청나게 조용하다. 더러운 세면대 위 거울에 비친 나를 쳐다본다. 스물다섯 살. 어떻게 내가 이런 삶이 충만하다고 생각할 수 있겠는가.

최소한의 것, 최소한의 것만. 나는 당하고만 있지 않으리라. 싱크대에 아무렇게나 그릇 처박아두기, 행주로 식탁 닦기, 담요 개기, 아이에게 먹을 것 주기, 아이 씻기기. 비질 절대 안 하기, 걸레로 먼지 닦을 생각도 하지 않기. 이것이 『제2의 성』이 내게 남긴 전부다. 예전에 이미 패배했던, 어리석은 먼지와의 전투 이야기. 하여튼 아직도 앉고 자는 데 쓰이는 약간의 가구만 있을 뿐이다. 사납게, 내 책들을 다시 펼친다, 성공의 기회들을 감히 시험해보지도 못하면서, 아이가 네발로 곳곳을 기어다니고, 만지작거리고, 뒤적거리고, 낮잠 시간에만 잠을 자게 될 그런 가까운 미래에 대해 생각하지도 않으면서. 나는 프랑스 음성학에 푹 빠져서, 엄청난 소원을 이루기 위해 9일 기도문을 암송하는 사람들의 열정으로 어형변화들을 읊조린다.

나는 오래 견디지 못했다.

"대체 하나도 준비된 게 없군! 열두 시 20분이야! 이보다는 계획을 더 잘 짜야지! 내가 도착하기 전에 아이

밥은 먹여 놨어야지. 나는 정오에 편안한 시간을 갖고 싶어. 나 일하잖아. 당신도 알겠지만, 이제 더는 예전 같은 생활을 할 수 없다고!" 그럼 내 생활은, 같은 생활인가? 수업을 들을 수도 없는데. 아이, 음식 등 가장 일상적인 일 때문에 험악해지는 분위기. 잠시 후 우리는 말한마디 없이 스테이크와 스파게티를 먹는다. 라디오 소리가 침묵을 메운다. 몇 명의 목소리가 이어지고, 동사를 제시한다. 티르리포(tirelipot)라는, 동사를 맞히는 어리석은 놀이다. 내가 설거지를 한다. 그는 테이블에 앉아서 나지막하게, 아주 지친 어투로 "그건 불가능해"라고 말한다. 그래, 결혼 전에는 이런 순간을 상상할 수도 없었지. 나는 그를 용서하지 않는다. 나는 끊임없이 이해해야 하는 함정에 빠지고 싶지 않다. 미소 지으며 그를 맞아주지 않았고, 뜨거운 음식을 식탁에 올리지 않았고, 골칫덩이 아이를 그의 눈에 띄게 두었다고 해서, 죄책감을 느끼고 싶지 않다. 내가 '밖에서' 일하게 될 때, 그가 요구했던 특권들을 내가 일깨워주기만 해도 좋을 것 같다. 그러나 그가 옳았다. 이제는 전과 같은 생활을 할 수 없다. 그는 여덟 시에서 열두 시, 두 시에서 여섯 시, 심지어 초과근무까지 하는 노동시스템 속에 끌려들어 가서, 자신의 자리에 매달려, 자신이 없어서는 안 되고, 능력 있고, '가치 있는 간부'라는 사실을 보여줘야 한다. 이런 체계 안에는 아이의 이유식을 위한 자리는 없었고, 세면대 청소를 위한 여지는 더더욱 없었다. 식탁이 차려져 있고, 아내가 반갑게 맞아주고, 가장이 휴식을 취하고, 긴장을 풀고, 원기를 회복해 두 시 15분 전에 다시 일하러 떠나는 체계. 그, 혹은 이런 체계, 둘 중에서 어느 것이 나를 차이 속으로 더 몰아넣었는지 모르겠다.

그가 정오에 집에 돌아왔을 때, 점심 식사가 차려져 있고, 아이는 침대에서 사랑스럽게 자고 있고, 그의 접시 옆에는 트랜지스터라디오가 놓여 있다. 청소한 세면대, 비워진 재떨이, 다시 곧게 펴져 있는 침대 시트. 최소한의 것이 늘어갔다. 그를 기쁘게 해주고, 그의 비난을 조금이라도 피하려 했다. 그러나 이런 일들은, 점점 나를 단련시키는 생각, 곧 자명한 이치가 되는, 이토록 예쁘고 작은 가정을 소홀히 해서는 안 된다는 생각에 비하면 아무것도 아니었다.

사회는 잘 돌아간다. 젊은 커플이 처음 번 돈으로 무엇을 살지 추측해보라. 나무로 된 스페인산 회전 전기 스탠드, 고풍스러운 거울, 카드 테이블, 오래된 피아노, 종일 쳐두는 베일 커튼. 하나씩 하나씩, 물건들이 우리의 삶에 들어오고, 우리 주변에 자리 잡는다. 여전히 손에 손을 잡고 우리는 진열창 앞에 다시 선다. 30개월 할

부, 거실을, 그리고 침실을 채운다. 우리는 오히려 중고 시장 취향이어서, 〈라 메종 드 마리 클레르〉 잡지에서처럼, 그렇게 비싸지 않은 골동품들, 너무 야단스럽지 않은 스타일을 찾는다. 토요일이면, 신중하게 몇 시간 동안 살펴보고, 비교하고, 의견을 나눈다. 너무 크면 안 돼, 이 색깔은 아니야, 좀 더 진한 청동색이 나아, 녹청이 더 들어가면, 술 장식 없는 걸로, 단색으로, 너무 비싼데. 이 램프 좀 봐. 당신 가격 봤어. 다음 달에 사자. 그때까지 이 램프가 안 팔릴 것 같아? 램프가 거실에 기가 막히게 잘 어울릴 것 같아. 램프를 사서 기분 좋게 돌아온다. 그는 곧장 램프를 켜본다. 무지갯빛 갓이 달린 램프, 희미한 그림자가 천장에 드리워지고, 테이블의 마호가니색 위에 불빛이 얼룩진다. 그가 동그란 불빛 속에 양장본 책을 놓아보고, 책의 위치를 약간 이동했다가, 책을 치워버리고는, 그 자리에 재떨이를 놓는다. 완벽해. 우리는 서로 쳐다보고 미소 짓는다. 당연히 우리는 행복이 사물의 소유와 혼동되어서는 안 된다는 사실을, 존재와 소유 사이의 차이를 알고 있다. 마르쿠제는 사물이 인간성을 소외시키는 똥 같은 것이라고 했다. 아니 뭐라고? 하지만 아무것도 없는 F3에서 사는 건 미친 짓이야, 우리가 아무 쓰레기나 막 사들이는 것도 아니고, 나름의 취향이 있고, 많이 생각하고, 거의 예술품에 가까운 물건을 구매하잖아. 나는 우리의 심미적 태도가 소비에 대한 온갖 열망을 걸러낼 수 있으리라 생각했다.

너무 깨끗해서 감히 달걀부침을 해서도 안 될 것 같은 니켈 레인지, 두 손에 물건을 들었을 때에도 발로 열 수 있는 페달이 달린 반짝이는 냉장고의 시대가 왔다. 낡은 가스버너는 감옥에서나 쓰라지. 이 새 기계들이 낯설게 느껴지면서도, 재미있다. 버터, 굽기 강, 굽기 약, 등의 기능을 가진 온도조절 손잡이가 있는 투명창이 달린 오븐 레인지. 이 오븐은 심지어 이름까지 있다. "사모님, 당신의 로라가, 여러분의 가족이 아주 좋아할 요리를 무엇이든 성공적으로 만들 수 있게 해줄 것입니다." 시시한 얘기지만, 그래도 내 인생의 첫 번째 수플레가 오븐에서 부풀어 오르는 것을 보는 일은 꽤 만족스러웠고, 그는 감탄했다. 브라보, 정말 성공적이야. 유치하지만, 대수롭지 않게 생각했다. 심지어 우리를 교묘하게 연결해주는 어떤 것, 즐겁게 한 입 베어 문 수플레, 조금 전 사 온 거울을 그가 조심스럽게 벽에 고정한다. 망치랑 꺾쇠 못 좀 줘봐. 우리 셋을 위한 작고 매력적인 둥지. 작년에 살던 그저 그런 가구가 딸린 집과는 아주 큰 차이가 있다, 어떻게 견뎌냈을까. 순진무구한 기쁨. 그러나 그 이면에는, 진열창 앞에서는 의심하지 못했던 악순환. 우리가 끌려 들어간 그 시스템의 흔들리지 않는 논리. 종일 드리워져 있는 베일 커튼, 대단히 비싸게 주고 구매한 가구들, 그것 때문에 빚을 졌는데, 어떻게 그것들을 '유지보수'하지 않을 수 있으며, 어떻게 먼지가 그것들에 쌓이게 내버려둘 수 있으며, 일상의 지저분함이 그것들을 더럽히고, 흉하게 만들도록 그냥 둘 수 있을까. 침대 밑에서 경쾌한 춤을 추는 양 떼 모양의 먼지들, 끓어 넘친 후 적갈색 그림으로 말라버린 우유, 예전에는 그런 것들이 거슬리지 않았다. 이제는 아름다운 주변 환경을 보호해야만 한다. 조화를 이뤄야 한다. 보이지 않는 먼지까지도 빨아들이려면 유용한 도구를 여럿 갖춘 최신 청소기가 있어야 하지 않을까. 노력하면 돼, 벽장에서 청소기를 꺼내서, 조립하고, 이것저것 도구들을 바꾸고, 다시 정리하고, 비로 쓰는 것보다 시간이 세 배나 더 걸린다고 해도 어쩔 수 없지. 그렇다, 그런 걸 좋아하지 않았음에도, 나는 맹렬히 이 방에서 저 방으로, 이 콘센트에서 저 콘센트로 뛰어다녔다. 그럴 수밖에 없다고 생각했다. 아니면 다른 방법으로, 내가 상상할 수도 없는 완전히 다른 방법으로 살아야 했으리라. 안시는, '미래의 상황'이었다.

그럼, 열두 시에 봐, 안녕, 저녁에 봐. 고독. 밤 열 시에 화장실 창문에서 느꼈던 열여덟 살 때의 고독도 아니었고, 이탈리아에서, 루앙에서, 그가 막 나간 호텔 방에서 느꼈던 고독도 아니었다. 아무 연관성 없는 잡일들을 하면서, 아직 말 못 하는 아이와 남겨진 빈방들의 고독. 나는 이 고독에 익숙해지지 않았다. 갑자기 버려진 것 같았다. 그는 길거리의 차가운 공기와 문을 여는 상점들의 냄새를 맡을 것이고, 사무실에 도착할 것이고, 일을 시작하기는 쉽지 않겠지만, 서류 작업을 마친 후에 기뻐할 것이다. 질투한다, 당연히, 그렇지 않을 이유가 없다, 어려운 일에 대한 두려움, 그 어려움을 극복하는 쾌감을, 나 역시 사랑한다. 이 아늑한 집에서, 어떤 어려움과, 어떤 승리감을 느끼겠는가, 실수하지 않고 마요네즈를 만드는 것일까, 울고 있는 아이를 웃게 만드는 것일까. 나는 다른 시대에 살기 시작했다. 여기저기 카페 테라스에서 보낸 부드럽고 감미로운 유예된 시간들, 10월의 몽테뉴 카페는 끝났다. 시간 가는 줄 모르고 마지막 장까지 책을 읽으며 보낸 시간, 친구들과의 토론으로 보낸 시간도 끝났다. 어린 시절과 이전의 몇 년간의 리듬, 공부할 때의 충만하고 긴장된 순간들, 그리고 머리와 몸이 갑자기 둥둥 떠다니다 풀어지고, 휴식이 이어지는, 그런 리듬은 나에게서 사라져버렸다. 하지만 그에게서는 사라지지 않았다. 정오, 저녁, 토요일과 일요일에 그는 느긋한 시간을 갖고, 〈르 몽드〉를 읽고, 레코드를 듣고, 수표책을 확인하고, 심지어 심심해한다. 휴식 시간. 이제 나는 한결같이 잡다한 일들로 포화 상태에 이른 시간만 보낼 뿐이다. 세탁소로 보내야 할 빨랫감, 다시 달아야 할 와이셔츠 단추, 소아과 의사와의 약속, 바닥난 설탕. 결코 감동을 주지도 못하고, 아무도 웃기지 못하는 목록. 시시포스와 그가 끊임없이 정상으로 밀어 올리는 바위, 지평선을 등지고 산 위에 우뚝 서 있는 남자는 그럴듯하게라도 보이지만, 부엌에서 1년에 365번 프라이팬에 버터를 던져넣는 여자는, 멋지지도, 부조리하지도 않다. 그냥 여자의 삶이다. 그러면 대체, '당신은 체계적이지 않아'는 무슨 말인가. 체계적. 여성들을 위한 멋진 말, 모든 잡지에는 조언들로 넘쳐난다. 시간을 버세요, 이렇게 저렇게 하세요, 내 시어머니 같다. 만약 내가 여러분이라면 좀 더 빨리하기 위해 이렇게 하겠어요, 하지만 사실 이런 비결들은 고통을 느끼지 않고, 우울해하지도 않으면서 최단 시간 내에 최대한 많은 일을 할 수 있게 하기 위한 것이다. 일을 다 해치우지 않으면 주변 사람들이 불편할 테니. 나 역시, 장보기 목록 메모, 찬장 안에 비축해둘 물품, 느닷없이 찾아오는 방문객을 위한 냉동 토끼고기, 미리 만들어놓은 프렌치드레싱 병, 다음 날 아침 식사를 위해 저녁에 미리 놓아둘 그릇들을 생각했다. 현재를 끊임없이 잡아먹는 시스템, 학교에서처럼 끝없이 앞으로 나아가지만, 결코 그 어떤 일도 끝을 볼 수 없다. 내 신조는 스피드였다. 경쾌한 움직임, 애정 어린 걸레질, 토마토를 작은 꽃모양으로 만드는 일 따위는 절대 하지 않는다. 대신에 종종 헛된 기대로 끝나긴 하지만, 아침나절에 한 시간을 빼낼 요량으로, 가능한 한 하루에 좀 더 긴 시간을 마련하기 위해서, 돌격하는 걸음걸이로, 질주하듯 집안일을 해치운다. 마침내 되찾은 나만의 시간, 그러나 언제나 위협당하는 시간, 아이의 낮잠.

꽃다운 나이의 2년 동안 내 삶의 모든 자유는 아이의 오후 수면 상태에 달려 있었다. 우선 살펴본다, 규칙적인 숨소리, 조용하다. 자는 건가, 왜 오늘은 안 자나, 짜증이 난다. 마침내 잔다, 부서지기 쉬운 시간의 유예, 자동차 클랙슨, 초인종, 층계참에서 들려오는 대화 소리에 아이가 생각보다 빨리 깨어날까 두려워 안절부절못하는 나는 침대 주변의 세상을 목화솜으로 꽉 채우고 싶다. 중등교원 자격증 준비를 위해 달려드는 두 시간. 여기저기서 들리는 고함소리들. 블록이 무너지는 소리, 곰인형의 날카로운 소리가 날 때마다, 완전히 궁지에 몰린 느낌. 그러나 깨어난 아이는 너무 예쁘고, 완전히 생기발랄하고, 아주 즐겁게 논다는 사실을 나는 알고 있다. 나 역시 활기차게 블라인드를 말아 올렸고, 활기차게 말했다. 참 잘 잤네, 쉬하고 오렴, 둘이 공원에 산책하러 가자, 백조들에게 빵 던져주자. 나는 많이 웃고, 노래도 부르고, 간지럼을 태우며 모성의 즐거움을 키웠다. 내 마음과는 달리 내 공부를 계속하기 위해 귀마개로 귀를 틀어막고 아이를 안전울타리 안에 내버려두고 싶은 비열한 욕망. 나는 무엇보다 먼저 좋은 엄마가 되어야 하고, 아이가 깨어나자마자 그의 방으로 달려가고, 세심하게 기저귀를 확인하고, 쿵쿵 냄새를 맡고, 유아차 외출을 준비해야 한다, 하지만 천천히, 아이의 리듬에 맞추는 것이 우선이다. 그런데 무엇이 나를 그렇게 하도록 만들었나, 내 어린 시절에 제대로 된 보살핌을 받지 못한 어린애들, 시큼한 냄새가 나고, 피곤한 이웃 아줌마나 노망난 할아버지의, 교육적이라고 할 수 없는 감시 아래 홀로 자란 어린애들, 그 어린애들을 예로 들 수 있을 것이다. 그들의 어머니들은 가난했고 육아에 대해 아무것도 몰랐다. 반면에 나는 예쁜 아파트에 살고 있고, 공기 주입식 욕조, 아기 체중계, 엉덩이에 바를 크림도 있으니, 같지 않다, 그리고 '모든 것이 세 살 이전에 결정된다'는 정신분석학의 저주까지, 아주 잘 알고 있다. 그 저주는 24시간 내내, 오직 나에게만 무거운 짐이 된다. 내가 아이의 양육 전부를 맡고 있으니까. 그리고 나는 체계적이고, 위생적이며, 현대적인 어머니들, 그들의 남편이, 공장이 아닌, '사무실'에 있는 동안, 자신의 가정을 관리하는 어머니들의 바이블을 읽었다. 『내가 내 아이를 키운다』라는 제목의 책, 그 '내가'는 바로, 엄마인 나. 4백 페이지가 넘고 10만 부가 판매된, '엄마라는 직업'에 대한 모든 것이 들어 있는 이 책을, 안시에 도착한 후 얼마 지나지 않은 어느 날, 그가 선물로 나에게 가져다주었다. 책에 나온 여성은 권위 있는 목소리로 어떻게 온도를 재고, 목욕을 시키는지 가르쳐주는 동시에, 동요를 부르듯이 이렇게 속삭이라고 한다. "아빠는 대장이고, 영웅이야, 명령하는 사람은 바로 아빠고, 그게 당연해, 아빠가 가장 크고, 가장 강해, 가장 빠른 자동차를 운전하는 사람도 아빠야. 엄마는 요정이야, 흔들어 재워주고, 위로하고, 미소 짓는 사람이야, 먹을 것과 마실 것을 주는 분이지, 우리가 부를 때 엄마는 항상 거기에 있어." 425페이지에 나오는 구절. 이 목소리는 끔찍한 것들을 말한다. 나 외의 다른 누구도 그렇게 아이를 잘 돌볼 줄 모른다고, 심지어 아이의 아빠도 부성 본능을 가지고 있지 않고, 단지 부성의 '소질'만 갖고 있다고. 참담하다. 게다가 공포심을 자아내고 죄책감이 들게 하는 교활한 방법, "아이가 당신을 부릅니다… 당신은 못 들은 척합니다… 몇 년 지나면 당신은 '엄마, 가지 마'라는 말을 아이에게서 듣고 싶어서 무슨 짓이라도 하려 들 겁니다."

그래서 매일 오후 나는 나무랄 데 없는 엄마가 되기 위해 아이를 데리고 외출했다. 외출, 그것을 이전과 똑같은 단어인 '외출하다'로 부르다니. 나에게는 이제 집 밖이란 존재하지 않았다. 그것은 아이나, 돌아올 때 내가 사게 될 버터와 기저귀 팩처럼 똑같이 신경 써야 하는 일이 있는, 집안의 연장이었다. 호기심도 아니고, 뭔가의 발견도 아닌, 단지 필요에 의한 것. 하늘의 색깔, 벽들의 윗부분에 반사되는 햇빛을 보지도 못한 채, 개들처럼 나는 안시에서 먼저 인도(人道)들만을 알게 되었다. 항상 코를 땅에 박고 갈 길을 확인하고, 가장자리 돌의 높이, 너비를 확인하고, 통과할지 통과 못 할지 판단하고, 전봇대들, 〈프랑스 수아르〉와 〈프랑스 디망쉬〉의 광고판들, 아무 생각 없이 유아차 쪽으로 몸을 던지는 사람들과 같은 장애물 사이를, 우회해야 할지 아닐지 결정해야 한다.

공원에서 우리는 여자들끼리 벤치에 조용히 앉아 있거나, 오후 한창때 오솔길 사이로 한가롭게 산책을 한다. 시간을 죽이며, 아이가 자라기를 기다리며. 여자들이 내 아이의 나이를 물어보았고, 그들의 아이와 치아, 걸음, 청결 상태를 비교했다. 나중에 아이가 걷게 되고 다른 아이들과 놀게 되었을 때, 우리는 날카롭게 감시하면서도 겉으로 드러내지는 않았다. 우리는 바로 옆에서 똥을 싸는 더러운 개들에 대항하여, 오솔길에서 자전 거를 타는 열두 살짜리 큰 애들에 대항하여, 공모자들이 되었다. 저런 일은 못 하게 해야 해! 다른 대화는 전혀 없거나 거의 없었다. 아이들에 대한 맥빠지는 의견과는 상관없는, 고작 3년 전에 여자 친구들과 나누던 가슴 뛰는 연애 이야기들을 떠올렸다. 그런데 과연 "나는 오늘 저녁 누구누구랑 데이트할 거야, 어떤 드레스를 입을까"와 "우리 서둘러서 가자, 아빠가 곧 돌아올 거야"라는 문장 사이에 그렇게 큰 차이점이 있기는 한가. 우리는 기혼녀라는 굉장한 후광을 달고 각자 고립되어서, 남편의 그림자가 항상 우리 사이에 드리워져 있기라도 하듯, 감히 멋대로 행동하지도 못하고 마음대로 이야기도 못하기에 안전한 주제인 아이들에 관한 이야기로 다시 돌아간다. 우리 주변의 경치는 찬란했고, 호수와 청회색 산들이 펼쳐져 있었다. 6월에는 카지노 오케스트라가 관광객들을 위해 테라스에 설치되었고, 블루스곡과 파소 도블레가 모래사장까지 들렸다. 삶, 세상의 아름다움. 모든 것이 나의 외부에 있었다. 이제 발견할 것이 아무것도 없었다. 돌아가서, 저녁을 준비하고, 설거지하고, 책을 펴놓고 두 시간을 어영부영 보내고, 잠자고, 다시 시작한다. 물론 섹스도 하지만, 그 행위 역시, 기대도 모험도 없는, 집안일이 되어버렸다. 돌아오는 길에는 커

다란 인도가 있는 중심가를 거쳐 집으로 돌아왔다. 아가
씨들, 남자들이 카페에 들어가고 있었다. 나는 어린아이
와 함께 있어도 불편하지 않은 도시의 유일한 장소로 들
어갔다. 여자 점원에서 여자 고객들까지, 힘들이지 않고
음식과 아이를 동시에 밀 수 있는 카트가 있는, 여자들
의 장소. 슈퍼마켓은 외출의 보상이다.

그래, 나는 안다. 아이가 백조를 보고 웃었고, 잔디 위
를 기었고, 그런 후 공을 던지기 시작했고, 세발자전거
를 보고 경탄했고, 심각한 표정으로 미끄럼틀을 내려왔
다. 그런데 나는. 오지도 가지도 못하고 처박힌, 질식할
상황이라고 해야겠지, 하지만 곧이어 드는 의심, 나는
여전히 자기 생각만 하는 여자는 아닌가, 아이가, 바로
당신의 아이가 잠에서 깨어나는 것을 지켜보고, 먹이고,
달래서 재우고, 첫걸음마를 이끌어주고, 아이의 수많은
첫 번째 '왜'에 대답하는 임무의 위대함을 느끼지 못한
다면, (단두대의 날이 '탕' 하고 떨어질 정도로 목소리 톤은
점점 올라가리라) 아이를 갖지 말았어야지. 세상에서 가
장 멋진 직업을 갖든 말든, 하나하나 따지지는 말자. 나
는 결코 그런 위대함을 느끼지 못했다. 행복을 놓치지
않기 위해, 나는 『내가 내 아이를 키운다』라는 책이 필
요하지는 않았다. 몇 번 느꼈던 행복은 늘 갑작스럽게
찾아왔으니까. 9월의 어느 오후, 나는 아이에게 빨간 자

동차 장난감을 사주었다. 나는 18개월 된 아이가 약한 다리로, 욕심을 부리며 두 손으로 자동차를 꼭 쥐어 자신의 스웨터에 밀착시킨 채, 억척스럽게 프리주닉 상점 계단을 한 걸음 한 걸음 내려오는 것을 보았다. 그리고 그 며칠 전에는, 처음으로 아이가 일어서서, 긴장한 얼굴로 허공으로 뛰어올라, 안락의자에서 내 의자로 건너 뛰었고, 그리고 한 번, 두 번, 여러 번 성공하고서, 한 번 웃더니, 뒤이어 아주 많이 웃었다. 나 '역시' 진정한 엄마임을 증명하기 위해서, 예전에 내가 진정한 여자라는 것을 증명하려 했던 것처럼, 모든 것을 기억할 필요는 없다. 나는 또한 비교하고 대립시키는 논리에 빠지고 싶지 않다. 아이와 함께 보냈던 순간들이 타이프를 치거나 볼베어링을 만드는 일보다 더 풍요롭다고 생각하지 않으세요? 심지어 모든 책보다 그 순간들이 가치 있지 않나요? 이런 게 삶이죠, 상상이 아니고. 세상이 내게 준 가장 멋진 선물, 바로 그것 때문에 나는 안경 쓴 노부인을 찾아가지 못했다. 지금 나는 예측할 수 없는 삶, 열여덟 살 때는 상상할 수 없었던 삶, 아기의 이유식, 테트라콕* 예방접종, 비누로 세탁해야 하는 방수팬티, 잇몸에 발라주는 들라바르 시럽과 더불어 살아온 삶에 관해 말

---

* 소아마비, 디프테리아, 파상풍, 백일해를 한꺼번에 예방하기 위한 백신.
DPT 백신.

하고 싶다. 한 존재에 대한 절대적이고, 완벽한 부양 의무. 책임이 아니라는 사실에 주의할 것! 나는 아이를 혼자 키운다, 감시받으면서. 의사가 뭐라고 그래, 아이 손톱이 너무 길어, 당신이 잘라줘야겠어, 아이 무릎이 왜 그래, 넘어졌어? 당신 그 자리에 없었어? 간략한 보고, 언제나, 하지만 강압적인 어조가 아니라, 부드러운 평상시 어조. 먹이고, 씻기고, 긴 밤을 위해 새 기저귀를 채우고, 흡족해하는 아이를 그가 저녁에 자신의 품에 안을 때, 마치 아이를 아빠에게 보여주는 그 10분을 위해 내가 종일 견디어온 것 같다. 그는 아이를 허공에 던지고, 간질이고, 온몸에 뽀뽀한다. 나는 그 둘을 바라보았고, 웃었고, 맥빠진 만족감을 느꼈다. 아이를 돌보고, 정성을 쏟고, 나를 희생한 시간들. 그의 어머니처럼. 당신은 왜 그렇게 불평을 해, 미혼모들과 이혼한 여자들은 저녁에 자기희생을 선물할 남자조차 없잖아. 그러나 여러 번, 공원에서, 유아차를 밀면서, 나는 나의 아이가 아닌, '그의 아이'를 산책시킨다는 이상한 느낌을, 남편이자 아빠인, 그를 중심으로 돌아가는, 그를 안심시키는, 위생적이고 조화로운 시스템 속에서 움직이는 말 잘 듣는 하나의 부품이라는, 이상한 느낌을 받았다. 털 달린 피코트와 바지 차림으로 오솔길에 아이와 함께 있는 현대 여성. 호수 위에 백조들이나 비둘기 떼가 있으면 더 좋고. 만약 그가 이런 나와 마주쳤다면, 그의 마음에 들었을 한 점의 그림.

그는, 유아차에 아이를 태우고, 죄송합니다, 죄송합니다, 라고 말하면서 조심스럽게 길거리의 사람들을 밀치면서 안시를 돌아다닌 적이 단 한 번도 없었다. 벤치에 앉아서, 오후가 흘러가기를, 아이가 어서 자라기를, 기다려본 적도 절대 없었다. 그는 일이 끝난 후, 두 손을 호주머니에 찔러넣고, 조용히 안시를 구경했고, 그에게는 모든 공간이 자유로웠다. 나는 유아차를 밀고 가는 길, 장을 보러 가는 길, 정육점, 약국, 세탁소 가는 길 같이 유용한 길만 알았다. 저녁에 의사, 미용사와 약속이 있을 때, 무엇인가를 구매할 때면, 나는 혼자 외출했고 그가 아이를 돌봤다. 나는 반쯤 기절한 파리처럼 인도 위를 미친 듯이 굴러다녔다. 혼자가 된 여자의 걸음걸이를 다시 배워야만 했다. 우리 집, 우리 아파트는, 분명 그의 마음속에 피난처의 이미지로 간직돼 있었을 것이다, 문을 열고 들어오자마자, 정리해야 할 상자, 준비해야 할 아이의 식사, 목욕 시키기, 이런 것들이 눈에 확 들어오는, 늘 정리 정돈해야 하는 그런 공간의 이미지는 아니었을 것이다. 요컨대 우리는 같은 아파트에서 살고 있지 않았던 셈이다. 그는 담배에 불을 붙이고, 부드럽게 비치는 램프와 가구들의 반사광을 둘러보고, 반짝이는 변기에 오줌 싸러 가고, 매일 깨끗하게 청소된 세면대에서 손을 씻고, 복도의 깨끗한 타일을 가로질러, 거실에서 〈르 몽드〉를 읽었다. 그는 따스함이 곳곳에 스며 있는 집안을 느낄 수 있었고, 거기서 편안하게 긴장을 풀 수 있었고, 그러니 자기 집이라고 여기는 것이다. 그는 닦지도, 문지르지도 않으면서, 집안 구석구석을 똥파리처럼 염탐했다. 오직 즐거움만 있다. 특히 걸레, 아작스 세제, 혹은 바닥 청소용 물걸레가 나뒹굴어서는 안 된다, 저게 여기 왜 있는 거야, 장식에 어울리지 않는 터무니없고 견딜 수 없는 물건인 양, 그는 '저것'을 손가락 끝으로 가리키며 말한다. 오직 아름다움과 질서만. 오후 두 시. 부엌에서는 점심 식사의 모든 흔적이 지워졌고, 개수대는 얼굴이 비칠 만큼 반짝인다. 푸른색 바탕에 목동이 피리를 연주하는 모습이 그려진 전원풍 화분을 테이블 위에 갖다놓았다. 가구 광택제 오세다르의 은은한 향기. 아이는 잔다. 누구를 위해 그리고 왜 이렇게 정돈해야 하는가. 격식 없이 누가 집에 들르는 거라면, 숙모, 이모, 고모 들처럼 말할 필요도 없었으리라. 집에 신경쓰지 마세요. 아침 일곱 시부터 시작된 나의 분주한 움직임은 이런 공허함에 다다른다. 이런 시간이야말로 여자들이 알약을 삼키거나, 작은 잔에 술을 따르거나, 마르세유행 기차를 타는 시간이 틀림없다. 멈춰버린 세계.

그는 배가 고팠다. 무릎에 냅킨을 펼치고, 뭘 먹을지 결정할 필요 없이, 준비하지도, 휘젓지도, 지켜보지도 않고, 조리 단계마다 냄새를 맡아보지도 않고, 완전히 새로운 음식이 나오는 걸 바라보는 일은 과연 어떤 느낌일까. 나는 기억나지 않는다. 물론 가끔 레스토랑에 가지만, 드문 일이다. 베이비시터를 찾아야 하고, 돈 냄새를 풍기는 음식들, 내가-오늘-저녁-당신을-외출시켜줄게-여보, 라는 말을 듣는 것은 특별한 경우다. 그를 위한 기념일도 아닌데, 하루에 두 번, 평온하게, 고맙다고 말할 필요 없이, 레물라드 소스를 친 맛있는 셀러리, 살짝 익힌 비프스테이크, 작은 냄비 속에서 지글거리는 튀긴 감자. 내가 그의 앞에 감자를 놓아줄 때는, 이미 나는 30분 전부터 감자 냄새를 맡고, 거의 미리 씹어보고, 소금의 양과 조리 온도를 살피며 계속 맛을 보았기에, 먹고 싶어서 군침이 도는, 진짜 식욕은 사라지고 없다. 그러나 그는, 어쨌든 먹어야 하고, 이미 만만찮게 들어간 내 노력에 보상해야 하고, 남기지 말아야 한다. 남은 음식은 끔찍하다. 마치 에너지를 낭비하고, 헛수고를 한 것 같다. 다시 맛보고, 다시 내놓고, 재탕해야 할 남은 음식을 냉장고 속에 넣는 일은, 생각만 해도 벌써 머리가 아프다. 먹는 즐거움과 호기심이 완전히 붕괴하는 걸 바라지 않았다. 깨작거리며 먹는 여자들, 본모습을 보면 대체로, 불만에 차 있는 여자들, 어린애 같은 여자들, 은밀하게 입이 주는 만족감, 우우, 나쁜 태도. 그러나 나는 몰래 먹는 초콜릿과 치즈 조각들, 샐러드 그릇째 핥아먹은 파스타가 내 허기를 채워줬다고 생각한다. 조금씩 먹는 간식이 나의 패스트 푸드였는데, 식탁의 의식(儀式)을 상기시키는 접시도 식기도 없이 먹을 수 있고, 계획하고, 구매하고, 준비해야 하는 지긋지긋한 음식에 대한 복수이기도 했다. 365를 두 번 곱한 식사, 프라이팬과 냄비 가스에 올려놓기 9백회, 깨트린 수천 개의 달걀, 뒤집은 수많은 고기, 비워 낸 수천 개의 우유 팩. 모든 여자가 해야 할 당연한 여자의 일. 곧바로, 그처럼, 직업을 가진다 해도, 내가 음식 만드는 일을 피할 수 없을 것이다. 단지 남자라는 이유로, 매일 하루에 두 번, 의무적으로 해야 하는 일이 무엇이 있는가. 아주 예전의 사춘기 시절, 한 달에 한 번 만든 조그마한 초콜릿 무스는, 내가 다른 소녀들처럼 열 손가락으로 뭔가를 만들 수 있다는 걸 보여주기 위한 나의 즐거운 알리바이였다. 정성스럽게 만들어진 수 킬로그램의 음식이 곧바로 탐욕스럽게 먹히는데, 그게 바로 삶을 살아간다는 것이고, 그건 우리가 보는 관점에 따라 달라진다. 내 관점에서 보면 그것은 죽음으로 다가가는 행진과 닮아 있다.

습관이 생겼다. 나는 조그맣고 빨간 매듭으로 묶여 있는 부엌의 메모판에 쇼핑목록을 적었고, 주중에는 간단한 음식을 요리했고, 일요일과 가족 모임 때에는 특별한 음식을 요리했다. 그럼요, 좀 더 드세요. 맛있구나, 내 딸, 정말 맛있어. 그들이 푸짐하게 먹고 마시기를, 기쁜 표정을 내게 한껏 지어 보이기를, 쟤가 부엌에서 그렇게 잘해낼 줄 누가 상상이나 했겠어, 집안일 하는 여자는 아니라고 생각했다니까, 정말 놀라워. 나는 이전의 시간과 비교하기를 그만두고, 요리가 아무것도 아닌 양, 마치 매일 씻는 것처럼 자연스러운 것인 양 행동했고, 거기서 만족을 얻으려고 노력했다. 요리책을 뒤적이면서, 원한다면 결코 같은 요리를 만들지 않으면서, 끝없는 창조 행위를 한다는 느낌을 가질 수 있다. 그럼에도 불구하고 어쨌든 나는 요리에 발목을 잡혔다.

저녁 일곱 시, 냉장고를 연다. 달걀, 생크림, 샐러드, 음식물이 냉장고 선반 위에 줄지어 서 있다. 최소한의 저녁 식사도 준비할 마음이 전혀 없고, 더 나쁜 것은, 아무 생각도 떠오르지 않는다는 것이다. 공급자의 의기소침, 기능 정지. 마치 내가 아무것도 할 줄 모르는 것처럼. 1분간의 마비 상태, 냉장고가 웅 소리를 내며 돌아간다, 명령을 상기시켜주듯. 무언가 먹을 것을, 뭐가 됐든, 계속 만들어야 한다. 그래서 내 몸이 기계적으로 기억하고 있는 달걀부침과 스파게티를 만든다.

　최악은, 슈퍼마켓에서의 예측할 수 없는 정신 분열 증세다. 밀가루, 식용유, 고등어 통조림 판매대 사이로 카트를 밀고 간다. 망설임. 항상 전조가 있다. 내 옆에서 여러 여자가 대범하게, 전문가처럼, 선반을 약탈하다시피 하고 있다. 다른 여자들은 저장식품, 비스킷 통 앞에 진을 치고서, 그것들을 뒤집어보고, 끔찍할 정도로 주의를 기울여 설명 문구를 읽는다. 아마 나에게는 내일을 위해, 그리고 주중의 다른 날들을 위해, 수많은 것들이 필요할 것이다. 그런데 나는 이제 그 무엇도 사고 싶지 않다. 나는 점점 더 구분이 안 되는 식품류 통로 안으로 나아간다. 모든 것이 나를 무섭게 한다, 음악, 불빛, 다른 여자들의 결단. 나는 식품 기억상실증에 걸렸다. 만약 내가 되는대로 행동했다면, 곧장 나와버렸을 것이다. 노력해야 한다. 포장된 돼지고기 가공품, 치즈를 되는대로 카트에 집어 던지고, 식품들로 넘쳐나는 승리의 카트들 뒤에서 진득이 기다려야 한다. 여자 고객들은 양손으로 식품들을 자기 앞에 자신 있게 내보인다. 나는 밖으로 나와서야 해방된 느낌이다. 냉장고 앞이나 카트 뒤에서 느끼는 실존적 구토, 멋진 농담이라며, 그는 웃을 것이다. 그 수련 시절의 모든 것이 내게는 초라하고, 무의미하고, 말로 표현할 수 없는 것처럼 느껴진다. 사소한 불평들, 먼지 속에 흩어지는 하소연들은 제외하고, 나는 피곤해, 손이 네 개가 아니잖아, 당신이 직접 하면 되겠네, 집안의 단조로운 노랫가락처럼 이런 말들이 저절로 입에서 나오는데, 그는 그걸 무심하게 들어 넘긴다. 마치 평범한 언어인 것처럼. 혹은 고용주의 마음속에서 둔감하고 무시해도 되는 후렴구로 규정되는 특수 노동자의 항의인 것처럼.

당연히 끊임없는 계산이 있다. 내가 그에게 점심을 차려주고, 그의 양복을 솔질하면, 그는 막힌 세면대를 뚫고 쓰레기통을 밖에 내놓아야 한다. 레코드판을 사면 나는 책을 사겠어. "우라질!"이라고 하면 나는 "머저리"라고 답한다. 이런 것이 서로 맞바꾸는 자유와는 별로 닮은 것 같지 않다. 그래도 나는 그런 식으로 주고받았다. 진이 빠진다. 내가 책을 사거나 쓰레기가 꽉 찬 채로 내버려두는 이런 치사한 일은, 쾌락이나 진정한 반항에서 비롯한 것이 아니라, 복수심이다. 결혼 초부터 나는, 항상 나를 회피하는 평등의 꽁무니를 쫓아다닌다는 느낌이 든다. 한 장면, 반항, 이혼, 모든 것을 흉내 내는 멋진 장면이 남는다. 성찰과 토론을 대신하는, 한 시간 동안의 마구잡이 초토화, 퇴색한 내 삶 속의 붉은 태양. 치밀어 오르는 열기를 느낀다, 분노의 떨림, 조화를 파괴하는 무례한 첫 문장을 내뱉는다, "하녀 노릇에 진절머리 나!" 그가 가면을 쓰는 것을 지켜보고, 멋진 대답을 기다린다, 나를 자극하고, 잃어버린 언어와 폭력과 다른 것에 대한 갈망을 되찾는 걸 도와줄 대답을. 무턱대고 쏟아내는 말, 그에게 혐오감을 주는 상스러운 말, 이렇게 사는 건 엿 같아, 당신 어머니를 닮으니 차라리 죽는 게 나아, 기왕이면 신성시하는 사람을 언급하며 자연스럽게 그를 공격한다. 우월하게 웃으면서 "당신, 제발"이라는 거창한 말로 나를 막지 못하는, 실성한 것처럼 울부짖을 수 있는 행복. 그러나 '아이 때문에' 스스로 그런 장면을 피하게 되는 시기가 오리라, 당신 창피하지도 않아, 아이 앞에서, 품위가 있어야지, 이건 복종을 의미한다. 단호한 아버지와 입도 뻥긋 못하는 어머니의 그림, 아이들의 평온을 위해 아주 좋은 것.

아마 흐린 어느 일요일이었을 거다. 관광 시즌이 지나면 늘 그렇듯 우중충한 오후가 시작될 때였다. 분명히 내가 아이에게 먹을 것을 주었고, 우리는 점심으로 로스비프, 강낭콩을 먹었고 아마 커스터드도 먹은 것 같다. 마지막에 설거지도 끝냈다. 갑자기 경쾌한 목소리, 자연스러운 문장이 들려온다. "리츠에서 베르그만의 마지막 작품이 상연된대." 또 다른 문장이 들려온다. "내가 오늘 오후에 거기에 가면 당신 화낼 거야?" 내가 침묵하니까, 마지막 문장이 들린다. "아이 보는 데 두 명이 있을 필요가 있을까?" 나는 주저앉지도 고함치지도 않았다. 냉소적이고 논리적인 결론, 이게 결혼이다, 둘 중 어느 한 명의 우울을 택하는 것, 둘이 함께하는 것은 낭비다. 내 자리는 아이 곁이고 그의 자리는 영화관이며, 그 반대는 가능하지 않다는 것도 당연했다. 그는 영화관에 갔다. 나중에 그는 여름이면 테니스 치러 갈 것이고, 겨울이면 스키 타러 갈 것이다. 나는 아이를 보살피고 산책시킬 것이다. 참 멋진 일요일들…. 세 시에 아이 방의 블라인드를 걷어 올린다. 비어 있는 거리, 공원, 백조들이 보인다. 때때로 드는 시기심. 집안이나 유아차 뒤에서 바라본 세상은 두 종류로 나누어져 있다, 그가 소유할 수도 있을 여자들과, 이제 더는 내가 소유할 수 없는 남자들로. 저녁이면, 그가 굶주린 늑대처럼 게걸스럽게 먹으면서 자신의 하루를 이야기한다. 스키 이야기로 입맛을 돋운다. "내 남편은, 매주 일요일 사냥하러 가, 내 남편의 열정은 요트 타는 거야." 낚시, 산행, 브리지 게임, 클라리넷, 페탕크, 당구, 남편들은 열정을 갖고 있고, 아내들은 언제나 이해심이 풍부해서, 거의 자랑스럽게, "남편은 합창을 하거나, 페탕크를 치며 하루 종일 며칠을 보낼 수도 있을 거야"라고 말한다. 그런데 당신 부인의 열정은 무엇인가요? 테니스를 다시 시작하고 싶어

하는 것 같긴 한데, 정말 하고 싶어 하는 건지 나는 잘 모르겠네요. 욕망은 저 혼자 떠나버릴 것이다, 하나씩 하나씩, 필연적으로. 나 성가시게 좀 하지 말아, 당신도 스키 타, 당신도 자유롭잖아! 물론이지, 먹을 것, 아이, 집안일에서 벗어난 후에야 정신적으로 자유롭지.

그가 나를 아이와 둘만 남겨두지 못하게 막아야 하고, 그러도록 강제해야 한다. 서로에게서 독립적일 것, 서로를 제약하지 않기 위해 결속되지 않을 것, 그는 이런 나의 예전의 원칙들을 내 얼굴에 던져버릴 수 있는 유리한 상황에 있었다. 더 해보시지, 나를 강력접착제 취급하든가, 더 오만하게, 악녀 취급하든가, 남편을 거세하는 여자 취급해보시지. 그가 말하는 프로이트, 나도 안다, 나도 어딘가에 프로이트의 책을 갖고 있다고 그에게 말한다, 그러나 나는 거세하는 여자가 되고 싶은 마음이 없다, 그게 얼마나 역겨운 이미지인데. 그러면 어느 쪽을 택해야 했을까, 그 고독, 공원 산책, 혹은 텔레비전 앞 두 연인의 가짜 교감(交感), 일요일마다 사슴 공원을 찾아오는 한가한 가족들, 동물원의 오솔길, 다른 사람들의 부인을 곁눈질하면서 혹은 서로 곁눈질하면서 어깨 위에 아이들을 태우고 걷는 아빠들이 있는 독특한 전경들. 비통하다. 일요일, 낮잠 자는 시간에, 다른 날들과 마찬가지로, 여전히 나를 인도하는 별빛인 자격증 시험을 위해 열심히 공부했다.

시험 두 달 전, 나는 유아원을 선택했고 어쩔 수 없는 죄책감을 느꼈다, 아침에 창구를 통해 맨몸의 아이를 보모에게 건네주면서, 저녁에 시에서 제공하는 타탄체크 무늬 셔츠를 입은 아이를 단숨에 알아보지 못할 때. 언제나 사람들은 자기 일까지 하며 시험에 성공한 남자의 꿋꿋한 부인을 칭찬하고, 소중하게 생각한다. 그의 성공에서 반은 당신 몫이에요, 그를 정신적으로 도왔고, 지지했고, 아이가 울지 않게 했고, 모든 일에서 그의 부담을 덜어줬어요. 그런데 남편의 경우라면, 사람들은 오히려 그를 불쌍하게 여겼을 것이다. 성가신 여자, 그는 그런 여자를 견뎌야 했으니까. 하여튼 그는 사람들이 그를 불쌍히 여기는 것을 더 좋아했고, 겸손한 여자처럼 축하받기를 더 좋아했고, 나를 도와줬다고 의심받는 것을 더 좋아했다. 얼마나 치욕적인가, 존경받는 간부이고 집안의 대장이라는 그의 평판에 대단히 나쁜 요소라니. 남성적 가치들, 신성한 차이, 나는 마침내 많은 것을 알게 되었다.

시험 결과를 확인하고, 1년간의 고된 작업이 씻겨나가는 기분을 느끼고, 내키는 대로 거리를 거닐자, 갑자기 카페나 술집의 향기가, 또한 6월이나 10월의 인파가 행복을 느끼게 한다. 온종일 성공을 음미한다. 예전과 똑같았다. 그런데 막상 중등교사 자격증을 땄는데도, 거기서 어떤 기쁨도 느끼지 못했다. 현대문학사나 연극이론사를 공부하는 와중에 나를 안절부절못하게 하던 낮잠들, 배내옷 세탁, 압력솥 감시, 당근 껍질 벗기기가 너무 많았다. 또다른 행운, 나는 심사위원단이 나의 지적 능력이 아닌 가정의 어머니로서의 공헌에 보상을 했다고 느꼈다.

나는 선생이었다. 선생, 공부의 목적, 해방에 대한 소망, 공원에서의 산책과 수세미로 냄비 닦기와는 다른 삶에 대한 소망. 나는 개학일에 지각할 뻔했다. 도우미가 버스를 놓쳤기 때문이었다. 혼잡한 복도. 먼저 40명의 얼굴, 다음 시간에 35명, 그다음에 24명을 만난다. 한시도 가만히 있지 못하는 그들의 몸, 그들의 눈, 아직 눈치를 보고 있지만 많은 질문으로 나를 난처하게 만들 준비가 되어 있는 그들의 목소리. 멀리에 있는 내 작은 아파트에는, 이 시간, 햇빛이 부엌에 들었을 것이고, 부드러운 먼지, 이유식, 아이의 유순한 부드러움이 있을 것이다. 죽치고 틀어박혀 사는 그런 삶을 나는 무던히도 저주하고 저항하려 했지만 소용없었다. 오히려 그런 삶이 나를 가뒀다. 첫날 아침에 격퇴해야 할 건 두려움. 단지 말하고 들어줄 뿐인데, 집안의 무기력한 침묵이나 아이의 종알대는 소리 뒤에 느끼는 너무나 이상한 느낌. 하지만 기쁨이 찾아왔다. 아마 힘이 주는 즐거움일 것이다. 다시 한번 세상에 뿌리내린 것 같았다. 40명의 학생 사이에서 나의 고독마저도 짜릿하게 느껴졌다. 다시 사는 삶. 퇴근길에 나는 여러 가지 프로젝트, 소풍, 도서관을 생각했고, 건널목에서는 라가르드와 미샤르의 문학 교과서와 학생들 마음에 들 텍스트들을 생각했다. 출근 첫날 저녁을 기억한다. 9월의 늦더위가 겨우 가라앉는 순간, 내가 낮에 만났던 모든 학생에 의해 나의 존재가 공개되고 표출되는 인상을 받았다. 아직 이름도 모르는 얼굴들을, 뾰로통하거나 잘난체하는 표정들을, 자신의 의자에 틀어박혀 다른 생각을 하는 어떤 소녀를, 많은 다양한 광경을 다시 떠올렸다. 곧바로 다음 날 수업을 준비하고, 학생들이 자신들의 가족, 자신들의 취미에 대해 나에게 제출한 신상기록 서류들을 읽고 싶었다. 동시에 기분 좋은 피로감, 일 속에 파묻히기 전에 음악을 듣고, 더 나중에는 다 차려놓은 음식을 편하게 먹고 싶은, 그런 피로감이 몰려왔다. 사실 다른 일은 하고 싶지 않다, 남편처럼. 그러니 그가 옳았다. 하지만 여기까지, 남녀의 차이가 인사를 한다, 앉아서, 아이에게 뽀뽀하고, 〈르 몽드〉를 읽는 일은, 취업 첫날에 마음이 들뜬 여자의 꿈이고 환상이다. 내가 도착하자마자 도우미가 떠난다. 아이의 저녁 식사는 내가 주어야 하고, 내 음식이 접시에 담겨 저절로 배달되지는 않을 것이다. 수업 준비는, 아이가 잠들어야 가능할 것이다. 그는 텔레비전을 볼 것이다. 나는 그냥 선생이 아니고, 절대 그냥 선생이 되지 못할, 여선생이다, 뉘앙스의 차이. 나는 가장 힘들고, 가장 이해하기 어려운, 수련의 두 번째 주기로 들어섰다. 나는 직업을 갖기를 몹시 바랐고, 그것은 아이가 낮잠을 잘 때, 그리고 공원에서 산책할 때도, 나를 인도한 별빛이었다. 한편으로, 가정주부가 되는 것, 나의 공포, 또 한편으로, 독신녀로 사는 것, 텅 빈 존재가 되는 것. 나는 최선을 차지했다고 생각할 수밖에 없었다. 우리는 자신의 삶과 자신이 바랐던 삶을 비교하지 않고, 다른 여성들의 삶과 비교하기에 이른다. 결코 남자들의 삶과 비교하지 않는다, 이건 대체 무슨 생각인가. 하지만 남자 동료들은, 절도 있고, 당당한 걸음으로, 고등학교에서부터 자신들의 자동차까지 갈 수 있고, 노동조합 미팅에 가서 활동할 수도 있고, 서로 발언하고 듣고, 끔찍한 노동조건에 관해 투표할 수도 있고, 선생님은 학생들을 감시할 필요가 없다고, 선생님이 준 벌도 수정할 필요가 없다고, 자신들 업무의 한계에 대해 깐깐하게 다툴 수도 있다. 더 이상의 추가 업무를 하지 않으려는 궤변론자들의 경이로움, 어쩌면 남자들의 습관. 나는 결혼한 여자이자 한 가정의 어머니로, 여기저기 뛰어다닌다. 정오나 오후 다섯 시에, 남자 선생님들은 수업을 끝내고 토론을 하고 싶어 하지만, 나는 시간이 없다. 얘들아 안녕, 내 아이가 나를 기다린단다, 우선 정육점에 들러야 한다. 나는 내가 되리라고 생각했던 그런 시간 여유 있는 여선생님이 될 수 없으리라. 단순히 선생 역할을 하는 것만으로도 벌써 많이 힘든데, 수업하고, 장도 봐야 하고, 과제물까지, 그런데 냉장고에는 아무것도 없다니. 착오가 있다. 알고 보니 만능 집사는 여성이었다. 그래서 남자와 똑같은 일을 하지만 결코 자신의 가정을 눈에서 떼어내지 못하고, 고등학교 정문에 가정을 내려놓았다가 학교를 나갈 때 가정을 다시 들고 간다. 저녁에 스파게티 뭉치를 끓는 물에 쏟아붓고, 내 주변을 맴도는 아이와 함께 있으면, 정말 사소한 뜻밖의 일도, 최소한의 호기심도 밀어 넣을 자리가 없는, 가장자리까지 꽉 찬 포화상태의 삶을 살고 있다고 느낀다. 나는 감히 이런 생각들을 하지 못했다, 어떤 생각들인지 한번 들어보시라, 선생은 '여자에게' 정말 멋진 직업이다, 열여덟 시간의 수업을 하고, 나머지 시간은 집에 있고, 자신의 아이들을 돌보기 좋은 많은 방학, 꿈, 요컨대 주변 사람들에게 전혀 고통을 주지 않는 직업, 자아를 '실현'하는 여성, 돈을 번다, 훌륭한 아내이자 훌륭한 엄마로 남는다, 그러니 누가 이 직업에 대해 불평하겠는가. 나는,

심지어 여기에 더해, 완벽한 여자가 되려는 충동 속으로 빠져들었다. 살림, 아이 그리고 프랑스어 수업 세 개를 모두 홀로 감당하고, 가정의 수호자이자 지식의 분배자, 단순히 지적일뿐만 아니라, 간단히 말해서 조화를 이루는 슈퍼우먼, 결국 이 모든 것을 절충하고 긍지를 느끼는 여자가 되려는 충동. 다른 어떤 것도, 특히 진지한 생각이 더 이상 제대로 먹히지 않을 때는, 서정적인 생각을 해볼 필요가 있다. '완벽하고' 조화로운 남자가 있어 사무실에 출근하고, 집에서는 앞치마를 두르고, 아이를 목욕시킨다. 만약 이런 남자가 존재한다 해도, 그는 이런 사실을 동네방네 떠들어대지는 않을 것이다. 내가 차이 속에 살고 있었기 때문에, 이런 유의 추론은 하지 않았다. 나는 그가 장을 보지 않는 것을 정상적이라고 생각했다, 남자들은 쇼핑카트 뒤에서 제자리에 맞지 않는 우스꽝스러운 표정을 짓기 때문이다. 그의 봉급은 우리 둘에게 상당한 금액으로 여겨지고 내 봉급은 꽤 액수가 되는 보조금으로 여겨지지만 사실 내 봉급에서 도우미 고용 비용과 두 번째 급여에 대한 세금 등 상당 금액을 제해야 하고, 그러고 나면 그의 봉급에 비해 내 것은 초라한 금액이 된다. 그런데 어떻게 내가 즐거움을 위해, 오직 즐거움만을 얻기 위해 일하는 것은 아니라고 감히 말할 수 있을까. 나는 토요일 학급 회의에 참석하기 위해 그에게 아이를 돌보아달라고 맡길 때마다 죄책감을 느꼈다, 그게 아니면 그는 테니스 치러 갈 수 있었을 테니까. 나는 그에게 쓰레기통을 밖에 내놓아달라고 부탁하는 걸 주저했다, 바다같이 많은 집안일에 물 한 방울 덜어내보아야 무슨 소용이 있을까 생각했으니까. 심지어 상냥함도 시도해보았다. 맞춰줘, 이 여자야, 맞춰주라니까, 그게 남자들에게 훨씬 더 효과적이야. 공격적으로 나와봐야 다른 사람 신경을 거슬리기만 해. 그리고 유의해야 할 것, 두 가지 목소리를 가져야 해. 하나는 학생들을 위한 목소리, 힘이 있어야 하고, 남성적 권위, 집에서 호통치고 때리는 아버지들과 가장 가까워져야 하는 목소리, 외부용 목소리. 또 하나는 내부용, 그와 함께 외출할 때 사용하는 목소리, 작은 새처럼, 가볍고, 적당히 개입하고, 수업, 교육 등 외부의 삶과 관계된 모든 것에 대해 말할 때 내는 신중한 목소리. 일만 하는 여자들, 흥분하는 여자들은 알다시피 골칫덩어리들이다. 당신이 균형을 유지하고 있어 다행이야, 그 말은 내가 내 직업에 대해 입을 닫았다는 뜻이다.

휴가. 장난감 양동이와 삽에 에워싸인 채 백사장에 앉아 있는 여자들 가운데 자리를 잡았다. 그러는 동안 아가씨들만이 파도를 향해 뛰어간다. 그리고 잠시 후에는 최악의 위안을 해보는 것도 거리낌 없어져서, 그 처녀들 차례가 올 것이라고, 그 처녀들도 자기들 남편이 온종일 요트를 타는 동안 자신들의 아이들에게 묶여 있게 될 것이라고 혼잣말을 해본다. 나는 가족 바캉스촌, 오로지 가족들만의 바캉스촌을 생각했다. 두 개의 간이식당, 하나는 시끌벅적하고 끈적끈적 달라붙는 아이들 식당이고, 또 하나는 지독하게 심심한 부모들의 식당이 있는 캠프, 오후에는 뭐 하실 거예요? 여기 좋네요, 저는 방문 간호사인데 당신은요? 이런 말이 오가는 가족 캠프. 우리는 어떤 해에는 프로방스의 공기를, 다른 해에는 아키텐의 공기를 들이마셨고, 놀이방에 맡겨둔 아이가 낮잠 자는 동안 둘 다 삽도 양동이도 없이 일광욕을 즐겼고, 밤에는 소나무 아래에서 춤을 췄다. 점심과 저녁에 함께 식사하기, 아이 기르기 같은 협정에 우리가 아직 얽매이지 않았던 그런 삶의 흉내. 단지 흉내일 뿐. 돌아오는 고속도로에서는 흥분할 것이 없고, 아직 남아 있는 보름간의 방학은, 멋진 추억을 남길 것 같지도 않다. 나는 사야 할 것들을 생각한다. 더러워진 옷을 세탁할 세제, 빵, 햄, 우유. 당신, 애 좀 봐주고, 즐겁게 해줄 수 없어? 애가 귀찮게 구는데, 나 지금 운전하잖아. 나는 진짜 가족적인 환경에서 몇 주를 보냈다. 최악의 날들. 줄기 콩을 손질하면서 동서들끼리 수다를 떨고, 반면에 시아버지와 그의 아들들은 낚시하거나 에카르테 카드놀이를 했다. 시어머니는 자랑스럽게 "식사 준비됐어요, 남자분들" 하면서 그들을 불렀다. 이런 좋은 분위기와 즐거운 역할 놀이에서, 나는 내가 정상이 아니고 머리가 돌았다고 생각했다. 남자들에게 까다롭게 굴면 안 좋아, 그들이 긴장을 풀게 둬야지, 아이들처럼 즐기게 놔둬야 해, 아니 뭐라고, 넌 남편이 여자들 뒤꽁무니나 쫓아다니고, 자기 혼자만의 휴가를 즐기는 게 더 낫다고 생각하는 거니, 아이를 등에 업고 아내와 함께 바캉스를 보내는 걸 그도 틀림없이 지긋지긋해할 거다.

개학하기까지 한 달 남짓 남았다. 집에서 주부 노릇을 해야 하고, 그가 사무실에서 일하는 동안 훌륭한 엄마 노릇을 해야 하는 오붓한 한 달의 기간. 당신도 알지, 당신이 선생님이 된 건 엄청난 행운이란 걸. 옷 상태를 세심히 살피고, 얼룩을 제거하고, 아이를 백조들과 미끄럼틀에 데려가고, 복숭아 잼과 새우를 얹은 아보카도 요리를 만들어볼 시간을 갖는다. 그리고 아이가 낮잠 자는 조용한 시간에, 독서를 즐기고, 시를 써본다. 요컨대 현대적이고, 실용적인 여자, 그렇지만 집안일에 얽매이지 않고, 그림, 소파 쿠션, 태피스트리를 만들고, 크로스워드 맞추기를 하는 약간은 창의적인 여자. 그리고 버지니아 울프 '역시' 타르트를 만들었다고 내가 어디선가 읽

었어, 둘 다 못할 건 없다고. 두 시 반. 아이가 잔다. 종이
와 펜. 일기, 시, 소설 무엇이든 쓴다. 아이가 깰 거라는
강박관념. 꼭 그것만이 아니다. 나는 내가 쓰는 것의 현
실성을 믿을 수 없다. 그것은 새우를 얹은 아보카도 요
리와 아이의 산책 사이에 이루어지는 일종의 오락거리
다. 창조하는 척하기. 아이가 깬다. 심각한 일이 다시 시
작된다, 아이를 입히고, 먹을 것을 주고, 공원에 가고,
내일까지 문학 활동은 멈춘다. 가장 좋은 것은, 아이가
낮잠을 자는 동안, 〈누벨 옵세르바퇴르〉 잡지를 훑어보
거나, 혼자 카드 점을 쳐보거나, 발코니에서 햇볕을 쬐
는 것이었다. 지금의 나의 삶에 맞는 것.

　시간이 흐르면서 아이는 기저귀를 뗐고, 유치원에 갔
다. 기저귀와 유아차는 좋지 않은 기억들일 뿐. 이 시기
를, 점진적 해방을, 되돌아올 수도 있을 예전을, 아니면
거의 되돌아온 그 예전을 나는 그렇게 기다렸던 건가.
이제 그런 시간이다. 내게 주어진 온갖 종류의 활동 목
록, 노동조합, 연극클럽에 오세요, 프레이넷 강연회에
오세요, 스키, 테니스를 배우세요. 나는 내가 실제로 무
엇을 하고 싶은지조차 몰랐다. 모든 것을 다 해보았지
만, 어떤 것도 내 마음을 사로잡지 못했다. 너무 시간이
오래 걸리고, 항상 모든 시도를 반만 하다 말고, 모임에

서 나 자신을 변명한다, 아이가 홍역에 걸렸어요, 어떤 모임은 저녁 식사를 준비해야 한다면서 빠진다. 그 모든 것들은 가정불화를 일으키고, 가정에 소홀하게 만들 뿐이다. 금발의 매력적인 동료와의 모험은, 그저 좀 더 많은 대화를 하는 것으로 끝났다. 최악은 퇴근 후 다섯 시에서 일곱 시 사이에 어디에서 비밀데이트를 할 것인가 하는 문제다.

가장 어리석은 모험, 내 능력 범위 안에서 별 힘들이지 않고 위험 없이 시도할 수 있는 가장 나약한 모험, 주판 구슬을 닮은, 몸에 좋지 않은 알약* 21개를 약장 서랍 안에 그대로 놔두면 된다. 내가 어떻게 그런 일을 하기에 이르렀을까? 나는 모든 사람이 허용하고, 사회와 시대의 축복을 받는, 누구의 기분도 거스르지 않는 유일한 일에 뛰어들기 전에 약간 양심의 가책을 느꼈다. 나는 내 행동을 정당화할 멋진 이유를 곳곳에 퍼트린다, 아이 하나, 너무 슬퍼, 안 좋아, 아이 둘, 완벽해, 레미와 콜레트, 앙드레와 줄리앙, 엄마 배를 만져봐, 여동생이 있어, 생각만 해도 벌써 눈물이 날 정도로 따뜻한 장면이다. 진짜 이유는, 아이를 갖는 것 외에는 나의 삶을 조금이라도 변화시킬 수 없다고 생각했기 때문이다. 나는 결코

---

* 피임약을 의미한다.

이보다 더 가라앉지는 않을 것이다.

　일주일이 지났건만 생리를 하지 않는다. 신기하다, 그 생각을 못했다니. 2월의 그날 아침 자명종 소리, 오늘은 수업이 여섯 시간 있다. 의심스러운 구역질이 버섯처럼 하룻밤 사이에 배 속에서 올라왔다. 토하거나 울었다. 내가 선택했던 모험을 이제 확인한다. 유아기의 뛰놀기, 한 손에는 유아차를, 다른 손에는 아이 손을 잡고 산책하기. 교육 연수, 노동조합은 이제 안녕, 겨우내 그에게 플레이보이 같은 얼굴빛을 만들어주는 눈 덮인 산꼭대기들도 나중에. 보살필 아이가 하나가 아니라 둘이면 일요일에는 일이 끝도 없다. 브라보, 기막힌 상상력이여! 몰래 획책한 임신 때문에 어리벙벙해진 그의 표정은, 내가 휘두른 별로 현명치 못한 주도권을 비난하는 것 같았다. 갑자기 신중한 거리 두기. "가장 곤란하게 된 사람은 당신이야, 이 친구야." 더 말해봐야 쓸데없는 일. 나는 잘 알고 있었다, 9개월 후면 나 혼자 분유와 소독을 담당할 것이다, 젖병을 물리는 아빠 역할을 하는 예전의 심심풀이는 끝, 청춘도 끝, 이제는 역할에서 벗어날 수 없다. 어떻게 그가 그걸 할 수 있겠어, 온종일 일하는데, 기타 등등. 나를 기다리는 멋진 출산 휴가 소식을 손에 들고 그의 귀에다 징징대는 소리를 하는 것도 우스운 일이다.

다시 불러오는 나의 배, 덜 놀랍다, 벌써 익숙해진 습관. 아파트에 스며드는 습한 여름, 아이가 공치기하는 호수 앞 광장의 잔잔한 열기, 그늘진 길을 따라 집으로 돌아오며, 나는 완전히 무력감에 빠졌다. 갑자기 멈춰서는 관광객들과 부딪치지 않으려고 나는 손을 앞으로 내밀고 걸었다. 세상과 미래로부터 나를 고립시키는 무게감. 나는 어느 날 밤엔가 드러누우러 가야 하는 보리 바쥐 병원의 고문대 위로 빨리 가고 싶지 않았다. 가능한 한 오랫동안 외동아이와 보내는 마지막 순간들을 즐기고 싶었다. 여자로서의 나의 모든 이야기는, 투덜거리면서 내려가는 계단의 이야기다.

나는 내 침대에서 호수의 푸른 물줄기와 창문 위에서 튀고 있는 뚱뚱한 가을 파리를 보았다. 아기는 완벽했고, 포동포동하고, 아주 잘 먹었다. 이 황금빛 오후에, 나는 규칙적으로 꽃을 피웠다가 거대한 자갈 덩어리가 되는 내 가슴 위로 고개를 끄덕이며 졸았다. 출산 후의 나른함에 잠겨서. 당신, 이 기회를 이용해, 잠도 자고, 병원을 분주하게 돌아다니는 부인들이 주는 걸 여왕벌처럼 받아먹고, 괜히 골치 아프게 쓸데없는 생각들 하지 마, 머리가 복잡하면 아이의 조그만 입에 물려줄 젖이 잘 안 돈대. 증명된 얘기야. 그래, 선물로 들어온 배냇저고리와 인형옷 같은 스웨터를 쳐다보며 즐거워하고,

그리고 둘째가 태어났다고 의기양양한 편지를 써서 소식을 알리기나 하자. 한 시간에 열 번씩 요람 쪽으로 몸을 숙여, 자그마한 새 얼굴을 익히고, 그의 숨결을 확인한다. 내가 모험으로 선택한 것을 많이 즐겨. 이게 마지막 모험이니까. 그만하자, 이제 나는 더는 게임을 하지 않을 것이다. 자발적인 결정이라는 환상, 브리지트와 일다, 그리고 여자아이들 모두가 미래를 꿈꾸던 시절에 상상했던, 이상적인 가정을 만드는 것, 그뿐이다. 어쨌든 둘이 좋다.

좋다, 이 말은 터지기 일보 직전이란 의미다. 본래 의미든 비유적 의미든 똥통에 더 깊이 빠지는 것이 불가능하다는 말이다. 학교 상황과 나의 불룩한 배를 고려해볼 때, 출산 휴가는 긴 휴가가 될 것 같았다. 우리는 점점 덜 힘들어지고 있다. 아침 다섯 시, 줄무늬 신생아 모자를 쓴 아기의 귀를 찢는 울음소리, 1차 우유 먹이기, 다시 잠들었다가 일곱 시에 벌떡 일어나기, 가족의 아침 식사 준비, 큰애 유치원 등원 준비, 2차 우유 먹이기, 집안 청소와 관리, 녹초가 되어, 나 자신을 생각할 겨를이 없다. 그런데 그가 얼마나 다정하게 구는지, 자기 일 '외에' 장도 봐준다, 고맙다, 고마워. 마지막 젖병을 물릴 때까지 잠들지 않으려고 그와 함께 텔레비전을 본다. 피로. 고독. 하지만 밖에서 보면 어떻게 보일까, 사랑스

러운 아기가 잠들어 있는 아담한 유아차와 함께 유치원
출구에서 아이를 기다리는 젊은 여자의 평범한 이미지
겠지. 나는 불평하지 않았다. 출산 휴가가 끝나면 상황
은 더 나빠질 터이고, 내 동료가 나에게 학기 중인데도
학생들을 떠넘길 것이고, 저녁이면 답안지 채점과 수업
준비를 해야 할 것이다. 모르는 이가 둘째 아이를 돌봐
줄 것이고, 내가 그 여자에게 매일 할 일과 주의사항을
알려주어야 할 것이다. 나는 아기 돌보기에 뛰어들었다.
이번에는 진짜다. 혼자서, 꼼꼼하게, 하나하나 살핀다.
첫째 아이에게는 그러지 않았는데, 아, 둘째 아이는, 첫
째 아이처럼 자기 오줌에 찌들지는 않을 것이다, 우리가
학생이었던 시절처럼. 나는 느긋하게 둘째 아이를 공원
에서 산책시킬 것이고, 이번 기회에, 재출간된 『내가 내
아이를 키운다』에 나오는 엄마처럼 될 것이다. 나는 매
주 아이의 체중계 눈금을 쳐다보면서 만족스러운 순간
을 누릴 것이다. 세탁기에서는 더러운 세탁물이 돌고 또
돌아갔고, 구석구석 걸레질한 거실은 오세다르 세제의
좋은 향이 넘쳐났다. 아파트에 저녁의 부드러운 분위기
가 감돌았고, 나는 첫째 아이와 레고 블록으로 집을 만
들었고, 이렇게 말했다. 서둘러, 동생에게 우유를 줘야
해, 아빠도 곧 오실 거고. 그는 돌아와 아이들에게 뽀뽀
해주고, 둘째를 웃게 하려고 간지럼을 태우고, 〈르 몽드〉

를 읽었다. 설거지를 끝낸 후에 텔레비전 앞에 있는 그
의 옆에 앉았다. 화목한 가정. 날씨가 좋으면, 나는 유아
차를 끌고, 거리에서 아무도 밀치지 않으면서, 차분하게
공원에 갔다. 한 벤치에, 어린아이들을 데리고 온 여자
들과 노인들 옆에 앉았다. 유치원에서 첫째 아이를 찾아
올 시간을 기다렸다. 그런 것이 삶이었으리라. 나는 스
물여덟 살이었다.

두렵고, 허둥지둥했지만, 상상을 초월하는 여성의 인
내심, 그들은 그것을 애정이라 부른다. 나는 둘째 아이
를 잘 키우고, 세 개 학급에서 프랑스어를 가르치고 있
으며, 장을 보고 식사를 만들고 고장 난 지퍼를 바꿔 달
고, 아이들의 신발을 사는 경지에 이르렀다. 놀라운 일
은, 그가 항상 나를 설득한다는 사실이다. 내가 일주일
에 4일하고도 반나절 동안 집에서 가사 도우미의 도움
을 받는, 특권을 누리는 여자라고. 그렇다면 남자는 자
기가 좋아하는 부인을 일주일 내내 도우미로 부리는데,
대체 어떤 남자가 특권을 누리지 않는다는 말인가? 자
연스럽게 나는 이전보다는 덜 여유로운 선생님이 될 것
이고, 남자들과 미혼 여성들에게 유리한 교육 연구나 클
럽활동도 덜 갈망할 것이다. 혹시 한참 뒤라면 모를까.
그렇다면 시험 답안을 채점하고 수업을 준비하느라 엄
마의 시간을 잡아먹는 고등학교에 왜 남아 있어야 하나.

나 역시 모든 일을 조화롭게 수행하고 싶어 하는 여자 선생님들의 기막힌 피난처인, 훨씬 한가한, 중학교로 갈 작정이다. 비록 내 마음에 덜 들지라도, '경력을 쌓는 것'은 남자들에게 맡겨라, 내 남편도 잘하고 있다, 그것으로 충분하다. 차이, 어떤 차이? 나는 더 이상 차이를 느끼지 못했다. 우리는 함께 먹었고, 같은 침대에서 잤고, 같은 신문을 읽었고, 똑같이 비꼬면서 정치 담화를 경청했다. 계획도 함께 짰다. 자동차를 바꾸고, 다른 아파트로 이사하고 혹은 낡은 집을 손질하고, 아이들이 좀 크면 여행을 떠나기로 했다. 우리는 또 다른 방식으로 살고 싶다는 똑같은 모호한 욕망을 표현하기까지 했다. 결혼이 서로에게 제약이 됐다고 그가 탄식하기에 이르렀고, 우리가 같은 생각을 하게 되어 몹시 행복했다.

내가 알아차리지도 못한 채, 나의 수련 기간은 끝났다. 그 후로는 익숙해진다. 집 안에서는, 커피 그라인더, 냄비 같은 것들이 내는 수많은 자잘한 소리, 집 밖에서는, 눈에 띄지 않는 선생님, 카샤렐이나 로디에* 브랜드 옷을 입은 중견 간부의 아내. 얼어붙은 여자.

---

* 카샤렐(Cacharel)과 로디에(Rodier)는 3~40대 프랑스 중산층 여성들이 즐겨 입는 브랜드로 실용적이면서도 우아함과 품격을 지향한다.

겨울에, 나는 첫째 아이의 걸음에 맞춰 안시의 거리를 돌아다녔다. 기차역 광장에 있는 작은 공원의 분수대 한가운데의 조각상 위에서는 물이 더 이상 흐르지 않았다. 온몸을 따뜻하게 감싼 둘째 아이는 자신의 유아차에서, 연못 주위를 지그재그로 움직이는 비둘기들을 잡으려 애썼다. 나는 내 육신이 사라진 듯한 느낌을 받았고, 오직 시선만이 광장 건물들의 정면에, 생 프랑수아 학교의 철문에, 사보이 영화관에 얹혀 있었다. 영화관에서 상영하던 영화의 제목은 잊어버렸다.

끝에 거의 다 왔다, 거의 다. 이제 나는 곧 내가 끔찍이 싫어했던, 주름지고 비장한 얼굴들을 닮아가리라. 미용실 샴푸대에서 눈을 감은 채 고개를 젖히고 있던 얼굴들을. 얼마나 걸릴까. 더는 숨길 수 없는 주름, 쇠락이 바로 앞에 와 있다.

이미 나는 그런 얼굴이다.

옮긴이의 말

사실 종이책 위에 쓰인 글자는 그 자체로는 아무것도 아니다. 하지만 책을 읽는 행위는 신기하게도, '시각을 통한 듣기'와 '청각을 동원한 보기'를 통해 주어진 모든 '의미를 맛보는 행위'가 된다. 그 과정에서 알 수 없는 마음의 작용이 일어나 화를 내기도 하고, 눈물을 흘리기도 한다. 특히 책 속의 이야기와 같은 경험을 했을 때 마음의 작용은 더 뚜렷해진다.

어린 여자아이가 어른 여자가 되고, 아내가 되고 엄마가 되는 과정을 담아내는 이 책에서, 남성들은 어떨지 모르겠지만, 아마 여성들은, 특히 에르노처럼 1960~70년대에 청춘을 보냈거나 1960~70년대에 태어나 격변의 시기를 살아온 여성들은, 곳곳에서 자신들의 이야기를 찾아내리라는 생각이 든다. 물론 처음부터 끝까지 똑같을 수는 없을 것이다. 또 2000년대 이후 세태는 많이 변했다. 적어도 학교 교육에서만큼은 남녀가 평등하고, 비혼과 이혼이 유별난 일로 취급되지도 않지만, 남녀가 함께 살아가는 일에서 부딪히게 되는 본질적인 부분은 크게 다르지 않을 것이다. 출생과 성장 과정은 다를지라도, 전통이라는 이름으로 사회가 요구하는 틀 속에서 완벽하게 자유로운 사람들은 없는 법이니까.

책을 다 읽은 독자들은 눈치챌 것이다. '얼어붙은 여자'의 이름은 끝까지 알 수 없다는 것을. 누구나 얼어붙은 여자가 될 수 있고, 얼어붙은 여자의 이야기는 모든 여자의 이야기가 될 수 있다는 것을. 그래서 평범하다면 평범하고 특별하다면 특별한 이름 없는 소녀가 꿈꾸던 미래가 어쩌면 사랑이라고 믿었던 남자와 함께 살기 시작하면서 '(세 번의 식사 준비 + 청소 + 빨래 + 장보기) × 365일'의 공식으로 이어지고, 이렇게 반복되는 일상에 하루 여섯 번의 수유와 아이 목욕시키기가 추가되는 경험은 나의 경험이 된다. 아이를 어린이집에 맡기며 이유 없는 죄책감을 느끼고, 퇴근 후에 부리나케 슈퍼마켓에 들러 장을 보고 옷도 갈아입지 못한 채 주방으로 달려가 저녁을 준비하며 누군가 차려주는 밥상에 숟가락만 얹고 편하게 먹고 싶다는 생각은 나의 생각이 된다. 나를 옭아매는 것들에 대한 적개심과 절망, 끝없는 자기 연민과 자아 찾기도 마찬가지다. 비슷한 경험은 힘이 세다. 그리고 마음을 흔든다.

같은 경험이라고 해도 풀어내는 방식은 각기 다르다. 모든 문장에는 고유의 색과 소리와 움직임이 있다. 에르노는 때로는 거칠게, 때로는 몽롱하게, 때로는 지나칠 정도로 세밀하게, 기억을 길어 올린다. 그와 함께 1950~60년대 프랑스의 대중문화와 젊은이들의 정서를 곳곳에 뿌려놓는다. 색색의 유리구슬을 늘어놓은 듯 끊임없이 나열된 명사구, 동사구, 현재분사구문이나 속절없이 끼어드는 자유 간접화법, 그 오묘한 프랑스어를 우리말로 옮기는 일은 절대 쉽지 않았다. 수천, 수만 개의 조각난 퍼즐을 끼워 맞추는 느낌이랄까, 어디에선가 잃어버린 퍼즐 조각 하나를 찾기 위해 온 방을 뒤지다 결국 포기하고 빈 구멍으로 내버려두는 느낌이랄까. 나름 애쓴다고 애썼지만, 프랑스어와는 다른 구조를 가진 우리말로 옮기는 과정에서 에르노의 기억의 편린들을 제대로 전달하지 못한 것은 아닌지 아쉬울 뿐이다.

레모의 편집자들은 집요하다. 미심쩍은 부분을 보고 또 보고, 찾고 또 찾는다. 그만큼 에르노의 글을 사랑하는 게 느껴졌다. 에르노의 글과 지난날의 기억을 공유할 수 있게 해준 레모의 편집자들에게 고마운 마음을 전한다.

개인적으로 이 책을 커플이 함께 읽어보기를 권한다. 여성은 공감을, 남성은 여성에 대한 이해를 얻을 수 있을 것이고, 양쪽 모두 상대편의 관점에서 서로를 바라볼 기회를 얻게 되리라고 생각한다. 서로에 대한 공감과 이해가, 함께 산다는 모험을 조금은 덜 위험하게 할 수 있지 않을까.

옮긴이 김계영

한국외국어대학교와 동 대학원을 졸업하고 파리 소르본 대학교에서 18세기 프랑스 문학에 관한 연구로 박사 학위를 받았다. 프랑스 문학과 문화, 서양 근현대문학에 대한 강의를 계속하며 문학과 예술 전반에 대한 연구와 번역 작업을 병행하고 있다. 지은 책으로『청소년을 위한 서양 문학사』(상, 하)『문체론 용어사전』(공저)이 있으며, 옮긴 책으로는『앨리스』『달랑베르의 꿈』『키는 권력이다』『마르셀 뒤샹』(공역)『사랑에 빠진 악마』『불쾌한 이야기』『관용, 세상의 모든 칼라스를 위하여』등이 있다.

옮긴이 고광식

한국외국어대학교와 동 대학원을 졸업하고, 파리 8대학에서「프랑스어와 한국어의 비교 관점에서 본 한정화 전략」으로 박사 학위를 받았다. 한국외국어대학교에서 프랑스 기호학, 프랑스어 작문 등을 가르치고 있다. 지은 책으로는『문체론 용어사전』(공저)이 있으며, 옮긴 책으로『하나일 수 없는 역사』『르몽드 환경 아틀라스』『자유론』『방법서설』『카인』『마르셀 뒤샹』(공역)『남자답지 않을 권리』등이 있다.

얼어붙은 여자

초판 1쇄 발행 2021년 3월 9일
초판 3쇄 발행 2022년 10월 18일

지은이	아니 에르노
옮긴이	김계영 고광식
편집	김수현
제작처	민언프린텍
펴낸곳	레모
출판등록	2017년 7월 19일 제 2017-000151 호
주소	서울시 서초구 서초대로 33길 99, 201호
전자우편	editions.lesmots@gmail.com
홈페이지	www.lesmots.kr

ISBN 979-11-965952-8-9 03860